SILVER SORCERER
白銀の魔術師
〜転生したから魔術を極める〜
文月紲
ill. にじまあるく
TOブックス
JN070158

CONTENTS

illustration にじまあるく
design 世古口敦志(coil)

プロローグ

夜の帳《とばり》が降りる頃。

僅かな電灯による明かりしかない公園を歩いている一人の男がいた。

スーツ姿で鞄を手にしているので、彼は会社員なのだろうと推測できる。

事実、彼は会社から自宅のアパートへ帰っている途中だった。

「やあ」

突然横から声を掛けられ、彼は思わず立ち止まって顔を向ける。

そして彼は驚き、怪訝そうな顔をした。

暗くてよく見えないが、その男はローブのようなもので全身を覆っているのだ。

洋服でもなければ、スーツでもない、全身を覆うローブだ。

当たり前のことだが、彼は不審者だと思い、無視して再び足を動かす。

「ちょ、ちょっと」

無視されたことに驚いたような声を出して引き留めるその不審者は、彼を追いかける。

しかし、彼は止まらない。すべて無視して歩き続ける。

「まったく……少し待ってよ、雨宮紫苑くん」

ピタリ。

彼は立ち止まった。そして振り返る。

「……あんたは誰だ。どうして俺の名前を知っている」

彼、つまり雨宮紫苑にとって目の前の人物は不審者でしかない。

その不審者がなぜ自分の名前を知っているのか疑問に思い、警戒した。

「それは事情があってちょっと言えないけど……雨宮紫苑二十四歳。幼児期に両親が事故で亡くなり、その後は施設で育つ。高校卒業後、就職し現在社会人六年目」

つらつらと言い並べる不審者。

聞いている紫苑は不愉快そうに眉を顰め、警戒心をより強くした。

「今日声をかけたのは、君に用があったからなんだよ」

不審者はフードを被ったまま話し始める。

紫苑は無言のままだ。

「まずは顔を見せろ。それから素性を明かせ」

一定の距離を保ちながら、紫苑は口を開いた。

現時点で目の前の人物は不審者だ。

このくらい警戒して当然だろう。

「まあそれもそっか」

紫苑の言葉に頷いた不審者は、ローブを脱いで姿を現した。

丁度、雲から月が顔を出して、月の光によって不審者の姿が鮮明に見える。

「……っ！」

「初めまして。俺の名前はルイズ・アルベルト。君のいうところの異世界人っていうやつだ」

月光の下に晒されたのは、日本人とは思えない姿だった。

彫りの深い顔立ちに、キラキラと光る金髪。街中で歩いていたら、すれ違う人全員振り返るだろう。

また、理由は分からないが紫苑は懐かしさを覚えた。

「ちょっと待て……何だ？　異世界人というのは」

「文字通り。ここ、地球ではない世界の住人っていうことだよ」

「信じられない……」

目の前の男、ルイズが日本人ではないのは分かる。

どこか異様な雰囲気があるのも分かる。

しかし、ルイズが異世界人という話はとてもではないが信じられなかった。

「疑うのも分かるよ。俺が君の立場だったら信じていないだろうし」

「なら……」

「だから証拠を見せるよ」

ルイズは指を一つ鳴らした。

「なっ……！」

紫苑は目を見開き、絶句する。なぜなら、彼の目の前で突然、炎が轟轟と燃え上がったからだ。炎自体はさほど大きくはない。

しかし、ライターやガスバーナーといった道具を使わずに目の前の芸当は不可能だ。

「因《ちな》みに……こういうこともできる」

ルイズが手を動かす。

すると、手の動きに従って炎が形を変えた。猫、犬、ドラゴン、様々な形に次々と変化していく。

暗闇の公園に存在するのはルイズと紫苑だけ。

まるで世界に自分たちだけしかいない、漠然と紫苑はそう思った。

「どう？　これは異世界で発展している魔術という技術だよ」

数分後、炎を消したルイズが放心している紫苑に言う。

「……まずは信じる」

たっぷり十数秒おいて紫苑は答えた。

いくら現実離れしているからと言って、眼前での出来事を無視するほど紫苑の頭は固くない。

色々言いたいことはあるが、一旦ルイズの話を信じることにした。

「それはよかった。じゃあ時間もないから結論から言おう」

一度、ルイズは口を閉じる。

何とも言えない空気に、紫苑はゴクリと喉を鳴らした。

「雨宮紫苑くん。君には俺の世界に来てもらいたい」

「は……？」

あまりにも突飛な言葉に、思わず紫苑は呟く。

「……ちょっと待て。意味が分からない。いや、言葉は分かるが理由が分からない」

困惑の表情を浮かべて、紫苑はルイズに言葉を投げる。

そんな紫苑に、ルイズはフッと笑って口を開いた。

「まず、俺の世界には〝厄禍〟という敵がいる」

「敵？」

「うん。そいつは世界に蔓延《はびこ》る負の感情を糧に存在している。生物とは到底言えたものではなく、分かりやすく言うと邪神のようなものかな」

負の感情を糧に存在する邪神のようなもの。

まるでお伽話や物語の中のような話だ。

「君に願うことはただ一つ。その〝厄禍〟を俺の世界から消し去ってほしい」

月光で反射された碧眼が紫苑の視界に入る。

詐欺や質《たち》の悪い冗談ではない。本当に目の前の男は自分に頼んでいるのだろう、と紫苑は思った。

しかし、ここで一つ疑問が生じる。

「……あんたが言っているのが嘘ではないのは分かる。だが、何で俺なんだ？」

正直自分は平凡極まりない男だと紫苑は思っていた。

だが、おそらく適当に声を掛けたというわけではないだろう。何かしらの基準があったはずだ。

「俺の世界に行ってもらうということは、転生をしてもらう必要がある」

「転生って……新しく生を享けるということか？」

「うん。だけど誰でも転生できるわけじゃない」

一度口を閉じ、再度開いた。

「同じ世界での転生とは違って、今回のような場合は世界を渡る必要がある。その時に適性が無いと、世界を渡ることが出来ないんだ」

「ということは俺には適性があるということか？」

「そういうことだよ」

紫苑はルイズの言葉を一度咀嚼する。

転生、今回の場合で言うと異世界転生。

このような知識は持っていないので、嘘か誠か判断することは出来ないが、今のところ話に矛盾点はない。

「……とりあえず詳しく教えてくれ」

「もちろん。ただ時間が足りない――」

言いかけた瞬間、ルイズの体にひびが入った。

「……っ。すまない。俺にはもう時間がないみたいだ」

「待て！　俺は何も聞いてないぞ」

急な事態に紫苑は慌てる。転生して自分がやらねばならないことは聞いた。しかし、その詳細を聞かないと転生しても何もできない可能性があった。

「まずは転生してくれるんだよね？」

「――っああ」

何をいきなりと紫苑は思ったが、素直に頷く。

幼児期に両親が死んだこと以外は、自分の人生は不幸ではない。

しかし、どこか虚無感があった。生命を維持するためにただ会社に行って帰る日々。別に絶望したことは無いが、ただただ虚無感に体が支配される毎日だった。

だからこの世界に未練は特にない。

「それはよかった。じゃあ手短に話すね」

口早く話を続けるルイズ。

彼の体に入っているひびがどんどん広がっていく。

「まず、転生したらもちろん前世の記憶は残る。だけど、俺との会話は消えるかもしれない」

「消える……？」

「いや、消えるんじゃなくて封印されるって言った方が正しいか」

ひびが更に広がりながらもルイズは独り言《ご》ちる。

「一度、俺達は〝厄禍〟の討伐を試みた。けど、失敗した。結局、封印するしかできなかったんだ。そしていずれ封印は解かれる」

瞳を閉じながらルイズは言う。顔こそひび割れで分からなくなっているが、声色から無念の感情が伝わってきた。

「君を転生させる時、〝厄禍〟に妨害される可能性が高い」

「封印しているんじゃないのか？」

「してるさ。だけど、いくら封印したと言っても完全じゃない。世界に直接干渉できないだけで、世界から少し外れた場所なら干渉可能なんだ」

「ああ……そういうことか」

「そう。世界を渡る時なら妨害は可能ということだ」

世界の中心に近ければ近いほど封印は強くなっている。だが、地球から向こうの世界に入る瞬間なら妨害は可能だとルイズは推測していた。

「それなら俺はどうすればいい？　この記憶は消えてしまうんだろう？」

前世の記憶を持ったまま転生できると言っても、この記憶が消えてしまっては意味がない。

「さっきも言った通り、消えるんじゃなくて封印されるんだ。だから、きっかけがあれば封印が外れる」

「そのきっかけというのは何だ」

「強い感情、つまり激情さ。怒り、憎しみ、悲しみ……。体が支配されるほどの激情を抱けば、高い確率で君の記憶の封印は解ける」

つまりは行き当たりばったりの力業だ。

「それで――っ」

続きを言おうとしたルイズだが、ひび割れが全身に広がり、体が崩壊し始めた。

「――くそ……時間が無いっ！　まだまだ言いたいことはあるけど転生を始めるよ……！」

「おい……っ」

ルイズは手で印を結び、ぶつぶつとわずかに残っている口で呟く。

数秒後、紫苑の足元に光の環が出現した。光の環は真っ直ぐ上昇して紫苑の体全身を囲む。

そして、徐々に徐々に紫苑の意識は薄れ始めていった。

「最後に一つ……記憶が戻ってまだ〝厄禍〟の封印が解けてなかったら、エルフの大森林に行ってほしい。知りたいことは全てそこにあるはずだから」

薄れゆく意識の中、紫苑は無言で頷く。

瞼を僅かに上げると、ルイズの下半身は崩壊し、上半身も頭部以外は半壊している状態だった。

（そういえば……何で懐かしさを覚えたんだろう）

ふと疑問が頭をよぎり、紫苑は完全に意識を失った。


月が再び雲に隠れ、電灯の僅かな明かりしかない公園。

二つあった人の気配は一つに減った。また、その一つも消える寸前である。

「これで良かったのだろうか……」

崩壊する体を他所《よそ》にルイズは呟く。凄惨な崩壊の仕方ではなく、どこか神秘的に思える崩壊だ。パラパラと光の粒子と共に空気へ解けていく。

右腕、左腕、胸、首。

すべてなくなり残すところ顔半分。

「どうか紫苑の往《ゆ》く道に光がありますように」

どこか嬉しそうな、それでいて悲しそうな表情で曇り空を見上げる。

最後に残った左目。

映ったのは雲が晴れた先に輝く星空だった。

第一章　転生先の世界で

前世で会社に勤めていた男、雨宮紫苑は転生した。

とはいっても、どのような理由で転生したか全く記憶がない。物語では転生の要因として交通事故や過労死がよく挙げられるが、そのような類《たぐい》の記憶がすっぽりと抜け落ちているのだ。

転生先は、剣と魔術のありふれたファンタジーのような世界。

その中の一つの王国、アルカデア王国のフォードレイン辺境伯家三男として生を享けた。名は偶然にも前世と同じで、シオン。つまり家名と合わせると、シオン・フォードレインとなる。

そしてシオンの三歳の誕生日から二か月ほど経過した頃、遂に属性の素質を調べる日が明日へと迫って来た。

属性の素質というのは、〝火〟〝水〟〝風〟〝土〟〝氷〟〝雷〟〝闇〟〝光〟〝無〟の九つの属性のうち、自分がどの属性にどれくらいの才能があるかというものだ。属性の得意不得意は人それぞれ異なる。

だから、大体三歳を過ぎると素質を調べる決まりがあった。

「母さん。属性の素質ってどうやって調べるの？」

シオンは隣に座っている母親、セリティーヌにたどたどしい言葉で尋ねる。

艶があり美しい銀髪を腰まで伸ばしている華のある美人。とても三人の親だとは思えない。こんな女性が自分の母親なのかとシオンは昔思ったが、もうすっかり慣れてしまった。

「あら。そういえば言っていなかったわね」

手に持っていたティーカップをローテーブルに置いて口を開く。

「属性の素質を調べる魔道具が教会にあるのよ。だから明日、教会に行くわ」

「へー……どんな魔道具なの？」

「魔道具には九つの属性それぞれに目盛りが付いていて、そこに自分の魔力を流せば分かる仕組みになっているのよ」

どうやら可視化できる分かりやすい仕組みのようだ。

因みに魔道具というものは、魔力を燃料として動かす機械に近い。

街灯やコンロ、武器や防具にまで幅広く使われている。

「どれくらいまでいったら良いとかあるのかな」

「目盛りは十段階あるのだけど……一般的には三までは素質なし。四からが素質があると言ってもいい具合かしら？」

隣にいるシオンの頭を撫でながらセリティーヌは言う。

前世では大人だったシオンは撫でられることに恥じらいがあったが、抵抗しても無駄なので大人しく撫でられていた。

「あと、七から九の素質を持った人は国全体で見てもとても少ないわ」

「十の人は？」

「振り切れることが無いように作られているから、十は誰一人としていないのよ」

「なるほどー」

シオンは随分便利なものだなと思いながら納得する。

「母さんはどんな感じなの？」

「ふふっ、聞かれると思ったわ」

シオンの質問にセリティーヌは微笑む。

「私は火が三、水が七、風が六、土が三、氷が七、雷が五、光が七、闇が三、無が三、ね」

「え、凄い……！」

シオンは驚いて思わず呟く。

先程セリティーヌが言ったところによれば、七以上の素質を持っている人は少ない。だが、セリティーヌは素質が七の属性を三つも持っているのだ。

「母さんって凄いんだね……初めて知ったよ……」

普段は優しくて美人の母親なのにこんなに凄いとは。

驚くような現実に少し圧倒されながらもシオンは感心した。

「そりゃセリーは、元王国魔術師団の団長だったんだからな」

その言葉とともに現れたのは、シオンの父親であるアレクサンダーだった。服の上からでも分かる筋肉質な体に、短く切り揃えた金髪。顔は整っているが、王子様系の顔ではなく、ワイルドな顔だ。

「え、母さんが元団長!?　こんなにのほほんとしてるのに……？」

「そうだ。今では考えられないかもしれないが、当時は凄かったぜ？　その暴れっぷりから付けられた二つ名が……」

「あ・な・た？」

ギラリとセリティーヌの碧眼がアレクサンダーを睨む。別に表情は変わらないが、その言葉には謎の迫力があった。

「い、いや……何でもない……」

慌ててアレクサンダーは口を噤んだ。

セリティーヌは家族の中で唯一の女性なのに、権力が一番強い。

「それはそうと……父さんは？」

母の二つ名が何なのかシオンは気になったが、これ以上追及すると面倒なことになりそうなので話題を変える。

「あー、俺はセリーほど凄くないぞ？」

「そうなの？」

「ああ。火が五、水が三、風が四、土が六、氷が三、雷が五、光が二、闇が三、無が八、って感じだな」

シオンは少し考えてから口を開く。

「確かに母さんに比べるとそうでもない……のかな……？」

七以上の素質が無属性だけ。

一般的にはとても凄いのだが、セリティーヌと比べるとそうでもないように思えてしまう。

「あ、そういえば無属性って何ができるんだっけ？」

無属性以外の属性は、名前からして大体推測できる。

火属性は火を発生させたり操ったり、水属性は水を発生させたり操ったり、こんなところだろう。

だが、無属性に何ができるのかは予想が付かなかった。

「無属性を一言で表すなら〝地味〟だな」

「地味？」

「そうだ。まずは無属性の代名詞の、身体能力を向上させる〝身体強化〟。あとは、剣に魔力を纏《まと》わせて切れ味を向上させたり、斬撃を飛ばしたり……、障壁を作ったりだ。だから、基本的に剣士とか近接戦闘の時に使う属性だな」

まだまだ無属性で出来る魔術はあるのだろう。

ただ、確かにアレクサンダーが言った通りの地味な印象を受けた。

「シオン？　この人は大したことないように言っているけど、一流が使えば信じられないくらい強くなるのよ？」

アレクサンダーの物言いに、呆れたようにセリティーヌは言う。

「考えられる？　いくら魔術を放っても身体強化で躱《かわ》されるし、当たると思っても剣で斬られるし、更に当たったと思ったら無傷なこともあるのよ？　そこのアレクが最たる例よ……。普段はこんな感じだけど、昔は王国騎士団団長だったんだから……」

「え、父さんも⁉」

またもやシオンは驚いて声を上げた。だが、筋肉が無駄なく体に付いていたり、歩き方も綺麗だったりと思い当たる節はいくらでもある。

「父さんも母さんも凄いんだね……」

セリティーヌに抱えられながらシオンはしみじみと呟く。

そして、シオンはあることに気が付いた。

「もしかして……レイ兄さんとアル兄さんも凄かったりする？」

シオンの三つ上の兄がアルト、六つ上の兄がレイ。両親がこれだけ凄いなら、二人の兄も凄いのだろうと単純に考えた。

「そういえば言ってなかったな」

アレクサンダーは語りだす。

「レイは、火が三、水が五、風が六、土が四、氷が四、雷が四、光が四、闇が三、無が五だな。それからアルは火が五、水が三、風が五、土が五、氷が二、雷が四、光が二、闇が四、無が七だ」

一気に言われた二人の情報を、シオンは頭の中で咀嚼する。

数秒後、理解するとシオンはあんぐりと口を開けた。

「こう考えるとレイは万能型、アルは俺と同じ近接型だな」

呆然としているシオンに構わず、アレクサンダーは話を続ける。

「や、やっぱり、レイ兄さんとアル兄さんも凄いね……」

レイは両親を合わせて半分に割ったような素質、アルトはアレクサンダー譲りの素質だ。

シオンは驚きを通り越して呆れた。

そこでシオンは一つ、不安がよぎる。

「俺大丈夫かなー……」

明日、自分の素質を調べた時に大したことが無かったら、正直耐えられない。

「何言ってるんだシオン。お前も俺たちの子なんだから大丈夫だぞ」

「そうなのかな……でも不安だなー……」

確かに、二人の兄が先例としてあるのでシオンも高い素質を持っている確率は高い。

しかし、あくまで確率が高いだけで確定ではないのだ。

（なんか胃が痛くなってきたな……）

別に平民だったらここまで不安になったりしない。

不安になるのは、三男とはいえシオンはフォードレイン辺境伯家に名を連ねているからだ。つまり、自分の素質が低いとなると家の名誉に関わる。それだけは避けたかった。

「大丈夫よシオン」

腕の中にいるシオンを撫でながら、セリティーヌは優しく言う。

「万が一、あなたに素質が無くても私たちの息子であることは変わりないわ。それに、他の道を探せばいいのよ」

「そう、かな……」

シオンは背に温かさを感じながら呟く。

こんなに不安を感じる自分に、シオンは戸惑いを覚えていた。


両親との団欒《だんらん》の後、シオンは自室に戻ってベッドに横になっていた。

横になりながら小さな両手を上げて、自分の幼さを実感する。

「素質って遺伝するのかな……」

両腕を横に放って、静かな部屋でポツリと呟く。

先程の話からすると、素質というものはある程度は受け継ぐものだ。現に、二人の兄も素質が高い。

ということは、魔術の素質は高い確率で遺伝すると考えていいはずだ。

「あ、だから貴族には素質が高い人が多いのか……！」

全体的に見て貴族には素質が高い人が多い。

これは、少なくともこの大陸において属性の素質というものが重要視されているからだ。

確かに平民でも高い素質を持って冒険者として成り上がる者、軍に入って出世する者などがいるので、全部が全部貴族だけというわけではない。

しかし、前世とは違い、権力階級が明確にあるこの世界において貴族に素質が高い人が多いのは自明の理と言える。

だから、貴族は素質の高い者同士が政略結婚をして子を成す。

ただ、シオンの両親は政略結婚ではなく恋愛結婚なので全てがそうではないのは確かだ。このことから考えると、上位の貴族の家の次期当主は絶大な人気を誇る。

それが良いか悪いかはその人次第だが、シオンは絶対に嫌だと思っていた。

なぜなら自分自身を見てもらえるのではなく、その背景の家柄や権力、金を見られるからだ。

シオンにとって結婚は興味がないうえ、前世の記憶があるので忌避してしまう。

「レイ兄さん大変そうだな……」

シオンの一番上の兄、レイはフォードレイン辺境伯家の次期当主である。

辺境伯は、上から二番目という高位に位置する侯爵と同等の位だ。

それにレイは文武両道で容姿端麗。これ以上ないくらいの優良物件だ。レイ当人がどう思うか分からないが、シオンの予想では苦労が待ち受けているのが目に見えた。

対してシオンは三男。低いわけではないが、特別魅力的な立場ではない。だから、シオンはどこか他人事《ひとごと》のように将来訪れるレイの苦労を想像して同情したのだった。

＊

属性の素質について、両親のセリティーヌとアレクサンダーに尋ねた日から一晩が経過した。

今日も地平線から日が完全に顔を出す頃に起床し、朝食を食べ、身嗜《みだしな》みを整えた後シオンは両親と共に馬車へ乗り込んだ。

目指すは領内にある一つの教会。因みにその教会で信仰しているのは、アルマテレス教という宗教だ。アルマテレス教は開闢《かいびゃく》の女神、アルマテレスを唯一神としている。その歴史と影響力は凄まじく、数千年の歴史を誇り大陸中に広がっているほどだった。

「痛っ……！」

馬車が跳ね、シオンは思わず声を上げた。シオンが乗っている馬車は、前世での車と比べ物にならないぐらい荒く揺れる。敷物も皆無なので、直に尻に衝撃が伝わってくるのだ。

「父さん母さん、馬車ってこんなにお尻が痛くなるものなの？」

シオンは隣に座っている母セリティーヌと、向かいに座っている父アレクサンダーに尋ねた。

瞬間、両親は揃って笑い声をあげる。

「え、な、なに？」

突然笑い出した両親にシオンは困惑した。

「ははは。いや、レイとアルもお前と同じ反応をしてたからな。やっぱり兄弟だと思っただけだ」

「ええ、二人も初めて乗った時痛がっていたわ。ほらシオン、私の膝に乗りなさい」

セリティーヌはシオンを膝の上に乗せた。

以前ならば恥ずかしがっていたが、既に慣れてしまったシオンは抵抗などしない。

「でも確かに私も初めて乗った時は、座り心地が悪くて驚いたわ。ただ、魔術以外の移動となると馬車が殆《ほとん》どだから慣れてしまうのよ」

「あー……俺も昔は何でこんなに痛いんだって思ったな」

過去の自分を思い出しながら両親は話す。やはりこの痛みは誰しもが通る道なのかとシオンは思った。

「何で改良されないいんだろ……」

漠然とシオンは疑問を呟く。

「それは改良するとなると難しいし金もかかるからじゃないか？」

「あと、いずれみんな慣れてしまうからだと思うわ」

「ははは、確かにそうだな」

二人の話を聞くシオン。

次馬車に乗る機会があったら、絶対にクッションを作ろうと彼は決意したのだった。


屋敷を出発して十数分。

シオン達を乗せた馬車は、フォードレイン領にある教会に到着した。

教会の外観は、前世で言うところのキリスト教会に近い。十字架こそないが、美しく厳《おごそ》かな印象を受ける。確かキリスト教にもプロテスタントとカトリックで違いがあったはずだが、シオンは興味が無かったので覚えていなかった。

シオンはセリティーヌの手を借りながら馬車を降り、教会の中に足を踏み入れる。

「おお……」

シオンの声が静かな教会に響いた。

彼が踏み入った教会の中はまるで異世界。ただ漠然とした印象だが、どこか神聖さを感じる。別にシオンは神に跪《ひざまず》いたことは無いが、それでも思わず頭を下げてしまうような雰囲気だ。

「お待ちしておりました、フォードレイン辺境伯御一行様。本日は事前におっしゃっていた通り、ご子息様の素質を調べるということでよろしいでしょうか？」

シオンが教会に圧倒されていると、教会の関係者であろう人が声を掛けてきた。

「ああ、よろしく頼む。シオン、この方はアルマテレス教のスティム司祭殿だ」

アレクサンダーは、声を掛けてきた初老の男性をシオンに紹介する。

「初めましてスティムさん。フォードレイン辺境伯家三男のシオンと申します。今日はよろしくお願いします」

幼児特有の拙い発音で、年齢に見合わぬ挨拶をするシオン。

正直、自分自身でも三歳なのにこの発言はどうなのかと思っているが、今更わざと知能を落とした喋り方はできない。

「初めましてシオン様。司祭およびこの教会の責任者をさせて頂いているスティムと申します」

シオンのような三歳児相手でも丁寧に挨拶をするスティム。

続けて口を開いた。

「シオン様は三歳ですよね？　私はこれまで数多くの子供たちを見てきましたが、シオン様ほどしっかりしている方は初めてです」

「そ、そうですか？」

「ええ。レイ様もアルト様も賢かったですが、シオン様はそれ以上です。これは将来が楽しみですね」

目を細めながら言うスティム。彼から柔らかな言動と滲み出る善の雰囲気が感じられて、聖職者とはこのような人のことを言うのかとシオンは実感した。

「では早速、測定の儀の部屋へ行きましょうか」

スティムは背を向けて歩き出し、シオンと両親はその後に付いていく。

重厚感のある扉を開けて四人は部屋に入った。

広さは大体三十畳ほど。奥に冷蔵庫二つ分くらいの大きさの魔道具が鎮座しており、他は何もない。一見すると殺風景だが、部屋の壁や天井には細かな意匠が施されている。

シオンが興味深そうに見まわしている中、スティムは一度、装置の確認をして振り返った。

「それでは今一度、説明させていただきます」

シオンは意識をスティムに向ける。

「まず、九つの各属性に対応した魔石に触れていただきます。そしたら真上の目盛りが反応しますので、それを確認すれば終わりです。では早速、火属性から調べていきましょう」

数分後、シオンは全ての属性の素質を調べ終えた。

「これは素晴らしい……今まで見てきた中で一番ですぞ！」

「おいおい……流石にこれほどとは俺も予想外だぞ」

「あらあら～、素質だけなら私以上じゃない！　素晴らしいわ！」

スティムは興奮しながら静かに叫び、アレクサンダーは呆れたように笑い、セリティーヌは無邪気に喜んでいる。

この四人の反応から分かる通り、シオンの素質は素晴らしいものだった。

結果でいえば、火が三、水が七、風が六、土が三、氷が八、雷が七、光が四、闇が六、無が五。

素質が七以上の属性は三つで母セリティーヌと同じだが、他の属性も幅広く適性がある。ただ、九つの属性の中で唯一、火属性と土属性の素質が無い。しかし、全体的な結果は良い意味で前代未聞だった。

（これは予想外だなぁ……）

内心呟くシオン。彼はこの結果が自分のものである実感がなかった。

確かに、調べる直前まではある程度の素質はあるだろうと思っていたが、流石にこれほどの結果は予想外だ。

「わっ」

悶々と考えていたシオンだったが、突然体が宙に浮かんで思わず声を上げた。

「凄いわシオン。あなたなら最高の魔術師になれるわよ」

シオンを抱え上げたセリティーヌは、美しい顔を近づけながら微笑《ほほえ》む。

「母さんがそう言うなら凄いんだろうけど……まだ実感がないなぁ……」

結果と周りの反応から凄いのは分かる。

だが、生まれてから今まで魔術を見たことが無かったシオンは、あまりピンと来ていなかった。

「まあシオンも魔術が使えるようになったら分かるぞ」

「そういうものなの？」

「ああ、そういうものだ」

アレクサンダーの言葉に、シオンは首を捻りながら答える。

そのシオンの反応に、セリティーヌは頬を緩ませていた。

「ん？　歌？」

首を捻った直ぐ後、微かに歌声が聞こえてきたのでシオンは振り返った。

聞き間違いではなく、確かに歌声が聞こえている。

「これはアルマテレス教の讃美歌です。我々を見守ってくださっているアルマテレス様に感謝を示す神聖な歌ですよ」

興奮から落ち着いたスティムが丁寧に解説をする。

その説明にシオンはなるほどと頷いた。キリスト教のように、宗教ならではの讃美歌は存在するみたいだ。

しばしの間、シオンは静かな部屋で微かに聞こえる讃美歌を聴く。

なぜかその歌声は、シオンに懐かしい気持ちを抱かせた。

「では帰ろうか」

数十秒後、アレクサンダーが声を掛けてシオンと両親は教会を出る。

重厚な扉が閉まるまで、女神を敬う讃美歌は聞こえていた。

＊

教会で素質を調べた次の日。

シオンはいつもより朝早く起床した。

なぜ早く起床したかというと、今日は母セリティーヌから魔術を教わる予定だからだ。シオンとしてはもう少し寝ていたかったが、母の言うことに逆らえるはずがない。三歳児なので大目に見てほしいとシオンは思った。

「じゃあ魔術の授業を始めるわね」

「うん。よろしくお願いします」

屋敷の裏手にある訓練場。その端に椅子を置いて、シオンとセリティーヌは向かい合って座る。シオンはまだ三歳なので体が小さく、椅子に座る姿は不格好だった。

「まず、魔術とは何だと思う？」

セリティーヌはシオンに聞く。

尋ねられた質問に、シオンは漠然とした質問だなと思いながら口を開いた。

「奇跡のような現象を起こすもの？」

シオンは首を傾げながら答える。

「奇跡……ええ、ある意味間違ってはいないわ。ただ、魔術は決して奇跡ではないのよ」

「奇跡じゃない……？」

「そうよ。奇跡というのは、人間の力とか自然法則を超えて起こる現象のことを言うわ」

奇跡というものは、基本的に宗教や信仰と結びついていることが多い。神の御業《みわざ》だとか神託といった言葉に聞き覚えがあるなら理解できるはずだ。しかし、魔術は奇跡ではない。

「魔術は確かな理論の下に成り立っている技術よ。とは言え、まだまだ未知の領域が沢山あるから、奇跡だと言う人もいることは事実だし、もしかしたら本当かもしれないわ」

「もしかしてそれってアルマテレス教の人達のこと？」

「あら、分かったのね」

シオンの言葉に、セリティーヌは目をパチクリとさせて意外そうに言う。

「それだけっていうわけではないけど……シオンの言う通り、アルマテレス教の熱心な信者や偉い人たちは魔術を奇跡だと思っている人が多いわ」

魔術とは女神アルマテレスが人類に授けた奇跡の力である、というのが彼らの言い分だ。

ただ魔術に対する捉え方が違うだけで、何か害があるわけではない。

だからそのような考えが今日まで残り続けていた。

「ふーん……でも母さんは奇跡じゃないって思ってるんでしょ？」

一通り理解したシオンはセリティーヌに尋ねる。

先程の言い方的に、セリティーヌは魔術を奇跡などの類ではないと思っているはずだ。

「そうね。確かに奇跡だというふうに捉える考え方もあるけど……私は魔術を理論的現象だと思っているわね」

改めて思い返すような間の置き方をして、セリティーヌは頷いた。

別にセリティーヌはアルマテレス教を信仰していないわけではない。

この大陸の住人の殆どは自然にアルマテレス教を信仰するようになる。

つまり、セリティーヌも信者の一人と言っていい。

とはいえ、そこまで熱心ではないので思想には影響されていなかったというだけだ。

「話を戻すわ」

そう言ってセリティーヌは手を一つ叩く。

「魔術を行使するにあたって必要なものは何だと思う？」

再びセリティーヌはシオンに聞く。

この世界における魔術の仕組みについてシオンはあまり知らない。せいぜい本で少し見たくらいだ。

だから、本による僅かな知識と前世の漫画や小説の知識を基に答えようと口を開いた。

「魔力とイメージ……あと、詠唱？」

魔法や魔術を扱う物語では、魔力が燃料の役割をしている。

後のイメージと詠唱も物語の受け売りだ。

「あら凄いわ。ほとんど正解よ」

またもやセリティーヌは目をパチクリさせて言う。

彼女はシオンが答えられるとは思っていなかったようだった。

「ほとんどってことは何か違うの？」

シオンは首を傾げて尋ねる。

そんなシオンに、セリティーヌは優しく頷きながら口を開いた。

「魔力とイメージ、そして詠唱も必要だわ。ただ、詠唱に関してはイメージをしやすくするための手段なのよ。だから極論を言ってしまえば、イメージさえできれば詠唱は必要ないわ」

「あー……必須なのは魔力とイメージ。詠唱はイメージの補助みたいなものなのか」

「そういうことよ。直ぐに理解できるなんて流石はシオンね」

なるほどと頷いてシオンは納得する。

前世でシオンが読んだ物語での詠唱は、言霊であったり神から力を借りたりといった役割が大多数だった。しかし、この世界の魔術は奇跡ではなく一つの技術にすぎない。イメージを具現化させるのはよく分からないが、そこは魔力という未知のエネルギーが影響しているのだろう。

「ただ、イメージする現象を全て起こせるわけではないわ。その人が持っている素質と魔力以上の魔術は使えないのよ」

「使えちゃったら大変なことになっちゃうもんね」

「そうよ。大変なことになっちゃったらいけないわ」

堅い話を今までしていたのに、大変なことになっちゃうという緩い言葉とのギャップでシオンとセリティーヌは互いに笑い合う。

静寂が流れる訓練場に、二人の笑い声が響いた。

雲から日が顔を出して二人の銀髪が光る。

一頻《ひとしき》り笑い合った後、セリティーヌは口を開いた。

「一通り説明したことだし……実際に私が魔術を見せるわ」

「お、楽しみ」

無意識にシオンの心臓は高鳴る。

少し前まではあまり魔術に興味がなかったが、色々話を聞いたら若干楽しみになってきたのだ。

「そうね……最初は派手な魔術にしましょう」

セリティーヌは椅子から立ち上がって、訓練場の中心へ向かう。

シオンに左半身を見せるように立って、ゆらりと腕を前に伸ばす。

そして、言葉を紡いだ。

「〝氷界《ひょうかい》から呼ばれし四つの格子《こうし》。千歳《ちとせ》の終日《しゅうじつ》を封じる重厚な牢《ろう》。顕現せよ封緘《ふうかん》せよ。我が命は汝の暁光《ぎょうこう》を遮断する――離界氷牢《りかいひょうろう》〟」

経のような歌のような詠唱が終わる。

瞬間、セリティーヌの前方に四つの氷柱が正方形を造るようにして出現。

その四つの氷柱が、中心に向かって凄まじい勢いで間を閉じた。

轟音と共に氷冷が辺りに舞い、キラキラと光り輝く。

詠唱と現象から推測するに、氷で造る牢のようなものだろう。

巨大なものは圧殺され、小さなものは隙間に閉じ込められる。

これを牢と呼べるのかは定かではないが、少なくとも有用な魔術だとシオンには思えた。

「――これが氷魔術の一つ、〝離界氷牢〟。凄い巨体の相手には効果はほとんどないけど、少し大きい程度なら圧殺して封じることが出来るわ。小さな相手ならそのまま隙間で氷漬けね」

行使した〝離界氷牢〟を軽く手を振って消しながら、セリティーヌはシオンに説明する。

基本的にこの魔術は、人や人くらいの大きさの魔物を封じるために使うものだ。

考えてみたら分かると思うが、同じ大きさの柱が同じタイミングで間を閉じたら必ず柱と同じ隙間が発生する。だから、本来は先ほど言った通り隙間に納まる相手を封じるために使う。ただ、間を閉じる速度はとても速いので、隙間より大きい相手でもその衝撃によって圧殺することが可能であった。

場面は変わり、初めて魔術を見たシオンへ移る。

彼は何とも間抜けな表情をしていた。

「ふふっ、シオンは良い反応してくれるわね」

クスリと嬉しそうにセリティーヌは笑う。そんな歳ではないと分かっているが、いつになっても自分の魔術で驚いてくれるのは嬉しいものだ、とセリティーヌは思った。

「いや……すっごいね」

シオンは呆然と呟く。

漫画やアニメでなら魔法や魔術を見たことはあるが、現実の目の前で見たのは初めてだ。

音や衝撃、氷特有のにおい。

映像や紙面からは到底得られない感動と興奮。

少し前までは魔術に興味がなかったが、もうその時の自分はいない。

美しく力強い魔術に魅せられてしまった。

こんなにも心を痺れさせて夢中にさせてしまうモノを知ってしまった。

「うん。凄い……」

シオンは反復する。

彼の心にあるのは、数十秒前に見たファンタジーのような出来事。

もう、引き返せない。

「母さん」

「どうしたの？」

シオンの声にセリティーヌは微笑みながら尋ねる。

「俺、魔術に興味持ったよ……魔術を使いたくなっちゃった」

前世でもこんなに心躍らせて見入ってしまうものは無かった。

どこか心に穴が開いているかのような虚無感。生命の維持をするためだけに送る毎日。幸いにもこの世界に転生して、今の家族のお陰で虚無感は徐々に薄れていた。

だが、完全に無くなっていなかったのも事実。

「ふふっ、それは良かったわ」

この時、気づかぬうちにシオンの心は躍っていた。

＊

穏やかな風が漂っている訓練場。

その訓練場の端っこでぶつぶつ呟いている幼子がいた。

「〝漂《ただよ》う霰《あられ》よ。集《つど》いて体《たい》を成せ――氷塊《ひょうかい》〟」

少し舌足らずの詠唱と共に形を成す魔術。

歪《いびつ》で冷たい氷塊が虚空に現れた。

「ふっ、ふふっ、ふふふっ」

少し気持ち悪い含み笑いをしているのは銀髪の幼子、シオンだ。

彼はそのまま意識を集中させて、宙に浮かんでいる氷塊を維持する。

五秒、十秒、二十秒。

「あっ」

二十秒経って、氷塊は地面に落ちてしまった。落ちた氷塊は少し地面を転がって停止する。

シオンは鍛錬不足を実感しながらその氷塊を消した。

消した、というのは比喩ではなく文字通り消したのだ。

通常、物質を一瞬で消すことは出来ない。しかし、シオンが消した氷塊は魔術で作ったものだ。その魔術を発動した魔術師であれば、存在の有無のコントロールは簡単だった。

「シオン！　今からレイ兄さんと戦うから見てろよー！」

気分よく魔術に没頭していると、自分の名前が呼ばれたのでシオンは顔を上げる。

シオンの視界には、訓練場の中心で相対している二人の兄と審判役の父アレクサンダーがいた。

「うん。がんばってー」

小さな手を振りながら応援するシオン。

そして、これもいい経験だと思ってシオンは二人の模擬戦を見ることにした。

距離を空けて相対するシオンの二人の兄。

一人は九歳のレイ。

一人は六歳のアルト。

レイは少し長い銀髪を揺らし、王子様のような優しい顔を真剣な顔へと変化せる。

アルトは父譲りの金髪を掻き上げ、口角を上げる。

二人の手に握られているのは、互いの体格に合った一本の木剣。

「始めッ！」

アレクサンダーが開始の合図を言い放つ。

同時に地面を蹴って接近する二人。

その速度はまだ一桁の子供が出すものではない。

驚くシオンを他所に、二人は木剣を振るい、切り結んでいく。

年齢的にレイの方が体格は良い。

だが、アルトも負けていなかった。

「ハァッ！」

「フッ！」

レイの袈裟斬りをアルトはバックステップで躱し、すばしっこく翻弄していく。

突き、横薙ぎ、袈裟斬り、と次々と木剣を繰り出してくレイ。

対してアルトは半身で躱し、木剣に木剣を合わせて受け流し、体と向かってくる剣の間に自分の剣を滑り込ませて防御する。

衝撃をアルトが襲うが、彼にはこのくらい何でもない。

平気そうなアルトを見てレイは顔を顰める。

「つ、ぎ、は……こっちから行くぜッ！」

今度は攻防が変わり、アルトが攻めてレイが防御するターンに変わった。

レイと比べて小さな体を生かして、アルトは素早く動き回りながら剣を繰り出す。

唸る音と共に襲い掛かってくる数多《あまた》の剣閃を、レイは冷静に捌《さば》く。

辺りに響く空気を裂く音と鈍い音。

シオンはその光景を見て呆気にとられると同時に一つ疑問を覚えた。

「何であんなに動けるんだろう……」

「それは〝身体強化〟を使っているからよ」

「あ……母さん」

シオンが呟いた疑問に、いつの間にかいた母セリティーヌが答える。

気が付かぬ間にセリティーヌが隣に来たことに驚きつつも、シオンは再び口を開いた。

「〝身体強化〟って何？」

数日前に父アレクサンダーが何か言っていた気がしたが、一応シオンは尋ねる。

「〝身体強化〟は無属性の魔術の一つよ。効果は名前の通り、身体を強化させる。具体的に言うと……筋力や骨密度、皮膚強度や五感といったありとあらゆる身体の機能が強化されるわ」

「なるほど。確かに名前の通りだね」

〝身体強化〟という魔術の効果は、シオンの思った通りだった。

でなければ、六歳と九歳の子供が目の前で繰り広げている攻防を行うのは不可能だろう。

交える剣、忙しなく動くレイとアルト。

レイの剣閃をアルトは防御しながらその勢いのままバク転。

地面を滑りながら着地して二人の距離は空く。

「ここから攻撃魔術も使おうか」

「了解だぜレイ兄さん」

瞬間、二人の体に魔力が渦巻いた。

そして、アルトは火魔術の〝火矢《ひや》〟を五本発動しながらレイへ肉薄する。

向かってくる〝火矢〟をレイは躱して、アルトの正面に風魔術の〝風爆《ふうばく》〟を発動。

何かしら攻撃してくることを分かっていたアルトは咄嗟に横へ跳んで、爆風による衝撃を最小限に抑えた。

と、思ったらレイは間髪容れずに〝氷矢《ひょうや》〟を発動。

間接視野で確認したアルトは、転がった勢いのまま跳躍して〝氷矢〟を避ける。

背中に流れる冷や汗。それを感じることなく、アルトは剣を振るってレイの剣閃を防いだ。

「くっ……」

空中で剣を防いだことによってバランスが崩れるアルト。

何とかアルトは体勢を立て直そうとする。

しかし、その暇もなくレイの剣がアルトの首元に突き付けられた。

「僕の勝ちだ」

レイが勝利宣言した後、父アレクサンダーの声が訓練場に響いた。

「そこまで！　レイの勝ち！」

自分が負けたと知ったアルトは、地面に仰向けになって倒れる。

「あー！　また負けた！　くそー……調子よかったのに！」

「いや、僕は一応アルトの三つ上だからね？　流石に負けるわけにはいかないよー」

レイも汗を滴らせて呼吸を整えながら言う。

そもそもレイが鍛錬を始めたのはアルトより三年早い。だから、弟のアルトに負けるわけにはいかないとレイは思っていた。

「いつか絶対勝ってやるからな！」

「……怖いなぁ」

レイは顔を引きつらせた。

実際、日に日にアルトの実力はレイに迫ってきている。

これはレイが実力不足という訳ではない。レイとて王国の同年代の中で言ったら五本の指に入っているのだ。つまり、ただただアルトが異常なだけだった。


レイとアルトが模擬戦をした日の夕方。

彼ら二人とシオンの三兄弟は、フォードレインの町を囲っている城壁の上にいた。

「ねえアル兄さんレイ兄さん。何でここに来たの？」

シオンは自分の両端に座っている二人に尋ねる。昼飯を食べ終え、屋敷で本を読んでいたら急に連れていかれたのだ。

「もう少し待ってれば分かるぞシオン！」

「急に連れて来ちゃってごめんね。でもこれは見せたかったんだ」

シオンの問いに対する答えをはぐらかすアルトとレイ。

その返答を聞いて、仕方がないとシオンは周囲を眺める。

そもそもシオンは今日まで屋敷と訓練場から出たことは無かった。一応、教会に行ったことはあるが、道中は馬車に揺られていたので街並みや城壁の外を見たことがない。

だから、こうして城壁の上からフォードレインの街並みや領外の景色を瞳に映すのは、新鮮で感動すら覚えていたのだ。

城壁の内側は、写真や動画でしか見たことがなかったヨーロッパを彷彿とさせる街並み。

東京のように空気が汚くなっておらず、心なしか澄んでいるように見えた。

魔の森側の城壁の外側は、内側の街並みと打って変わって草原が広がっている。

反対の城壁の外は、農地が広がっている。穏やかな風に揺られる草木は、水平線に沈もうとしている日の光によって照らされていた。

ただ無心になって風景の一部となるシオン。

どれくらいの時間が経過しただろうか。

シオンの視界が茜色《あかねいろ》に染まった。

「うわぁ……！」

思わず感嘆の声が口から漏れる。

日が水平線に身を隠し、日の光は夕日となって地上を撫でるように照らしていった。空は茜色に染まり、草木や町は夕影となって姿を変える。

一番背の高い時計台は、夕日と影で半分に分かたれる。

世界が一変したかのようにシオンには見えた。

「綺麗でしょ？」

見入っているシオンにレイは声を掛ける。言葉から察するに、レイとアルトはこの景色をシオンに見せたかったのだろう。

「うん……凄く綺麗だね……」

夕映えの雲、色彩豊かな街並み。

遠くでは鳥の群れが羽ばたき、影となって空のキャンバスを彩る。

美しく、優雅。

されど、どこか寂しく、どこか感傷的になってしまう。

これはシオンが前世の記憶を持っているからなのか、はたまた人間の心の機微なのか。

シオンには分からない。

しかし、何か大切な時間を経験していることは分かった。

「僕は将来このフォードレイン領を継ぐ。そして……この景色を守りたいんだ」

夢を語る無邪気さは無く、確固たる決意を滲ませた声色でレイは言う。

その表情は九歳の子供ながらに大人びていた。

「……レイ兄さんなら出来るよ」

美しい景色を眺めながらシオンは呟く。

お世辞や家族による贔屓目なしでシオンは確信していた。

「なら俺は父さんと同じ王国騎士団団長……いや、六星になる！」

アルトが言う六星というのは、王国の武の頂点に君臨する六人のことだ。

剣士の最高峰である剣聖が三人、魔術師の最高峰である賢者が三人。

合計六人で六星。噂では六星一人で一つの軍隊に匹敵するという。

そんな六星になるとアルトは宣言した。

「ははは、そしたらアルトは剣聖で……シオンは賢者かな？」

「おお……いいなそれ！　よし、シオン！　二人で将来は六星になるぞ！」

夕暮れの中、アルトは無邪気に笑う。シオンとしては、なまじ精神年齢が高いこともあり、アルトが言った二人で六星になるという話は壮大過ぎて反応に困った。

「なれるかな？」

勝手に口が開いてシオンは言葉を零す。

「なれる。何でか分からないけど……俺達ならなれる気がするんだよな……」

根拠なき自信を話すアルト。その言葉と瞳に釣られて、本当に可能だとシオンも思えてきた。

「レイ兄さんはこの町を守る。俺とシオンは六星になる」

立ち上がって一歩前に出たアルトは、クルリと振り返る。

「そうすれば……最高だ！」

手を広げ元気よく言うアルト。

彼の横顔を夕日が照らし、風が吹き髪を揺らす。

根拠など存在しない。

未来なんて誰も分からない。

しかし、理屈では説明できない自信が三人の胸の内にあった。

「ふふっ、そうなれたら確かに最高だね」

「いいね」

レイは優しく微笑んで、シオンはまだ見えぬ未来に無意識に心を躍らせる。

フォードレイン辺境伯家の三兄弟。これから先の未来は誰にも分からないが、この三兄弟の仲が崩れる未来はないと断言できるのは確かだった。

第二章　スタンピード

シオンが魔術を学び始めて五年。

紆余曲折、様々な出来事がありながらもシオンは八歳になっていた。

母セリティーヌ譲りの美しい銀髪は、肩甲骨辺りまで伸びていて後ろで一括りにしている。

問題なく成長しているシオンだったが、彼は最近自分の顔が少々不満だった。

もちろん不細工だから、という訳ではない。

髪の毛同様、シオンは母譲りの整った顔立ちをしている。では何故シオンは不満を持っているのかというと、自分の顔が女顔過ぎるからだ。兄のレイも女顔寄りなのだが、シオンほどではない。別に大した悩みでもないのだが、男であるならば男らしい顔立ちが良かったとシオンは思っているのだ。

ただ、そのようなことを両親の前では口にしていない。自分を産んでくれたのに文句のようなことを言うのは申し訳なかった。

シオンは現在、フォードレイン領の隣に存在する〝魔の森〟という場所に来ている。

魔の森は強力な魔物が闊歩《かっぽ》している森であり、フォードレイン辺境伯家が現在の位置にあるのはこの魔の森を監視するためだ。

十数年、あるいは数年周期で〝スタンピード〟と呼ばれる魔物が暴走する現象が発生する。暴走した魔物は魔の森を飛び出すほどに勢いが激しい。その危険なスタンピードが広がる前で食い止めるために、フォードレイン辺境伯家は存在する。

と言っても、通常の魔の森の浅い場所はそれほど危険ではない。

現在のシオンは、その浅い場所を歩いていた。もちろん、一人ではなくジェイクという名の騎士が付き添いでいる。

「あ、ブラックウルフだ」

シオンは前方に現れた四体の魔物を見て呟いた。

夜を思わせるほどの黒い毛皮、ギラリと光る鋭い牙。

低く重い唸り声が静かな森に響く。

体躯は八歳のシオンを遥かに上回るほどに大きく、その体躯から発せられる眼光は鋭い。

ブラックウルフは、下からFEDCBASの七つのランクの中でDランクに位置する魔物だ。一体だけなら特段強くないが、複数で襲ってくると連携されて中々手強い。

そんなブラックウルフ四体が、離れている騎士ジェイクを警戒しながらもシオンに襲い掛かる。

瞬間、シオンは魔術を紡いだ。

「〝其れは冷域《れいいき》。凍れ。全てを停止させよ――氷結領域《ひょうけつりょういき》〟」

シオンを中心として、全てを凍らせるような冷気が周囲に満ちる。

僅か一秒にして、生物が生体活動を可能とする気温を遥かに下回る極寒の空間へ早変わり。

シオンを襲おうと地面を踏み込んでいた四体のブラックウルフは、体全体が徐々に動き辛くなり、やがて崩れ落ちた。

身動きが取れなくなった四体のブラックウルフに向けて、シオンは風の刃を飛ばす。

「〝切り裂け――風刃《ふうじん》〟」

空気を切り裂きながら放たれた四本の風刃は、四体のブラックウルフの首を刈り取る。

結果、戦闘開始から僅か数秒にして、シオンはDランクの魔物四体の討伐に成功した。

「ふぅ……」

周囲を警戒しながらも、シオンは肩の力を抜く。

「流石っすねシオン様。もうDランクの複数討伐を成功させるとは」

離れて見守っていたジェイクがシオンを称賛しながら歩いてきた。

今の戦闘を傍から見ていると簡単そうに思える。

しかし、魔術を発動するタイミングや速度が少しでもずれたり遅れたりすると、ブラックウルフの餌食となってしまう。だから、シオンにとって今の戦闘は決して余裕ではなかった。極度の集中を要する難しい戦闘だったのだ。

「ありがとう。でもアル兄さんは俺の年齢でCランクを討伐してたからまだまだだよ。確か討伐したのって〝オークジェネラル〟なんだよね？」

「ですね。あの時は結構ハラハラしたっすよ」

うんうんと頷きながら、ジェイクは答える。

今から三年前、アルトがオークジェネラルを倒したのはジェイクがまだ新人の頃の出来事だ。

「というか、アルト様もそうでしたけどシオン様も向上心高いっすね。普通、シオン様くらいの年齢だとこれくらいで満足すると思うんですけど」

「まあそうかもしれないけどさ……レイ兄さんにはまだ模擬戦で負け越してるし。アル兄さんは俺の年齢でCランクの魔物を討伐してるし。出来なかったら負けた気がして嫌なんだよね」

「ははは、なるほど。シオン様が一番負けず嫌いっすね」

「あー……そうかもしれない」

ジェイクの指摘に納得しながら、シオンは今さっき討伐した魔物を解体していく。

鼻を貫く血の臭い、視界を埋める凄惨な光景。

初めて解体を経験した時は、あまりの臭いと光景で気分が悪くなって吐いた。だが、もう三年目となる今となっては慣れて吐くことは無い。流石に何も感じないという訳にはいかないが、手際よく解体することが可能になっていた。

「よいしょっと……」

水魔術を用いて、血や脂を洗い流しながら〝魔石〟をブラックウルフの体内から取り出す。

〝魔石〟というものは、魔物の心臓付近にある魔力で構成された石のことだ。

高ランクの魔物から採れる魔石ほど、込められている魔力の質と量が良い。

そして、それらは基本的に魔道具の燃料として使われている。

シオンは解体した部位をマジックバッグに仕舞い始めた。すると、明らかに容量過多なはずなのに全て収納されてしまった。この物理法則を無視した現象は、マジックバッグに空間属性と時間属性という現代では再現不可能な属性が付与されていることに原因がある。

遥か昔の古代、数千年も前に存在したと言われている属性。それが、空間属性と時間属性だ。しかし悠久の時を経て失われてしまい、今では詳細を知る者はいない。

シオンが持っているマジックバッグは、フォードレイン辺境伯家にある数少ないマジックバッグのうちの一つなのだ。

「今日はどうします？　これくらいで帰りますか？」

ジェイクに尋ねられたシオンは、時計の機能を持った魔道具で時刻を確認する。

時間の流れと時計の構造は前世とほぼ同じで、短針が五を指していた。

日没まではもう少し時間があるが、もう一戦していたら屋敷に着く前に日が暮れてしまうだろう。

「そうだね。今日はもう帰ろう」

シオンは帰宅する決断をした。

いくら浅い場所とは言え、魔の森は危険だ。仮にランクの高い魔物に襲われても逃げ切れる自信はあるが、わざわざ危険を冒す必要はない。何事も安全第一。前世からのシオンの信条だった。

「了解っす。それにしても、今日どのくらいの魔物を狩りましたっけ？」

「さっきのブラックウルフ四体、ゴブリン五体、オーク二体だね」

「ふーむ……何か今日、遭遇率高くないですか？」

「んー、言われてみればそうかも。けど、気にするほどではないと思うな」

特段気にはならなかったが、思い返せば確かにいつもより遭遇率が高い。

とはいえ、過剰なほどではないとシオンは思った。

「まあそうっすね。ただ、一応報告だけしておきます」

「うん。よろしくね」


その日の夜。

フォードレイン一家は夕食を食べていた。

レイは国一番の学校である王都のアルカデア学園に在籍しているため、今この場には居ない。

そんな中、父アレクサンダーが不意に口を開いた。

「最近、魔の森で魔物との遭遇率が増えているらしい。何事も無ければいいが、くれぐれも魔の森に入る時は気を付けるように」

今の不穏な話を聞いて、シオンは今日のジェイクとの会話を思い出す。

どうやらあの時の引っ掛かりは勘違いではなかったようだ。

「あ、俺も街に行ったときに冒険者が言ってるの聞いた。なんか最近魔物が増えてきたって」

「お、本当か。ならば早急に調べる必要があるな」

アルトの言葉に、アレクサンダーは口の中の物を呑み込んで言った。

通常、冒険者の言うことは話半分で聞くのが常識である。なぜなら、冒険者の間で噂される話というのは嘘か大きく脚色されているかのどっちかだからだ。

しかし町の隣に魔の森が存在していることもあって、フォードレイン領で活動している冒険者達の平均のランクはかなり高い。つまり、経験豊富で実力があるということ。そのような冒険者達の間で噂されているのならば信憑性が高いと考えられた。

「あら？　アル。今日は勉強の日じゃなかったかしら？」

「あ」

今まで黙っていた母セリティーヌが、何気なくアルトに尋ねる。

瞬間、アルトは固まった。

「い、いや？　今日は違った気が……」

しどろもどろに、アルトは目を泳がせながら言い訳を並べる。この反応から、彼が動揺していることは一目瞭然だった。動揺するアルトを傍らに、セリティーヌは再び口を開く。

「言い訳しても無駄よ？　もうミゼラから報告が上がっているもの」

「うっ……ミ、ミゼラめ！　告げ口しやがったな！」

ミゼラという人物はアルトの専属使用人だ。

自由奔放なアルトと違い、ミゼラは真面目な性格である。だから、物心ついた時から知っているとはいえ、アルトはミゼラに少し苦手意識を持っていた。

「当たり前でしょう？　まったく……明日はずっと勉強よ！」

「そんなぁ……」

母セリティーヌの無慈悲な決定にアルトは項垂《うなだ》れる。

勉強が苦手で体を動かす方が好きなアルトにとって、この決定は痛恨の極みだ。

そんな情けないアルトを横目で見ながら、シオンは美味しい料理を口に運ぶのだった。

＊

いつも通りの何気ない日。

シオンは自室で本を読んでいた。読んでいる本の内容はこの大陸の歴史だ。前世から読書家であったシオンは、数年前から毎日のように本を読んでいる。

読書は良い。内容が何であれ、本の世界に入り込める。

そんな穏やかな時間を過ごしていると、パタパタと誰かが走る音が聞こえて、数秒後にドアがノックされた。

「シオン様。リコです。入ってもよろしいでしょうか？」

声の主はシオンの専属使用人であるリコという女性だ。

「リコ？　うん、いいよ」

シオンが許可を出すと、リコはドアを開けて部屋に入ってきた。

セミロングの茶髪に愛嬌のある顔。

走ってきたため、少し息が上がっている。

「どうしたの？」

「至急、執務室へ来るように、と旦那様が仰せられました」

「父さんが？　分かった。すぐ行くよ」

何の用事かは分からないが、至急来るようにと言われたら行かなければならない。

本を閉じ、椅子から下りて廊下に出る。駆け足で廊下を進むこと数十秒。執務室の前に辿り着き、シオンはドアをノックした。

「シオンです。呼ばれた件について来ました」

「入れ」

入室の許可が下りたので、シオンはドアノブを捻って少し重いドアを開ける。

執務室の中には、もうすでにシオンとレイ以外の家族がいた。

「すみません。遅れました」

「いや、大丈夫だ」

いつもの気軽な雰囲気は無く、どこか真剣で重い雰囲気が部屋に満ちている。

漂う雰囲気をひしひしと感じつつも、シオンはソファーの空いている場所に座った。

シオンが座り、レイ以外の家族全員が集まったので、父アレクサンダーは口を開く。

「さて……結論から言うと、先程スタンピードが発生する兆候があるとの報告があった」

「えっ」

「スタンピード……」

まさかの事実にアルトとシオンは目を見開いて呟く。

母セリティーヌは既に知っていたのか、動揺は感じられなかった。

「幸いにもうちはいつ起きても良いように準備してきた。だからあまり慌てる必要はない」

そもそもフォードレイン辺境伯家の使命は魔の森の監視である。

だから、いつスタンピードが起きても大丈夫なように日頃から準備してきた。

更には、過去のスタンピードの記録もあるので盤石な状態だ。

「いつ頃か分かってるの？」

「正確な日時は分からないが……今までの経験から推測するとおそらく五日以内に起きるだろう」

「今までの経験って……」

アレクサンダーの言葉に疑問を覚えてシオンは呟く。

この言い方はまるで、今までにスタンピードを経験したかのようではないか。そんなシオンの疑問に、アレクサンダーは今思い出したと言わんばかりの表情をした。

「ああ、そういえば言ってなかったな。俺は今まで二回、スタンピードを経験している」

「え、そうだったの……いや、別におかしい話でもないか」

スタンピードは早くて数年、遅くて十数年以上の頻度で発生する。

アレクサンダーの年齢は三十五歳。周期を考えると二回経験してもおかしくない。

「じゃあ父さん。俺とシオンは何をすればいいんだ？」

アルトが尋ねる。

勘違いかもしれないが、心なしか何か期待しているような声色だった。

「まず俺はスタンピードの原因である魔物を殺しに行く。そして、セリーは城壁で待機。諸々の調整や回復を担当してくれ。最後にアルとシオン。二人は騎士団に交ざって魔物を止めてくれ」

「よっしゃ、そう来なくっちゃ。学園に行く前で良かったぜ」

「まったく……アルは相変わらずだな」

期待通りの役目を受けて嬉しそうにするアルトに、アレクサンダーは少し呆れて笑う。

アルトの年齢は今年で十一歳。学園は十一歳から十六歳までの六年間、在籍する。つまり、アルトは数週間後には王都に行ってしまうのだ。

「まあそもそもの話、うちは戦力が充実しているからさほど心配はない」

精鋭揃いの騎士団、高ランクの冒険者。魔の森の隣であり国境でもあるフォードレイン辺境伯領には、他の領地より圧倒的に実力者が多くて戦力が高い。

「そしたらさ、一人で行動してもいいかな？　自分より前に人が沢山いると魔術を全力で使えないいんだよね」

相手が単体ならば心配はなかった。

しかし、今回のスタンピードは複数の魔物が相手だ。どうしても広範囲に影響を及ぼす魔術を使う必要がある。その際、場が魔物と人で混沌としていると十分に魔術が使えない。

「えっ！　そしたら俺も自由に動きたい！」

シオンに追随してアルトも声を上げた。戦闘が大好きな彼としても、一人で動き回りたいのだろう。

「駄目よ。流石にそれは危ないわ」

セリティーヌは確固たる声色で反対する。

実力は既に一人前を超えているとはいえ、アルトとシオンはまだ十一歳と八歳の子供だ。

母としてセリティーヌが二人の要望を突っぱねるのは当然だった。

「いや……セリー。アルはともかくとして、シオンは一人にさせた方が良い。騎士達と共に行動するのではなく、一人で一つの場所を請け負った方が全力を出せるだろう」

「え、俺は？」

「アルは……どうしようか」

アルトとシオンは二人共、剣と魔術の両方を使える。

ただ、アルトは剣の方が得意で、シオンは魔術の方が得意だ。

アレクサンダーとしても、シオンを一人で行動させることは合理的に考えて賛成だった。

だが、常識を考えると八歳の子供を一人にするのはあり得ない。

加えて、アルトをどう動かすか考える必要がある。

「……そしたらアルとシオンを一緒に行動させたらどうかしら？」

沈黙が満ちた中、意外な人物から提案が挙がった。

「ああ、確かにそれがいいな。というか、セリーは反対じゃないのか？」

セリティーヌはアルトとシオンを単独行動させることに反対だったはずだ。

なのにも拘わらず、提案するとはどのような心変わりか。アレクサンダーの疑問にセリティーヌは溜息をついて口を開いた。

「私が言っても結局は単独行動するでしょう？　なら、出来るだけ安全に動けるようにアルとシオンを一緒にさせた方が良いと思っただけよ」

今までの経験から、これ以上反対するのは無駄だとセリティーヌは知っていた。

それならば、強情に反対をするのではなく、出来るだけ安全になるような提案をした方が建設的だと考えたのだ。

「む、悪いなセリー」

「別にいいのよ。二人は既に一人前を超えている。これ以上は私の我儘になってしまうわ」

セリティーヌから見て、贔屓目無しにアルトとシオンは一人前の実力を優に超えている。

分かっている事実だけを基にすると、二人を単独行動させても問題ない。

セリティーヌが反対したのは、危険を冒してほしくないというただの親心だ。

「いい？　あなた達。怪我《けが》したら承知しないわよ」

とはいえ、釘をさすことは必要である。

「う、うん。もちろんだよ。ねえアル兄さん」

「おう！　あ、当たり前だよなシオン！」

互いに見合って頷く二人。

アルトとしては十一年間、シオンとしては八年間の人生を経て、母セリティーヌとの約束を守らないという選択はあり得なかった。

＊

二日後、フォードレイン家の屋敷の中が騒がしくなった。

シオンは騒がしさに気が付き、もしやと思って椅子から下りる。

数秒後、自室のドアがノックされた。

「シオン様、スタンピードが発生しました！」

「――っ了解！　すぐ準備する！」

予想通りの事態にシオンは素早く行動に移る。クローゼットから魔術師用のローブを引っ張り出し、手際よく着替えていく。ものの数十秒で支度を終えたシオンは、部屋を飛び出してエントランスへ向かった。

階段を下りるのが面倒だったため、踊り場からエントランスへ飛び降りる。

風魔術で落下の速度を減衰させて着地。

顔を上げると、エントランスには父アレクサンダーが既にいた。

「父さん！　母さんとアル兄さんは？」

「セリーとアルはもう城壁へ行ってる」

ならば早く向かわなければとシオンが思った時、アレクサンダーは壁に立てかけていた長細い箱から何かを取り出した。

「シオン。これを使ってみろ」

差し出されたものをシオンは受け取り、まじまじと見つめる。

見た目は白銀色の棒。長さはシオンの背丈より少し短く、全体に幾何学的模様が入っている。

「これは……？」

シオンは尋ねた。

「それは契約武器だ」

「契約武器⁉」

アレクサンダーの言葉にシオンは驚く。

契約武器とは名前の通り、魔力を通すことで契約して使う武器だ。もちろん誰でも使えるわけではなく、選ばれた人間しか使えない。契約武器に選ばれる基準は判明しておらず、世界でも数本しか確認されていないという希少さ。アルカデア王家が一つ所持していることは知っていたが、まさかフォードレイン家にもあるなんてシオンは夢にも思っていなかった。

「遥か昔からうちに眠っていたんだが……シオンなら使えるかもしれないと思ってな」

「これを俺に……？」

「ああ、試してみろ。ただ魔力を込めるだけだ」

少し戸惑いながらも、シオンは握っている契約武器に魔力を込める。

その瞬間、契約武器が光り輝いて突如として消えた。

「えっ、あぁ……そういうことか……」

一人で納得して、シオンは再び契約武器を虚空から取り出す。

理屈は分からないが、契約武器の機能が勝手に理解できていた。

「シオン……契約できたのか……？」

「うん。できた……」

尋ねるアレクサンダーにシオンはゆっくりと頷く。

「おいおい……まじかよ……いや、試してみろと言ったのは俺だが……」

信じられないと言わんばかりにアレクサンダーは呟いた。

心のどこかでは出来るかもしれないと思っていたが、まさか本当に契約できるとは思っていなかったのだろう。

「いや、俺も驚いてるんだけど。え、本当にあの伝説の契約武器だよね？」

「そうだ。世界に数本しかないと言われている契約武器だ」

シオンとアレクサンダーは二人して戸惑い呆然とする。

あの伝説の契約武器がこうもあっさりと契約できるなんて現実味がなかった。

騒がしい屋敷で二人はしばしの間沈黙する。

「でも凄いな……凄いぞシオン！　まさか契約できちまうとは！」

現実に思考が追いついたのか、アレクサンダーは笑いながらシオンを褒める。疑問や驚きは多々あるが、まずはシオンが契約できたことは喜ばしいことだ。

「ってことは俺が使っていいってこと?」

「おう。当たり前だ。その武器はシオンを選んだんだからな!」

ニカッと笑って言うアレクサンダーにシオンも釣られて笑顔になる。

気分が上がったまま二人はドアを開け、屋敷の外に出た。屋敷から城壁まで歩いて二十分ほど。スタンピードが発生している現状において、悠長に歩いて向かってはいられない。

二人は〝身体強化〟を発動し、風魔術で体に風を纏わせて駆け出した。

屋敷から城壁までは殆ど一本道。その一本道を忙しなく動いている騎士や兵士の邪魔にならないように、傍らの建物の屋根に飛び乗って走り始める。

屋根から次の屋根へ。身軽に駆ける姿は遊んでいるようだ。周囲の人間はもちろん気が付いているが、別に珍しい光景ではないため何も騒がない。

「ふぅ、到着っと」

ものの数分でシオンとアレクサンダーは城壁に辿り着いた。

城壁の下では騎士や兵士、そして冒険者達が忙しなく動いている。

大変そうだとシオンが思っていると、一人の騎士がシオンとアレクサンダーに気が付いた。

「領主様シオン様、お疲れ様です」

「おう、お前もお疲れさん。準備は今どのくらいだ?」

「回復薬などの消耗品は殆ど運び終えました。もうそろそろ全員集まるかと」

「お、早いな。じゃあ準備が終わったら呼んでくれ」

「承知しました」

その後もアレクサンダーは騎士や冒険者に話しかけられていたので、シオンは一人で先に城壁を上ることにした。階段を軽快に駆けあがり、城壁の上に辿り着く。

上がった先にはアルトと母セリティーヌが居た。

「アル兄さん、母さん」

シオンが声を掛けると二人は振り向く。

「お！　やっと来たな！」

「お待たせ」

涼しい風に吹かれながら、シオンは二人のように腰を下ろした。

「あらシオン。アレクは？」

「騎士と冒険者に捕まってたから置いてきた」

「あらあら人気者ね」

セリティーヌはクスクス笑って言う。

アレクサンダーは貴族なのに平民に対してフランクに接するので人気があるのだ。

もちろん最低限の一線は引いている。しかし、アレクサンダーとしては身分差による過度な上下関係は必要ないと考えていた。

「あ、そういえば契約できたよ」

徐《おもむろ》にシオンは虚空から契約武器を取り出す。

「えっ」

「へっ？」

虚空から突如として現れた契約武器を見て、アルトとセリティーヌは固まった。

それからシオンの言葉を咀嚼して瞬きすること数秒。

アルトは目を輝かせながら口を開いた。

「すっげぇ！　すっげぇなシオン！　それ契約武器だろ？」

「うん。父さんに試してみろって言われてやってみたらできちゃった」

「うわぁ……いいなぁ……」

羨ましい気持ちを隠そうとせず、アルトはシオンが持っている契約武器をまじまじと見つめる。

契約武器の存在はアルトも知っていた。憧れてもいた。

普通なら契約したシオンに嫉妬する。

しかし、アルトは羨ましい気持ちはあるが嫉妬はしていなかった。

「ちょ、ちょっと待ってシオン。あなた本当に契約したの？　契約武器と？」

「そうだよ？」

「うそ……本当……？　いや、嘘なわけがないはず……いやでも……」

いつもの冷静さが崩れて動揺するセリティーヌ。

こんな姿は初めて見たとシオンは珍しく思った。

「なあシオン。母さんって慌てることあるんだな」

「ね。初めて見たよ」

アルトも同じことを思ったのか、シオンに小声で話しかける。セリティーヌはそんな二人に気が付き、咳払いを一つして普段の表情に戻った。

しかし先程の動揺を見ているため、シオンとアルトは笑いがこみ上げてきてしまう。だが笑ってはいけないという謎の気持ちが芽生えて二人は我慢をする。

結果、セリティーヌに悟られることなく気持ちを落ち着かせることが出来た。

「ふぅ……思わず少し驚いてしまったわ」

少しどころではないだろ、というツッコミは我慢してシオンは口を開く。

「父さんも驚いてたよ。まさか本当にできるとは思わなかったって」

「そうよね」

シオンの言葉にセリティーヌは何度も頷いた。

「でも本当に凄いわね。契約武器と契約できた人を私は初めて見たわ」

「うーん……でも実感がないんだよね」

伝説の武器である契約武器と契約することが凄いのは知っている。

だが、あまりにも唐突で規模が大きい事実にシオンは未だに現実味がなかった。

人は自分の許容範囲以上のことが現実になると、感覚が追いつかないのだ。

それから少し時間が経ち、アレクサンダーがやってきた。

「やっと解放された……セリーにアルとシオン、準備は出来ているか？」

首を鳴らしながらアレクサンダーは尋ねる。

「ええ」

「もちろん」

「準備は完璧だぜ！」

セリティーヌとシオンは頷き、アルトは歯を見せて獰猛《どうもう》に笑う。

その姿に、アレクサンダーは頼もしさを覚えた。

「うし！　じゃあ最後の仕上げといくか！」

アレクサンダーは気合を入れるように頬を叩き、城壁の縁まで歩いていく。

城壁の下から見える位置まで歩いて姿を現した瞬間、喧騒が途端に静かになった。

「皆知っている通り、スタンピードが発生した。十八年ぶりのスタンピードだ。だが一切問題ない、恐れることはない。我々はこの時の為に日々牙を研いてきた」

決して大声ではない。叫んでもいない。

しかし、遠くまで届き、人々を落ち着かせるような重い声だ。

「俺と騎士団長のハイレイ、そしてAランク冒険者は親玉を殺しに行く。必ず殺してくる。だからそれまでの間、押し寄せてくる魔物から町を守ってくれ。この美しい町を守ってくれ」

アレクサンダーの場所からはフォードレインの町がよく見える。

故郷であり守る義務がある町。

しっかりと視界に収めながらアレクサンダーは再び口を開く。

「準備は良いかお前達！」

ビリビリと空気を震わせるような声が響く。

「止めるぞスタンピードを！　守るぞフォードレインを！」

場のボルテージが上がっているのを感じる。

「出撃！」

瞬間、体を衝撃が突き抜けた。

アレクサンダーの鬨《とき》に同調する者達の叫びで震えた。

高揚する心、痺れる体。

「アル兄さん……凄いねこれ……」

「ああ……すげぇ……最高だ！」

シオンとアルトは完全に場の雰囲気に当てられている。

今なら何でもできそうな気分だった。

城壁の下では、続々と城門から人が出ている。皆、このフォードレインを守ろうと決意を瞳に宿していた。

「俺達も行くぞシオン！」

「うん。行こう！」

二人は〝身体強化〟を発動して風を身に纏う。

城壁の上から飛び降り、着地の足で地面を蹴った。

「ははっ」

矢のように草原を駆けるアルトとシオン。二人の口角は無意識に上がっている。

耳に風切り音が届き、景色が後ろへ高速に流れていく。

雑多に生えている草を踏みしめ駆けること十数分。

アルトとシオンは僅かな地響きを足裏から感じた。

起伏している丘を登り、開けている前方を視界に入れる。

「うわっ……」

二人の視界を埋め尽くすのは魔物の波。見たことのある魔物から見たことのない魔物まで多種多様。

発せられる圧は重く、届く地響きは力強い。

力を持たない人であったら、恐怖で地面に膝を突くだろう、神に祈るだろう。

人が介入できない自然災害。古の時代、いくつもの町や国が瓦礫の山と化した。

それがスタンピードである。

＊

呼吸を落ち着かせ数秒。僅かに浮かび上がる恐怖を抑えつけ眼前の敵を見据える。

「──アル兄さん。初撃は俺が貰っていい？」

銀髪を靡《なび》かせながら、シオンは隣のアルトに言った。

「うーん、任せた！」

アルトは腕を組みその場で仁王立ち。

その姿を視界の端に収めながら、シオンは右手を伸ばし呟いた。

「来い──〝白銀杖《はくぎんじょう》〟」

虚空から現れるは白銀の杖。謎多き武器で、先程シオンが契約した契約武器だ。

シオンにとっては少し長いその杖をしっかり握り、一歩二歩と前へ出る。

「ふぅー」

鼻腔を満たす獣臭、揺らす振動、押しかかる圧。

後ろで騎士達が心配そうに見ているが関係ない。

何もかも全てを吹き飛ばすようにシオンは白銀杖を地面に突き立てて口を開く。

紡ぐのは以前の自分なら不可能な魔術。構想自体は前からあったが、自分が実力不足で実現できなかった現象。

だが、契約武器を手にしている今なら可能だった。

想像し、紡ぐ。

「〝望《のぞむ》は幾千の磔《はりつけ》。氷神《ひょうじん》の追撃。厳寒《げんかん》の獏《ばく》。不変の命よ。集い、凝固し、螺旋《らせん》せよ。それは我が敵を葬《ほうむ》るものなり――氷天月白《ひょうてんげっぱく》〟」

膨大な魔力がシオンから発せられる。

瞬間、天に幾百幾千もの氷槍が出現。無数の氷槍は螺旋を描きながら超速で魔物の波へ飛んで行った。魔物を貫き、地面に縫い留める。まるで断罪する磔のようだ。

一拍遅れて魔物の絶叫が辺りに響き渡った。

「すっげ……」

半笑いしながらアルトは呟く。ランクは低いとはいえ、手前側にいた百体以上の魔物を串刺しにして殺したのだ。この目の前の惨状をつくったのだ。身震いするアルト。

それは弟であるシオンに恐れを抱いたからではない。シオンに対する羨望と対抗心によるものだ。

「アル兄さん」

横目でシオンはアルトを見る。

「いくぜ」

アルトは躊躇なく飛び出した。

思い返すのは直前のシオンを見た時の目。

まるで〝お前もできるよな？〟と言わんばかりの目だった。もちろんシオンのことだから意図していないだろう。しかし、アルトは自分に対する挑戦状だと受け取った。

「ハァッ！」

爆風で自分を加速させ、剣を鞘から抜いて一閃。

まずは一体、魔物の首を刎《は》ねた。

周囲を魔物に囲まれていることで息苦しい呼吸を整える。

心は熱く、頭は冷静に。視野を広げながら暴走している魔物を地に伏せていった。

だが、基本的に魔物は一直線に進んでいる。

アルトはたちまち魔物の波に呑み込まれてしまった。

魔物の波の中でアルトは孤軍奮闘する。

これは魔物の意識がアルトへ向かっていないから出来る芸当だ。仮にスタンピード中でなかったらアルトは一瞬で魔物の餌食になっていただろう。

剣を振るい魔術を放つ。

魔物の波にのまれながら食い止めるように暴れる姿は十一歳には思えない。

少し遅れて、騎士や兵士、冒険者が別の場所で戦い始めた。

シオンも後方で魔術を放ち続ける。

「〝貫け――氷槍〟〝巻き上がり刻め――風巻断空《かざまきだんくう》〟〝落ちろ――雷《いかずち》〟」

氷槍が貫き、気流の刃が入り乱れる竜巻で切り刻み、雷を落とす。

奔《はし》る衝撃、巻き上がる砂埃、轟く雷鳴。

前線で動き回っているアルトに当てないように気を配りながら、シオンは間髪容れずに高速で魔術を発動していった。

氷、雷、風、水。

とにかく得意な属性を用いる。

乱れる呼吸、震える手。

普段の魔物討伐では経験できない状況に溺れそうになりながらも、シオンは自分の心を必死に落ち着かせて魔術を紡いだ。

余計なことを考えずに、何万回と繰り返してきた魔術を発動していく。

すると、次第に落ち着いてきて体も心も正常の状態へ戻った。

こうなれば怖いものなしである。再び気合を入れて集中の海へ潜っていった。

（調子が良い）

経過すること十数分。シオンは自分がいつもより調子が良いことに気が付いた。

まず考えられるのは契約武器の効果だ。契約武器を使っていることによって、魔術の発動速度や効率が上がっている。そしてもう一つ考えられるのは、緊張によるパフォーマンスの向上だ。

一般的には緊張は悪いものと言われている。

確かに、緊張することによっていつもの自分の力を発揮できないことは多々ある。しかし程よい緊張であれば、逆に良い状態へ自分を持っていくことが可能だった。

「〝穿《うが》て――雷撃《らいげき》〟〝集いて押し流せ――濁流〟〝界《かい》を別《わか》つ一枚の障壁――大氷壁《だいひょうへき》〟」

雷撃を放ち、水流で押し流し、大きな氷壁で混沌としている場を別つ。

アルトの炎やシオンの雷によって焦げた臭いが鼻を貫くが、我慢して良い状態を維持しながら魔術を紡いでいった。

＊

ポタポタ。

熱気や緊張、集中といった様々な要因によって汗が頬から落ちる。

シオンが気づいた時にはその落ちた汗によって体内魔力量が半分を切っていた。

スタンピードによる魔物の暴走と対峙してどれくらいの時間が経過しただろうか。

初めにいた場所からは大きく後退していた。しかし、魔物の数は目視で最初の半分ほどに減っている。この様子なら大丈夫かとシオンが思った時、奥から強大な魔力を感じ取った。

すぐに目線を向けて確認する。

シオンの視界に映ったのは、先程まで倒していた雑魚《ざこ》とは一線を画す魔物だった。

「アル兄さん！　奥から強い奴が出てきた！」

前線で戦っているアルトにシオンは声を張り上げて伝える。

シオンの声が届いたのか、アルトは高く跳躍して奥に目を向けた。

奥の状況を確認した後、自由落下して着地と同時に周囲の魔物を蹴散らす。

「シオン！　俺達で倒すぞ！」

「了解！」

「そんで外せ！」

「――っ仕方ないか……！」

アルトの言葉にシオンは一瞬顔を顰めるが、この状況で渋ることは出来ない。

シオンは自分の左耳についているイヤリングを触って言葉を紡いだ。

「〝――解錠――〟」

瞬間、シオンの体内魔力量が激増した。

「流石に以前よりかは大丈夫だけど……いけるかな……」

心配そうにポツリと呟く。

シオンは三歳の時から毎日魔術の鍛錬を積んできた。

その中で一年前、体内魔力量が多すぎて魔術が暴走したり上手く発動しなくなったりという状況にシオンは陥ったのだ。流石のシオンも自分の状況に落ち込んだが、現実は変わらない。

気持ちを切り替えて、どのような手段を取ればこの状況を変えられるかシオンは考えた。考えて調べて、思いついたのが錬金術だった。錬金術というものは魔術とは体系が異なり、主に魔道具を作製する際に用いる技術だ。しかもまだ王国ではあまり発展していない。その錬金術、そして魔道具を用いれば体内魔力の一部を封印することも可能ではないかとシオンは考えた。

様々な本を読んで勉強し、ある程度のことを理解するのに二か月。

錬金術に用いる術式を洗い出し、既存の術式の一部を何種類か組み合わせて新しい術式を開発するのに三か月。

魔道具に必要な材料を調達するのに一か月。

集まった材料であるミスリルという希少な金属とAランクのブラックオーガの魔石、同じくAランクのシルバーウルフの毛という三つを使い作製すること二週間。

形状は戦闘の邪魔にならないイヤリング状にして、六か月と少しでようやく完成した。

その魔道具によってシオンの体内魔力量の半分は封印され、無事にいつも通り魔術を使えるようになったのだ。

滾《たぎ》る魔力と鮮明になる思考。

シオンは久しぶりの感覚に手を握って開く動作を繰り返す。

更に深呼吸を一回。

「アル兄さん！　準備できた！」

「よし！　取り敢えず手前の雑魚を片付けてくれ！」

シオンはアルトの意図を理解して白銀杖の先を天に向ける。

体内で暴れる魔力の荒波を抑えながら現象を想像して眼前を見据える。

紡ぐのは〝氷天月白〟と同じ高度な魔術。

口を開き、詠唱を開始した。

「〝降り注ぐは幾千幾万の雷霆《らいてい》。裁きの鉄槌。天の傲慢な嘆き。迎合せよ刮目せよ。雷鳴の讃美は幾度も木霊《こだま》する――雷鳴讃歌《らいめいさんか》〟」

空が光り、数えきれない雷が魔物に降り注ぐ。

一つ一つの雷の威力は弱いが、膨大な数によって広範囲の魔物を穿つ。

轟く雷鳴は歌のように辺りに響く。

誰かは感動を覚え、誰かは畏怖を覚えた。

もちろんこの場で畏怖を覚える人間はいない。

「はぁっ」

シオンは息を吐き出す。

この魔術を使ったことによって、暴れていた魔力は静まり、視界を埋めていたDランク以下の魔物は殆ど地に伏せた。


焼け焦げた臭いとビリビリと震える空気。

目の前の惨状を自分で生み出したという実感がシオンの胸に湧き上がる。

「ははっ」

笑い声がシオンの口から零れ、無意識に口角が上がった。

誰かが見ていたら狂気的な姿に見えるだろう。しかし、本人含めて誰も気が付くことはなかった。

そんな中、今までより濃い魔力が奥から漂ってくる。

残るは〝雷鳴讃歌〟から逃れた雑魚の魔物と、奥からやってくるCランクとBランクという高ランクの魔物だけだ。

Cランクの魔物はオークジェネラル二体とアーマーベア三体。Bランクの魔物はオーガ二体。

「アル兄さんどうする⁉」

現実に戻ったシオンは判断に迷い、アルトに尋ねた。アルトはもちろんのこと、シオンもCランクの魔物は倒せる。

だが、Bランクの魔物であるオーガは正直分からない。

オーガはBランクの中でも下の方だが、如何《いかん》せん経験が無いので勝てるか不明だった。

「片方のオーガは俺がやる！　もう片方は頼むぞ！　Cランクは騎士達に任せる！」

「――っ俺が戦って大丈夫⁉」

「大丈夫だ！」

「分かった！」

不安はある、心配もある。

でも信じるしかない。

自分より経験豊富なアルトが言うのならば信じるしかない。

シオンはそう思って、駆け出した。

＊

少し時間を遡り、シオンが〝雷鳴讃歌〟を放つ前。

アレクサンダー一行は、今回のスタンピードの原因である魔物を討伐するために魔の森の深層部を進んでいた。

スタンピードが起きているので、魔の森に入ってから絶えず魔物が襲ってくる。

襲ってくる魔物は大体Dランク以上。中には、Bランクの魔物も襲ってきていた。

しかし、この討伐部隊は元王国騎士団団長であるアレクサンダーを筆頭に、フォードレイン領騎士団の精鋭とAランク冒険者パーティーがいるので何も問題ない。

彼らにとってはBランクの魔物など強敵ではなかった。

とはいえ過去のスタンピードと比べると、全体的に魔物の強さが上がっているとアレクサンダーは感じていた。

「旦那ー、なんか全体的に強くないですか？　Bランクの魔物が余裕なく暴走してるなんておかしいと思うんですけど」

Aランク冒険者パーティーのリーダーであるドリスが、アレクサンダーに疑問の声を上げる。

彼はフォードレインでのスタンピードは初めてだが、他の場所でのスタンピードを何回か経験していた。

もちろん、他の場所でのスタンピードは今回のスタンピードと比べると規模は遥かに小さい。しかし、それでも異常を感じ取っていた。

「ああ、俺もそう思っている。もしかしたら今回の親玉はAランク……いや、Sランクにも届いているかもしれないな」

険しい顔をしながらアレクサンダーは言う。

「うわぁ……Sランクは勘弁してほしい……」

ドリスが嘆きの声を上げる。

決してドリスが臆病なのではない。

Aランクであれば討伐経験はあるし、この面子《めんつ》ならば十分に可能だ。しかし、SランクとなるとAランクとは桁が違う。

もちろん一介のAランク冒険者パーティーであるドリス達には討伐不可能だし、強者たちが集まっている今の面子でも討伐の可能性は限りなく低い。少なくとも現在の戦力の倍は欲しかった。

「問題ない。俺達なら勝てる」

「ハイレイさんは相変わらず自信満々ですねー。まあ俺も負ける気は毛頭ないですがっ」

横から飛び出してきたブラックウルフを切り伏せて、フォードレイン領の騎士団団長であるハイレイに言葉を返す。

ドリスとしても相手が何であれ負ける気はなかった。

草木を踏みしめ、木々を潜り、森の中を進んでいく。

幾度も行く手を阻むように突っ込んでくる魔物を捌いて駆ける。

しばらく奥へ奥へと走っていくと濃密な魔力を全員が感じ取った。

「気を付けろ。この先にいる」

アレクサンダーの忠告に皆無言で頷く。

もうすっかり周囲に魔物は居なくなり、それに反して感じる魔力はどんどん濃密になる。

ついに姿が見えた。

誰かがゴクリと喉を鳴らす。

周囲の木々より遥かに大きい体躯、全身は漆黒の鱗に覆われていて艶やかに光っている。二本の太い足には巨大で鋭い爪が付いており、大きな翼が地面に影を作っていた。深紅の蛇目がアレクサンダー達を貫き、凶悪な牙は獰猛さを醸し出す。

「黒竜か……」

誰かが呟いた。

黒竜は竜種の中で最も獰猛と言われている。

危険度は、Aランク上位。しかも、スタンピードによって強化されているのでSランク下位でもおかしくなかった。

場に緊張が渦巻く。

過去のスタンピードの記録を見ても、これほどまでに強大な魔物が出現した事例は無い。

偶然か、それとも何か原因があるのか。

そのようにアレクサンダーが考えた瞬間、黒竜が顔を斜め上へ向けた。

「──っ耳を塞げッ！」

アレクサンダーが叫ぶと同時に黒竜の咆哮《ほうこう》によって衝撃が突き抜けた。

空気を震わせ、地面を揺らし、草木を震わせる。

ビリビリと体が震える。

向けられる殺気。

思わず屈しそうになるが、膝をついている暇などない。瞳に覚悟を灯して武器を手に取る。

「行くぞ」

短く一言。

アレクサンダーが言う。

黒竜という強敵に、彼らは挑んでいった。

＊

シオンが放った〝雷鳴讃歌〟によって魔物の波がほぼ壊滅。

残るはオーガ二体とCランクの魔物五体だ。

「騎士の人達はCランクをお願い！」

シオンはそう言い残し、一体のオーガへ向かった。

道中、討ち損じた雑魚の魔物が介入しないように氷壁で隔離。

これで、アルトとシオンはオーガとの戦いに集中できるようになった。

「〝貫け――氷槍〟」

手始めにシオンは〝氷槍〟を飛ばす。

しかし流石はBランクの魔物。

超速で飛んで行った氷槍をいとも簡単に見切って避けた。

そして避けた足をそのまま踏み込んでオーガは接近してくる。

シオンは接近戦も一応は出来るが、あくまで魔術師だ。

魔術師は近寄られたら負ける確率が一気に上昇するので、距離を取る戦い方をする必要がある。

「〝沈め――泥沼《どろぬま》〟〝凝固せよ――凍結〟」

オーガの足元を沼地へ変化させ、オーガの足が沈んだことを確認した瞬間凍らせる。

これで足を封じたとシオンが思った瞬間、氷が砕ける音が響いた。

かなりの魔力を込めた魔術をただの筋肉によって破られてしまったのだ。

「この脳筋が……っ！」

悪態をつくシオン。

このままでは接近されてしまうので、〝身体強化〟を発動して後退する。だが、想像よりも俊敏な動きで魔術を使う暇がない。

迫るオーガが手にしている巨大な石斧を振り上げるのを見て、シオンは横へ身を躱した。

一拍遅れて響く破壊音。

間一髪で回避できたが、その石斧は地面を大きく陥没させた。

もしまともに当たったら即死するだろう。

そんな弱気な思考を切り替えて、体を起こしながら僅かな隙を利用して魔術を唱える。

「〝風よ身に纏え――風纏〟」

体に風を纏わせて機動力を上げる魔術を発動し、オーガの接近から逃れていく。

これで石斧によって殺される可能性は低くなったが、このままでは埒《らち》が明かない。

どうすればいいか思考すること数秒。

シオンの頭に名案が浮かんだ。

「難しいけど…… 〝我が身を自由にせよ――飛翔〟」

口早に詠唱して地面から飛び立つ。

そもそもの話、わざわざオーガの主戦場である地面で戦う必要はない。

〝飛翔〟という魔術は、魔力消費量が多く魔力操作が難しいが今の状況では使うべきだ。

空という届かない領域へ逃げたシオンにオーガは立ち尽くす。

オーガに空を飛ぶ手段はない。

少々卑怯な気もするが、殺し合いにそんなことは言っていられなかった。

「よし……これで――っ」

安心した瞬間、シオンは咄嗟に無属性の魔術〝障壁〟を五枚展開した。

同時に〝障壁〟が破られる音が響く。

オーガが投げた石斧によって、五枚のうち三枚が破られた。

「あっぶな……」

冷や汗をダラダラ流して呟くシオン。

対してオーガは落下してきた石斧を掴み、再度投げようと振りかぶる。

目の前の凶悪な斧から身を守るために、シオンは焦りながら魔術を紡いだ。

「〝貫け――氷槍〟」

一本、二本、三本、四本。

時間差でオーガ目掛けて〝氷槍〟を飛ばす。

位置的関係から重力加速度の影響を受けるので、〝氷槍〟は普段より速度が上がる。

オーガは投げるのを諦めて回避に徹した。

その間にシオンは頭を冷静にさせる。

一つも〝氷槍〟が当たらないのを見るや否や次の魔術へ移る。

「〝集いて飛んで行け――水球《すいきゅう》〟」

シオンの周囲に人の頭部ほどの大きさの〝水球〟が発現した。

数は次々と増えていって推定五十個。

膨大と評して過言ではない数の〝水球〟がオーガ目掛けて飛んでいく。

当然ながらオーガは躱す。

しかし、五十個すべてを躱すのは難しいので十個ほど当たった。

とはいえ、〝水球〟自体の攻撃力はあまり高くない。

オーガに傷一つ付けられず、オーガの体を濡らす結果に留まった。

傍から見れば何がしたかったのか疑問を持つだろう。

だが、シオンが意味もなく〝水球〟の魔術を発動した訳がない。

「〝凝固せよ――凍結〟」

白銀杖をオーガに向けて唱える。

すると、オーガの体表が白く変化していき、動きが鈍くなっていった。シオンが飛ばした〝水球〟によって濡れた箇所が凍ったのだ。

次いでシオンは口早に紡ぐ。

「〝氷界から呼ばれし四つの格子。千歳の終日を封じる重厚な牢。顕現せよ封緘せよ。我が命は汝の暁光を遮断する――離界氷牢〟」

オーガを中心とする四方に氷柱が出現。

これから何が起こるか理解したのか、オーガは必死に逃れようとする。しかし、体表を凍らされた現状で動ける訳がなかった。

「終わりだよ」

瞬間、四つの氷柱は凄まじい勢いで互いの間隔を閉じる。

響く轟音と共に、閉じた衝撃によって辺りに舞う氷片。

キラキラ光る氷片の中心に、オーガは氷漬けのまま閉じ込められていた。

「ふぅ……」

息を吐きながらシオンは地面に降り立つ。

上手くいって良かったと心から安心した。

あの〝氷槍〟が躱され続けた時、シオンは人生で初めて見た魔術を思い出していたのだ。

幸いにも鍛錬して使えるようになっていた。

だから、〝水球〟を当てて凍らせ、動けなくなったところを狙ったのだ。

仮にどこか一つでも失敗していたら成功しなかっただろう。そう思ってシオンは警戒しながら鎮座している〝離界氷牢〟に近づく。

「流石に出てこないよね……？」

〝離界氷牢〟という魔術は高度な魔術だ。

流石にいくらBランク下位のオーガとはいえ抵抗はできないはずだと思った。

「うん。大丈夫そうだ」

予想通り、オーガは表情を歪ませながらしっかりと氷漬けになっていた。

シオンは安心しながら〝離界氷牢〟を解除する。

解除しても体内まで凍っているので、蘇って襲ってくる心配はない。

シオンは凍っているオーガに手を添えて短く激しい振動を加えた。僅かな音がして、氷漬けのオーガが粉々に砕け散って空気に氷片が解ける。肉片も内臓も骨も砕け散り、残ったのは魔石だけ。残った赤黒い魔石をシオンは手に取り、懐に入れた。

「さて……アル兄さんは大丈夫かな？」

呟いて再び〝飛翔〟の魔術を発動。

ある程度の高さまで浮かび、全体を見渡す。

「お、大丈夫そうだ」

シオンの目線の先は、たった今、アルトが振るった剣によってオーガの首が宙に舞ったところだった。

他の場所でもCランクの魔物は既に倒されていて、騎士や冒険者は残党処理を行っている。

シオンはそのまま空を飛びながらアルトがいる場所へ向かった。

「アル兄さん。怪我はない？」

アルトの隣に降り立って尋ねる。

「お、シオン。かすり傷程度だから大丈夫だぞ」

肩で息をしながらアルトは振り返って答えた。アルトの言う通り、見た感じかすり傷しか怪我を負っていない。

「ならよかった。でも母さんに見つかると面倒だから治しとくよ〝癒せ――治癒〟」

母セリティーヌから怪我をしないようにと言われている。だからかすり傷であったとしても怒られる可能性があるので、シオンはアルトの傷を治した。光属性の素質は四で決して高くないが、このくらいの傷なら治せる。

十秒後、アルトが負っていた傷はすっかり塞がった。

「ありがとうなシオン、助かったぜ。ん？　そういえばシオンが倒したオーガはどこだ？」

礼を言いながら、アルトはキョロキョロと辺りを見渡す。

「ああ、氷漬けにしてから砕いたから魔石しか残ってないよ」

「氷漬け⁉　凄いな」

「ほら、昔母さんが見せてくれた〝離界氷牢〟っていう魔術あるじゃん？　それを使ったから」

「ああそれか！　なるほど。確かにそれならいけるか」

シオンの言葉にアルトは納得した。アルトも以前、セリティーヌが〝離界氷牢〟を使っているところを見たことがある。

だから分かったのだろう。

「にしてもアル兄さん、接近戦でオーガに勝つの凄いね」

「ははっ、Bランクって言っても下位だからな。それに、俺はもう十一歳だからこれくらい勝たないといけないんだよ」

そして続けて口を開く。

「というかそれを言うならシオンの方が凄いぞ？　まだ八歳でオーガを倒してるんだからな」

アルトは十一歳、シオンは八歳。

大人の三歳差はあまり大差ないが、幼少期における三歳差は大きい。

フォードレイン家という強者ばかりの空間で過ごしていることで感覚が麻痺しているが、普通に考えたら八歳でBランク下位の魔物を倒すなんてありえなかった。

感心と呆れを含むアルトの言葉を聞いたシオンは笑いながら言う。

「いや、俺が倒せたのはオーガが空を飛べなかったからだよ。正直、地面に立って戦ってたら負けてた可能性が高いし。勝てたのは空から一方的に魔術で攻撃してたからだね」

謙遜しているように見えるが実際シオンの言う通りである。

空に逃げるまで地に足をつけて戦っていたが、オーガのスピードに全く対応できなかった。

魔術を発動する隙さえ与えてもらえず、出来たのは逃げることだけ。

今回シオンが勝てたのは、シオンが空を飛べる魔術師であったからだ。

「あーなるほどな。でも、どんな方法であれ勝ったのは事実だからな。誇っていいんだぞ！」

太陽のような笑顔を浮かべながらアルトはシオンの肩を叩く。その笑顔はただただ純粋だった。

「うん。ありがとう。でも今度は空に逃げなくても勝てるようにする」

「そうだな！」

二人はシオンが作った岩の長椅子に腰を掛ける。

何かを考えることはせず、ボーっと穏やかに吹く風に身を任せていた。

いくら規格外のアルトやシオンとはいえ、かなりの疲労を感じているのだ。

本当はさっさと屋敷に帰ってベッドにダイブしたいところだが、父アレクサンダー一行がまだ帰ってきてないため、帰ることはしない。

「父さんたち大丈夫かなー……」

不意にシオンは呟いた。

Bランクであるオーガが森から出てきたのだ。つまり、アレクサンダー一行が戦う魔物は最低でも

Aランクということになる。

シオンは心配だった。

「大丈夫！　ハイレイもいるしAランク冒険者パーティーもいるし！　何より父さんがいるからな！」

「まあそっか」

湧き上がったシオンの心配を吹き飛ばすようにアルトは言い、シオンは頷いた。

アルトとシオンは父親であるアレクサンダーの強さを十分知っている。

だから大丈夫だろう、と信じるのだった。

＊

その頃、魔の森の奥深くで見えるのは抉れた地面と折られている樹木。

走る衝撃、響く戦闘音。

アレクサンダー一行と黒竜の戦いは苛烈を極めていた。

「おおおおォォッ！」

アレクサンダーは剣を振るい、黒竜の翼を斬りつける。

しかし、与えられた傷は小さい。

黒竜は唸りながらアレクサンダーに噛みつかんと首をもたげた。

「――――爆炎〟！」

黒竜の頭部に炎の塊が着弾して爆発した。

塊の大きさに見合わない規模の爆発によって、黒竜の頭部は後ろへ弾かれる。

多少なりとも傷を負わせられたかと思った面々だったが、事はそう簡単にはいかない。

白煙から現れたのは無傷の頭部だった。

「やっぱりこの程度では厳しいわね……」

爆炎を放ったAランク冒険者パーティーの一人、サーニャは険しい顔をしながら呟く。

今の爆炎の威力はCランクの魔物なら一撃で倒せるほど。

だが、相手が黒竜となると傷さえ与えられないのが現実だった。

サーニャの目の前ではアレクサンダーとハイレイ、そしてドリスが黒竜を相手取っている。

この状況で適切な魔術は何か。

サーニャは思考して選択した。

「〝我が右手に灰と化す炎槍《えんそう》を。我が左手に凍《い》て尽《つ》くす氷槍を。合わせて無に帰す滅槍《めっそう》を。混じりて放つは我が一撃――滅槍光線《めっそうこうせん》〟」

サーニャが前に突き出した杖の先から、光り輝く一本の槍が光線のように発射される。

炎と氷、相反するエネルギーを無理やり合成した時に発生する反発を利用した一撃。

サーニャが持ち得る最高難易度の魔術の一つ。

音を置き去りにしたその〝滅槍光線〟は、戦っている仲間の間を通って黒竜へ到達した。

（よしっ！）

響き渡る甲高い衝突音と黒竜の絶叫。

ダメージを与えたと全員が確信した。

「追撃の準備ッ！」

体の一部に穴が開いた黒竜が視界に映った瞬間、アレクサンダーは叫んだ。

響く声に同調するように一同は攻撃を再開する。

黒竜は〝滅槍光線〟によって決して小さくない傷を負っていた。

この二度とない機会を逃すわけにはいかない。

アレクサンダーは地面を踏み貫き、剣に魔力を纏わせて振るう。

柄を全力で握り、振るった軌跡から斬撃が飛翔。防御するため翳《かざ》した黒竜の爪と衝突した。生み出される僅かな隙に、ドリスは黒竜の体を駆けあがって首を取らんと落下と同時に剣を振るう。

が、そう易々と黒竜が許すわけがない。

首を動かして避け、口を開いて黒閃を放った。

闇属性の性質を持つ弱めのブレス、通称黒閃が身に迫る状況に陥ったドリスは〝身体強化〟を最大に発動、そして〝障壁〟を多重展開する。

「ぐっ……ぬぅおぉぉ！」

障壁が破れる音と共に黒閃による衝撃でドリスは吹き飛ぶ。

冷や汗が出るような光景を目の当たりにした一同の判断は早かった。

アレクサンダーとハイレイは黒竜の注意を引き、サーニャは後方で援護。

ドリスとサーニャと同じパーティーの二人が吹き飛ばされたドリスの下へ向かう。

「無事かドリス」

円盾を背負った厳つい男、ゼールスが声を掛けた。

遅れて弓を手にしている女、アルマがやってくる。

「おーう……大丈夫に決まってんよ……」

ドリスはふらりと立ち上がる。

見た感じ大きな怪我はない。しかし、額から血を流し、装備がボロボロだった。

「ドリス怪我は⁉」

「ほら、回復薬だ」

アルマはドリスの全身を確認しながら心配そうに尋ねる。そしてゼールスは腰のポーチから回復薬を渡した。

「――っふぅ……装備のお陰で大した怪我はねぇ。まだまだやれるぜ」

回復薬を飲み干し、ドリスは気合十分の顔で言う。

平気そうなドリスを見たゼールスとアルマは、互いに顔を見合わせて頷いた。

付き合いの長い彼らにとって無駄な会話は必要ない。

体の調子を確認したドリスと共に、ゼールスとアルマは黒竜の下へ戻った。

アルマは少し離れたところで弓を引く。矢をつがえていないその弓に、いつの間にか光る矢が現れていた。これは魔道具である弓の効果だ。

効果は、矢を弓の持ち主の魔力で作製するというもの。

「ふ――っ！」

一息に五射。

目を見張るほどの速射で、アルマは黒竜に向けて魔力矢を放つ。

空気を切り裂くように飛んでいく五本の矢は、黒竜の鱗の隙間へ正確に突き刺さった。

意識外からの攻撃に傷をつけられた黒竜は苦悶の唸り声をあげる。

少し遅れて現れるドリスとゼールス。

入れ替わるように、アレクサンダーとハイレイは後ろに下がって回復薬を飲んだ。

一息つく。

十秒後、再び黒竜の下へ駆け出した。

空を走る幾度の剣閃と魔術と魔力矢。

黒竜と六人の攻防が続くこと数分。

突然、黒竜は魔力をまき散らして無差別に暴れだした。地面が波打つほどの衝撃を放ち、平衡感覚が狂うほどの魔力を拡散する。

何事かと不審に思う六人。

次の瞬間、アレクサンダーは咄嗟に叫んだ。

「避けろッ！」

ほぼ同時に、アレクサンダー含む六人は体勢を考えずに身を投げ出して地面を転がる。

次いで乾いた破裂音が響いた、と思ったら類を見ない衝撃が体を走り抜けた。

視界の端に見えるのは一直線に続く破壊された跡。

おそらく、黒竜の尻尾が鞭のようにしなって地面を穿つことで生じた衝撃波によるものだ。

つまり音の壁を超えた攻撃ということだった。

「大丈夫か⁉」

アレクサンダーは体を起こしながら他の五人の様子を確認する。

誰も怪我らしい怪我をしていないことが分かると胸を撫でおろした。

だが、いつまでも安心していられない。

なぜなら、黒竜が漆黒の槍を作り出して飛ばしてきたからだ。

漆黒の槍を見切り、アレクサンダーは最小限の動きで接近する。黒竜も地響きを鳴らしながらアレクサンダーに向かって突進してきた。別方向からドリスが向かっていくが、黒竜はそのままアレクサンダーに突進する。

十トンを優に超える黒竜の突進をアレクサンダーはまともに受ける、と思われたが斜め上に跳躍して回転しながら回避。

空中に展開した〝障壁〟を足場にして加速する。

すれ違いざまに剣を振るった。

舞う血しぶき、咆哮する黒竜。

間髪容れずにドリスとハイレイ、そしてゼールスが確実に己の武器で傷を与えていく。

後衛のサーニャとアルマも負傷している箇所を狙って攻撃をした。

対して黒竜は漆黒の魔力を振り回して抗う。

だが、徐々に黒竜の鱗の強度が下がってきた。

つまり黒竜の体内魔力量が減ってきたのだ。

「もう少しだぞッ！」

アレクサンダーは鼓舞の声を張り上げ、一同は更に気合が入った。

もう少し、もう少し。

気炎が轟轟と燃え上がる。

その時、このままでは負けると悟ったのか黒竜は逃げようと翼を羽ばたかせた。

「――かの敵を撃ち抜け――氷槍〟！」

サーニャは上空から巨大な氷槍を落として黒竜の片翼を地面に縫い留める。

水平投射の〝氷槍〟だったら貫けなかったが、落下する時の重力加速度も加わることで翼を貫くことを可能とした技術だ。

黒竜の絶叫が森に木霊することで、六人は勝利を確信して攻撃しようと足を踏み出した。

しかしその時、黒竜が最後のあがきを見せる。

悪い予想は当たるもので、黒竜は凶悪な口を開けて口元に魔力を集め始めた。

焦りながらアレクサンダーは叫ぶ。

「――ブレスだッ！　一か所に集まれ！」

全員黒竜の正面にいるので今からブレスの照準を逃れることは出来ない。

すぐさま全員一か所に集まり、ありったけの防御の魔術を発動していった。

無属性の〝障壁〟に始まり、氷属性の〝氷壁〟。最後は、光属性の〝光陣結界《こうじんけっかい》〟。計、二十五層にも及ぶ防壁を僅か二秒で完成させることに成功した。

一秒後、ブレスを溜める音が止む。

一瞬の空白。

次の瞬間、黒竜から闇属性である漆黒のブレスが吐かれた。

「ぐぅぅぅっ……！」

降りかかる濃密な魔力波、全身を駆け抜ける巨大な衝撃波。

〝障壁〟が紙切れのように破られ、〝氷壁〟も一瞬で破壊される。

残るはサーニャが展開した闇属性に有効な光属性の〝光陣結界〟だけ。

「耐えろォォォ！」

目の前に展開された〝光陣結界〟がビリビリと震える。

襲い掛かるブレスを前に時間が永遠に感じる。

ピシ。

ピシ。

最後の砦である〝光陣結界〟にひびが入ってしまった。

焦る六人。

「まずい……っ！」

誰かが呟く。

この〝光陣結界〟が破られてしまえば、六人漏れなく塵も残らずに消える。

それだけは避けなければいけない。

様々な思いが錯綜する中、ゼールスが皆の前に立った。

「サーニャ！　使うぞッ！」

ゼールスは背負っていた円盾を手に装着して前に構える。

「――分かったわ！　〝希望を灯せ。汝は光の守護者――光の祝福〟」

サーニャが紡ぐと、ゼールスの円盾が光の膜で覆われた。

続いてゼールスがよく響く声で唱える。

「〝起動――金光《きんこう》の防壁〟」

起動音と共に、ゼールスが構えていた円盾が巨大で光り輝く盾に変化。

巨大化した盾を地面に突き立ててゼールスは身を硬くした。

瞬間。

バリンッ。

遂に〝光陣結界〟が破られた。

防御の魔術がなくなったことで漆黒のブレスが六人へ襲い掛かり、ゼールスが構えている盾に轟音を鳴らしながら衝突した。

「ぬぅぅ――っ！」

全身に力を入れて、吹き飛ばされないようにゼールスは地面を踏みしめる。

少しでも気を抜いたらたちまち全員ブレスの餌食となってしまう。

させるわけにはいかない。

「おおおおォォッ！」

ゼールスは雄叫びを上げて後ろにいる五人を守る。

必死に守る。

一秒、二秒、三秒。

滝のように汗を流し、全力でブレスを弾くこと五秒。

ようやくブレスが止まった。

力を使い果たしてゼールスは地面に崩れ落ちる。

だが問題ない。

「後は俺達の仕事だ」

アレクサンダーとハイレイ、そしてドリスが地面を踏み抜いて駆ける。

その姿を視界に映した黒竜は、口を開いて弱めのブレスである黒閃を放とうとした。

しかし、開いた口に魔力矢が刺さる。

「任せたよっ！」

アルマの援護射撃に感謝して、まずはハイレイが迫る尻尾を受け止めた。

ハイレイの真横をドリスは駆け抜けて、頭部を隠すように動かした翼をズタズタに切り刻む。

開けた黒竜の頭部までの道。勝利へと続く道をアレクサンダーは遠慮なく突き進んで跳躍。

目の前にあるのは黒竜の首。これ以上ない最高の状況だ。

「はァァッ！」

声を上げて一閃。

全ての力と魔力を込めた一閃は、視認が不可能なほどの速度で振るわれた。

アレクサンダーは転がりながら地面に着地して立ち上がる。

遅れて落ちてくる黒竜の頭部。

首の断面から噴水のように噴き出すどす黒い血液。

一帯の空間が静まり返る。

アレクサンダーは拳を振り上げて叫んだ。

「俺たちの勝利だ！」

静まり返った魔の森に響く勝利の宣言。

皆、ゼールスのように地面に崩れ落ちた。

「かーっ！　疲れたぁ……」

「へとへとだよ……」

「流石に限界だわ……」

ドリスとアルマ、そしてサーニャは疲労の言葉を口々に言う。

彼らにとって今回の戦闘は、今までの戦闘の中で三本の指に入るほどの大変さだった。

だから、このように疲労をあらわにするのは当たり前だろう。

「助かったぞゼールス。あれは何だったんだ？」

アレクサンダーは地面に大の字で倒れているゼールスに尋ねた。

あれ、というのは突如として変形した円盾のことだ。ゼールスが変形した円盾で黒竜のブレスを防がなかったら、彼らは全滅していただろう。

「……これは迷宮で手に入れた魔道具の一つです。一度起動すれば、先程みたいに黒竜のブレスであっても防いでくれます。ただ……一度使用したらこうなりますが」

体を起こしながらゼールスは片手を持ち上げる。

そこには、ボロボロになった円盾があった。

「もう使えないのか」

「はい。流石に何度も使えないみたいです。まあ、こんな強力なものが何度も使える方がおかしいでしょう」

黒竜のブレスはとてつもない破壊力を持つ。

証しとして、黒竜を中心として扇状に森が更地と化している。

樹木が根こそぎ吹き飛び、地面が大きく抉れている光景はまるで災害の痕跡。

過去の記録では、黒竜のブレス一発で町一つが滅んだと記述があった。

「まっ、魔道具に限らず武器は使ってなんぼですよ。それに……たんまり報酬も頂けますしねぇ？」

ドリスが悪い顔をしながらアレクサンダーに言う。

そもそも、ドリス達に限らず、スタンピードを食い止めんと戦っていた冒険者達は、領主であるアレクサンダーから依頼を受けたという形になっている。

そして今回のスタンピードにて、ドリス率いるパーティーは多大なる貢献をした。普通に考えれば、ドリスの言う通り報酬は色を付けて支払われるはずだ。

「相変わらずドリスは悪い顔が似合うな……」

少し呆れながらアレクサンダーは呟き、再び口を開く。

「しかしまぁ、ドリスの言う通りだ。お前達のパーティー、〝黎明の剣〟には規定以上の報酬を払う。期待していいぞ」

「よっし。流石は旦那。分かってるぅ！」

「やった！　甘いものいっぱい食べよー！」

「新しい武器でも買うか……」

「どこかでゆっくりしたいわね……」

アレクサンダーの気前良い言葉に、〝黎明の剣〟の面々は頬を緩ませた。

美食を堪能するのも良し、装備を新調するのも良し、休養を取るのも良し。

己の力で得た金で欲望を叶えるのはさぞ気持ちが良いことだろう。

そんな自由な彼らに、アレクサンダーは少し羨ましく思いながら黒竜の頭部を拾い上げた。

「ハイレイ」

「はい」

いつの間にか横に控えていたハイレイにアレクサンダーは言う。

「黒竜の死体を俺達だけで運べると思うか？」

「普段なら可能かと思いますが……今の状態だと厳しいかと」

「だよな」

黒竜の死体を領地まで運びたいが、疲労で体力も魔力も尽きかけている現状だとこの場にいる者だけでは無理だった。

「なら仕方がない……〝土壁《つちかべ》〟」

アレクサンダーは地面に手を付けて呟く。

残り僅かな体内魔力を絞り出して造ったのは、黒竜の周囲を囲う土の壁だった。

「ふぅ……これで魔物には荒らされないはずだ」

今は黒竜との戦闘の影響で周囲に魔物がいない。

しかし、もう少ししたら魔物が寄ってくることが予想された。黒竜の死体は貴重であり、解体すれば様々な素材が採れるし金にもなる。

本当は血液も色々な用途に使えるので一滴も逃したくなかったが、そんな余裕はなかったので諦めるしかない。

「黒竜の死体は後で運ぼう。それよりさっさと帰るぞ。皆が待ってる」

アレクサンダーは沈黙した黒竜に背を向けて守るべき町へ足を向ける。

そんな彼に、ハイレイと〝黎明の剣〟一行は追随する。

破壊され尽くした更地に残るのは、もう動かない黒竜だけだった。

＊

漂う血煙と広がる魔物の死体。

シオンとアルトが二体のオーガを地に伏せた草原には魔物はもういない。

波のように押し寄せていた魔物は、騎士や兵士、そして冒険者達の尽力によって全て討ち取られていた。怪我人はもちろんいるが、幸いにも死者はいない。これは喜ばしいことだ。

残るはスタンピードの原因の魔物を討伐しに行ったアレクサンダー一行を待つだけである。

「あ」

漂う悪臭に顔を顰めながらアルトとシオンが雑談している中、不意にシオンは呟いた。

シオンの目線の先にあるのは魔の森から出てくる人影。

「シオン、どうした？」

尋ねるアルトにシオンは魔の森を指さして口を開く。

「アル兄さん。あれ、父さん達じゃない？」

「ん？　おお本当だ！　ってことは倒したんだよな？」

アルトは嬉しそうに笑いながら叫び、疑問を述べる。

同様の疑問を持ったシオンは、どのような状態か確認しようと目を凝らした。

すると、集団の中の一人が凄い勢いでシオンとアルトの下へ走ってくる。

「シオン！　アルト！　怪我はないか⁉」

どこにそんな体力があるのか不思議だが、ものの十数秒でアレクサンダーはシオンとアルトの下へ辿り着いて心配の声を発した。

「う、うん。大丈夫」

「俺も少し怪我したけど。シオンに治してもらったから平気だぜ！」

凄い勢いで走ってきたアレクサンダーに驚いたシオンは仰け反り、対してアルトは全身を見せるように両手を広げる。

「そうかそうか……ならよかった！　今回は過去より強い奴が多くて心配だったんだ。だが……その様子だと出なかったのか」

「いや、オーガが二体出た！」

「あと、Cランクもちょっとね」

シオンとアルトが殆ど怪我をしていないと聞いたアレクサンダーはランクの高い魔物は出なかったのだと安心したが、すぐにアルトとシオンに否定された。

「っな……⁉　それを倒したのか……？」

まさかの言葉にアレクサンダーは目を見開いて尋ねる。

「Cランクの魔物は他の人に任せたけど……」

「俺とシオンで一体ずつ倒したぜ！」

「おいおいまじかよ……」

頭を掻きながら、信じられないと言わんばかりにアレクサンダーは呟く。

Bランク下位とはいえ、オーガは明らかにCランクとは一線を画す強さだ。そんなオーガを、まだ十一歳と八歳の子供が倒したというのだから驚くのも当然だろう。

もちろんアレクサンダーは息子二人の強さは知っている。しかし、その知っていた強さを遥かに超えていた。

「後でいろいろ聞きたいが……とりあえず後のことは騎士達に任せて帰っていいぞ」

話を聞きたい欲求を抑え、アレクサンダーはアルトとシオンに帰宅を促す。

「はーい。あ、そういえばどんな魔物だったの？」

「あっ、そうだ！　聞くの忘れてた！」

背を向けていたシオンは振り返って尋ね、アルトも同時に振り返った。

アレクサンダーや、共に帰ってきたハイレイと冒険者の様子から激戦だったことは分かる。

ということはかなりの強敵だったのだろう。

「あぁ、そういえば」

ポンと手を一つ叩いてアレクサンダーは口を開いた。

「俺達が戦ったのは黒竜だ」

「え」

「黒竜……」

黒竜という単語に、シオンは固まりアルトは呟く。

そして、数秒経って目を見開き叫んだ。

「「黒竜⁉」」

シオンとアルトの声が揃う。

二人はもちろん、黒竜という存在を知っているしその危険度も知っている。

だからこそ、心の底から驚愕した。

「えぇ……よく勝てたね……」

「父さん達すげーな！　やっぱ強かったのか？」

戦慄するシオンの横で、アルトは目を輝かせながらアレクサンダーに聞く。

「おう、久々に全力出したぞ。ただ……俺はこれからやる事があるから、この話は後でな」

アレクサンダーとしても早く屋敷に帰って息子達に自慢話を聞かせたいが、不幸なことにやらねばならない作業がある。

領主という立場は大変なのだ。

「うん。じゃあ先に帰るね」

「後で話聞かせてよな！」

後ろ髪を引かれる思いをしているアレクサンダーに背を向けて、シオンとアルトは歩き出した。

辺りにずらりと転がっている魔物の死体。放っておくと、病原菌の巣窟と化すので処理しなければいけない。これから騎士や兵士総出で作業するのだろう。

シオンは自分だけ何もしないことに罪悪感を抱いたが、余計な手を出して場を混乱させる方が嫌だったので大人しく帰宅することにした。

「……」

魔物の死体を踏んでしまったことで足裏に感じる嫌な感触に、シオンは顔を顰める。

城壁に着くまでに後三十分ほど歩く必要があるので、必然的に足裏の気色悪い感触も三十分続くことになる。それは断固として嫌なシオンは、空を飛んで帰ろうと思って魔術を紡いだ。

「〝我が身を自由にせよ――飛翔〟」

フワリと体が浮かび上がったシオンをアルトは見上げる。

「じゃ、アル兄さん。お先に失礼」

「あっ！　ずるいぞシオン！」

アルトが何か叫ぶがシオンは振り返らない。身に風を感じながら、空を飛んで帰路に就いた。

第三章　王都と出会い

ほのかに香る土の匂い。

身を包む穏やかな気候。

相変わらず激しい馬車の振動。

シオンは王都で開催される夜会へ出席するために馬車に揺られているところだった。

移動中は特にすることが無いので先程までは本を読んでいたが、酔ってしまったので止めた。

そういえば前世でも乗り物酔いが激しかったな、とシオンは思い出す。

転生しているので体は違うはずだが、偶然にも三半規管の弱さは同じのようだ。

「母さん、王都まではどのくらいかかるの？」

「何もなければ七日で着くわ」

シオンの疑問に母セリティーヌが答えた。

長いと感じるかもしれないが、辺境から王都までなら普通の日数だ。

更に今回は馬車での移動のため、それほど速さは出せないので仕方がない。

「じゃあ夜は野宿？」

「ええ。そのためにマジックバッグに色々入れてきたのよ」

ここで言う野宿はよくあるキャンプではない。

冒険者などが行なう野宿はキャンプに近いが、貴族の野宿は立派な天幕が張られて設備も整っているので快適である。

特にフォードレイン辺境伯家などの大貴族の野宿は、もはや野宿とは言えないほどに立派だ。

マジックバッグもシオンがよく魔物討伐に持って行ったものより遥かに容量が多く、家一軒ぐらいなら軽く入ってしまうほどらしい。

「魔物とかって出るの？」

「いや、あまり出ないな。仮に出たとしても精々Dランクくらいだ」

シオンの疑問に今度は父アレクサンダーが答えた。

そもそもシオン達が通っている道は、昔から使われているので安全で当たり前だ。

「ふーん……じゃあもし魔物が出たら俺が倒していい？」

「別にいいが……何でだ？」

「ちょっと新しく創った魔術を試したくてね」

「ほー、新しく創った魔術か。いつの間にそんなことしていたんだ？」

「スタンピードの後だね。多分、父さんも母さんも見たことが無いと思うよ。その時が来たら見せてあげる」

シオンは自信満々に言う。

そんなシオンに、アレクサンダーとセリティーヌは意外なものを見る目を向けた。

何故ならこのようなシオンを見るのは初めてだからだ。いつもなら、どこか淡白に素っ気なく振舞うはずである。

しかし、先程のシオンの態度は見たことがないものだった。

二人の反応に気づかず、シオンは思考に耽っていく。

馬車の隙間から零れた光が、銀髪を照らした。


日が暮れるまであと一時間といったところで馬車が停止した。

手早く野営の準備に取り掛かる。

と言っても、準備の殆どは随行している騎士が行なってくれるので、シオン達がすることはあまりない。

マジックバッグから天幕を取り出し、設営していく。

手際よく準備すること数十分。

日が水平線に殆ど沈む頃、野営の準備が終わった。

夜の間は騎士達が交代で見張りをしてくれるらしい。しかし、土や氷で囲んでしまえばいいのではないか、とシオンは疑問に思った。

「ねえ母さん。この周りを氷で囲んじゃ駄目なの？」

隣にいるセリティーヌにシオンは尋ねる。

「それでも大丈夫だとは思うけど……。見張りがいないと万が一危険があった場合、気が付かないで後れを取ってしまう可能性があるのよ」

「あー、なるほど」

その言葉にシオンは納得した。

何も騎士達が見張りをするのは魔物や野盗から身を守るためだけではない。

大抵、危険は予想外の場所からやってくる。だからその危険に後れを取らないように、騎士達が見張りをするのだ。

「ただ、私も領地から王都までの道なら必要ないと思っているわ」

「まあ安全だもんね」

「ええ」

セリティーヌの言葉に、シオンは肩をすくめながら同調する。

実際、フォードレイン領から王都までの道のりは、シオン達にとっては安全に等しい。

騎士達の負担になるかとも思うが、二十人もいるため大丈夫だろう。また、騎士達の仕事を奪ってはいけないという理由もあるのではないか、とシオンは考えた。

更に数十分後。

「へぇ、普通に美味しいね」

「ええ、そうね」

「こういうのも良いな」

椀に盛られたポトフのようなものを食べながらシオンは呟く。

屋敷での料理と比べると簡素だが、素朴な味で温かい。十分美味しく食べられる範囲だ。

特にシオンは前世で食事に拘っていなかったので、このポトフのような料理でも普通に満足できる体だった。

そしてセリティーヌとアレクサンダーも意外に庶民派だ。

だから比較的簡素な食事でも楽しんで食べることが出来ていた。

「ほい、〝体を清めよ――洗浄〟」

腹を満たし、風呂の代わりにシオンが創った体を綺麗にする魔術を使う。

こうして、今日という一日は幕を閉じたのだった。

＊

フォードレイン領を出発してから四日目。

シオンは相変わらず振動が激しい馬車に揺られていた。

目は虚空を彷徨っている。

今までは馬車の中で読書は出来なかったが、この四日間で三半規管が強化されたのか馬車の中でも酔わずに読書をすることが可能になっていた。

だから持ってきていた本も全て読破してしまい、することがないのだ。

こういう時、前世だったらシオンはスマホを見て時間を潰していただろう。

意識を飛ばしながら考えていると、外が騒がしいことにシオンは気が付く。

数秒後、馬車が停止した。

「あら、何かあったのかしら」

母セリティーヌは呟く。

「ちょっと見てくるね」

言い残しながらシオンは馬車から顔を出して近くにいる騎士に尋ねた。

「ねぇ、何かあったの？」

突然背後から声を掛けたこともあり、騎士は少し驚きながらも口を開く。

「少し先にオークが五体いまして……」

「なるほど」

オークが五体いるという騎士の言葉にシオンは頷きながら小さく拳を握った。

シオンの頭には、新しく創った魔術を試す絶好の機会であるという考えしかない。

「母さん。この先にオークが五体いるらしいんだけど……新しく創った魔術の実験台にして良い？」

一度馬車に引っ込んで、シオンはセリティーヌにお願いをする。

「この前言っていたことね。別にいいわよ」

今更、シオンがオーク五体如きに危険な目にあうわけがない。セリティーヌは重々承知しているので、すんなりと許可を出した。

因みにアレクサンダーは置物状態になっている。

何故、シオンがアレクサンダーに聞かなかったかというと、最終的に許可を出すのはセリティーヌだからだ。

「やった、じゃあ行ってくるね。気になるなら見てていいよ」

シオンは軽快に馬車から飛び降りて地面に着地する。

「騎士たちはここで待ってて。俺があのオークを倒すから」

「え、ちょ――っ」

慌てる騎士を後に残してシオンは〝飛翔〟の魔術を発動。

五体のオークの下へ空を飛んで向かった。

とはいえ、五体のオークはすぐ近くにいる。

ものの数秒で五体のオークの近くに降り立った。

「うん。ブヒブヒ言ってるね」

シオンの馬車四つ分前で、五体のオークがブヒブヒ鼻を鳴らしていた。

シオンはゆっくり歩いていく。

すぐにシオンの存在にオークたちは気が付いた。当然ながら、棍棒を手にして気色悪い声を発しながら走ってきた。五体のオークが一斉に走ってくる光景は意外に迫力があるもので、戦う力を持たない人であったら腰を抜かしてしまうだろう。

しかし相手はシオンだ。

少々、いや、大いに相手が悪かった。

「さてと……」

右手をゆらりと前方に翳し、紡ぐ。

「〝万物を地に繋ぐ理《ことわり》。介《かい》し狂わせるは我が命。歪め——重撃《じゅうげき》〟」

瞬間、五体のオークが地面に落ちた。

地面を揺らす衝撃、オークから漏れる呻き声。

オークたちは、自分の身に何が起こっているのか理解できずに混乱するばかり。

「うーん……足りないか」

その状況をつくった張本人であるシオンは首を傾げて呟く。

どうやら予想を外したようだ。だが、あまり気にする様子は無く、シオンは再び手を翳した。

「〝重撃〟」

今度は詠唱を破棄して魔術を発動する。

故に、一回目よりも威力は落ちるが、既に魔術を発動しているのでこのくらいで良い。

次第に何かが軋む音が響く。

数秒後、五体のオークの体が歪んで動かなくなった。

「よし、成功」

脳の機能が停止し、内臓や骨が潰れて死んだオークを見ながら、シオンは満足そうに頷く。

そして、風魔術で五体のオークを馬車まで運んだ。

八歳の子供が五体のオークの死体を浮かして引き連れている光景は、さぞかし奇妙だろう。

ただ、ここには見慣れた者しかいないため、誰も気にすることは無い。

先を急いでいるので、結局オークたちは焼かれて灰となった。

シオンは馬車に戻る。

すると、セリティーヌは何やら考え込んでいて、アレクサンダーはニヤニヤと馬車に入ってきたシオンを見た。

「おいおいシオン。何だよあれは」

好奇心を隠そうともしないでアレクサンダーはシオンに尋ねる。

横で、考え込んでいたセリティーヌがシオンに気が付いた。

「シオン。あの魔術は何なのかしら」

アレクサンダーと同じ疑問をシオンにぶつける。

「二人は風魔術だとは思わなかったの？」

シオンが引き起こした現象は風魔術でも外側だけなら再現可能だ。

しかし、アレクサンダーとセリティーヌはあの魔術は何なのだと聞いてきた。つまり二人は風魔術ではないと見抜いたということだろう。

「ええ。確かに似ているけど、空気の揺らぎが感じられなかったわ」

「それに地面の土も微動だにしていなかったからな」

「おー流石」

シオンは二人の観察眼に脱帽した。

風魔術を用いれば確かにオークを地面に押し潰すことは可能である。ただ、どうしても空気の揺らぎが発生したり、風によって土や砂が動いたりと周囲への影響が少なからず発生するのだ。

「二人の言う通り、あれは風魔術じゃないよ」

「で、何なんだ？」

動き始めた馬車の中で、アレクサンダーはシオンに再び尋ねる。

シオンはゆっくり一呼吸おいて、口を開いた。

「人も石も魔物も……何でもそうだけど、全ての物質って地面にあるよね？」

「ああ」

「そうね」

シオンの言葉にアレクサンダーとセリティーヌは頷く。

鳥などの飛行する生物は違うと思うかもしれないが、あれは地面に落ちるのを抗って空を飛んでいるだけだ。

「だから存在する全ての物質は地面に向かって一定の力が働いていると考えていい。で、俺はその一定の力を魔術で調整してるだけ。これが俺の魔術のからくりだよ」

言葉を終わらすシオン。

先程の新しく創った魔術というのは、前世での引力や重力の概念を基にしている。引力は物体同士が引っ張り合う力のことで、重力は地球と地球上の物体の間で働く力のことだ。

この世界は地球ではないため、引力と表現した方が正しいかもしれないが、どちらでもいいなとシオンは思っていた。

「……おぉ……なるほど？」

「改めて言われればそうね……」

シオンの話を聞いたアレクサンダーは腕を組み斜め上へ目線を向け、セリティーヌは一点を見つめて情報を咀嚼している。

それもそのはずだろう。

なぜなら、この世界では引力や重力という概念はまだ発見されていないからだ。

空間属性や時間属性が存在していた時代であったら周知の事実であったかもしれない。

しかし、少なくとも今現在では未発見の概念だった。

「うーむ……それは逆に弱めたりもできるのか？」

「出来るよ。この魔術で出来るのは地面に向かう力の強弱と方向を変えることだから」

「なるほどな……というか強すぎないか？」

現時点で誰も知りえない引力という概念。

視認性は無く、魔力で感知するしかない。

初見殺しにも程がある。

「うん。自分よりも格上の相手でも初見だったら確実に殺せるよ。ただ……圧倒的に格上の相手は難しいと思うけど」

「む、何でだ？」

シオンの言葉にアレクサンダーは疑問を抱く。

零れた疑問にシオンが答えようとした時、横から別の声が割り込んできた。

「その魔術、対象指定が難しいのかしら?」

割り込んできたのは、先程まで思考に耽っていたセリティーヌだ。

目線は真っ直ぐシオンを見つめている。

「お、正解。母さんの言う通り、対象指定が難しいんだよ。だから、高速で動いている相手だったら難しいし、魔術の〝起こり〟が分かる人相手でも難しい」

今回のオークみたいに、一直線で向かってくるのならば簡単だ。視界にも映っているし、魔力も感知しやすい。

だが、高速で動かれるとずれてしまうため、その場合は当てるのが難しかった。

また、魔術を発動する際には必ず〝起こり〟という現象が発生する。

〝起こり〟というのは、魔術を発動する際に魔術師から発せられる微量の魔力のことだ。

これを強者は感知しながら戦う。

強者と言っても明確な基準は分からないが、王国騎士団の団長や王国魔術師団の団長、そして六星であったら初見でも確実に対応してくるはずだとシオンは思った。

「なるほど……多分それで指定できるのは単体よね? 領域全体を指定できないのかしら」

「あー……いずれ出来るかもしれないけど今の俺では無理だね」

今回はオークの体を指定した。しかし、周辺一帯の領域を指定すればもっと自由度が上がる。ただ、現在のシオンの実力では領域指定は出来なかった。

「それでも十分強いと思うけどな」

「まあね。これは切り札として隠しておくつもり」

「ああ、その方が良いだろう」

シオンの判断にアレクサンダーも賛同する。

正直言って、この新しい魔術は異質すぎるし強力すぎるのだ。

だから、一定以上の実力がある魔術師の前で使用したら分かってしまう。

噂が広がることは必至だった。

「そういえば魔術の名前は決めたのかしら？」

ふと、セリティーヌがシオンに尋ねる。

氷魔術しかり、火魔術しかり、魔術には名前を付けるのが普通だ。

「んー……」

シオンは悩む。

引力魔術か重力魔術。

言葉の意味的にはどちらでも問題ない。重力というのは星の自転する時の遠心力と万有引力を合わせた力だ。なので、この星で使う限りは重力魔術と表しても良いだろう。

「そうだね……重さの力で重力。〝重力魔術〟にするよ」

シオンは結局、重力魔術と命名した。

「重力魔術か。いいじゃないか」

「ええ、適していると思うわ」

アレクサンダーとセリティーヌは頷く。

どの属性の枠に入っているかは分からないが、それに関しては気にする必要はないだろう。

属性というのはただの枠でしかない。

それが何であれ、重力魔術が存在することには変わりないからだ。

「……」

沈黙の帳が降りる馬車の中。

決して気まずいものではなく、居心地がいい雰囲気だ。

家族の盛り上げ役のアルトは既にアルカデア学園に入学しているため、この場にはいない。

馬車に乗って四日目。

激しく揺れる馬車に慣れてしまっている自分にシオンは気が付かないのだった。

*

王都という場所は王国の中心部である。

外敵から国を守る最後の砦でもあり、経済の中心でもある。

馬車に揺られること七日間。

王都に、シオンは圧倒されていた。

「おぉ……」

馬車から顔を出し、過ぎる景色を目で追う姿は等身大の八歳の子供。

フォードレイン領も大きな町だが、規模の桁が違う。

溢れかえるほどの人の数。

先が見えない大通り。

どこもかしこも初めて見るものばかりだ。聞いた話によると、王都の広さはフォードレイン領の五倍以上あるらしい。そういえば前世ではよく東京ドーム何個分と表していたな、とシオンは思い返した。

「どうだシオン。凄いだろ？」

馬車から顔を出して眺めているシオンに、父アレクサンダーは声をかける。

「うん。ちょっと想像以上で驚いたよ」

外に向けていた顔を中へ戻し、シオンは答えた。

もちろん、渋谷や新宿のような場所と比べると規模的には小さいかもしれない。

しかし、科学の代わりに魔術が発展しているこの世界の王都は、また違った迫力があった。

「確か夜会は四日後だよね？」

「ああ」

「ならそれまでは街に行ってもいい？」

「別にいいぞ。なあセリー」

アレクサンダーは、セリティーヌに尋ねる。

「ええ、いいわよ」

家族の中の最高権力者が許可を出したので、無事にシオンは街に行けることになった。

屋敷に入り間取りを確認した後、シオンは城下町へ足を向けた。

どうしてもシオンの銀髪は目立つので、灰色の地味なローブで顔を隠している。

貴族街と城下町の境で警備している騎士にフォードレイン辺境伯家の家紋を見せて通過。

三度見していた騎士を後に、シオンは遂に城下町に足を踏み入れた。

「へぇ……凄いな」

押し寄せてくる活気と騒めき。

人の密度は東京の渋谷ほどだろうか。

市街地区であればもっと静かなはずだが、ここは商業地区なので人が多くて当たり前だろう。呆けていたら人混みに流されてしまいそうだ。

特にシオンは体が小さいので気を付けなければならない。

人と人の間をすり抜けながら、シオンは大通りの道沿いにある様々な店を見て回った。

「色々あるなぁ……」

シオンは人を避けながら呟く。

宝石店や書店、魔道具店や装飾店。

話によると、大通りから枝のように分かれている通りには鍛冶屋もあるらしい。王都なだけあって、販売されていないものは無いのではないかと思ってしまうほどだ。

しばらく歩いていると、シオンは開けている場所に出た。

「おお……」

どうやらちょっとした広場のようだ。

中心で噴き上がっている噴水の水が、日の光によってキラキラ光っている。

周辺では、人々がベンチに腰を下ろして休憩していた。

子連れの家族、腕を組んでいる男女、装備を着けている冒険者。殆どの人間が人族だが、ちらほらと獣人族の人間もいる。老若男女、種族問わず、様々な人間が各々の生活を送っていた。

そんな光景を横目に、シオンは大通りから少し外れている通りを歩く。

大通りと比べて人通りが少なく、日当たりもあまり良くないのでどこか雰囲気が重い。

辺りを見渡しながら歩いていると、シオンは古びた書店を見つけた。

外から中を覗き込んでも、客は数人しかいない。

このようにひっそりと存在している書店の方が珍しい本を売っていたりするものだ。

漠然と思いながら、シオンはその書店に入った。

「いいね」

誰にも聞こえないくらいの小さな声で呟く。

続いて大きく息を吸い、紙の匂いを堪能した。

どのような本が売られているのかと思い、シオンは足を踏み出す。

トンッ。

木霊するシオンの足音。

慌ててシオンは忍び足に切り替えた。

壁が分厚いからか、外の音が聞こえなくて書店の中は静寂で満ちている。

凪いでいる空間を壊さないように、シオンは忍び足で本を見て回った。

植物、鉱石、地理、魔物、歴史、神話。

多様なジャンルの本が所狭しと並べられている様は、本好きからしたら最高の光景だろう。

シオンも本好きの一人として、いくらでもこの空間に居たい気分だった。

だが、シオンには門限があるのでそうはいかない。

手元の魔道具で時刻を確認すると門限まで後一時間。

緩く見積もってここに居られるのは後二十分。

最悪は光魔術で身を隠し、風魔術で空を飛ぶという手段がある。

しかし、王都では周囲に影響が出てしまうような魔術を使うのは禁止だ。なので、あまり使いたくない手段だった。

「仕方ない……早く選ぶか」

小声で呟き足を動かす。

特に目的のジャンルは無いので興味を抱く本を探すこと十数分。

シオンはある一冊の前で目線を止めて手に取った。

その本の題名は〝魔物の根源〟。

特にこれと言った理由は無いが、妙に気になったのでシオンはその本を買うことにした。

「ふぅ……」

本を買った後、書店の外に出て一息つく。

代金を支払う際、店主に変な目を向けられたが気にしない。

悪いことをしている訳ではないので堂々としていればいいのだ。

開きなおりながら、シオンは帰路に就いた。

＊

王都に到着してから四日後。

遂に夜会が開催される日になった。

窮屈な服に袖を通し、シオンは両親と共に馬車へ乗り込む。

目指す先は開催地である王城。アルカデア王国の王城だ。

遠目からしか見たことがないが、とても大きいことはシオンにも分かっていた。

薄暗い外を馬車で進むこと十数分。

王城に着いたとのことなので、シオンは馬車から降りる。

地面に足をつけて右を見ると、視界に迫力満点の光景が飛び込んできた。

「うわっ……」

思わずシオンは驚きの声を漏らす。

魔道具によって煌々と浮かび上がる巨大な王城、幻想的な空間を醸し出している広場。

一気に非日常の感覚をシオンは味わった。

「母さん……本当にここでやるの？」

「ええ」

思わず尋ねてしまったシオンに、母セリティーヌは頷く。

その返答を聞いたシオンは、一気に現実が押し寄せてきたのを感じた。

「分かるぞシオン。王城の規模に圧倒されたんだろう？」

固まっているシオンを見て、父アレクサンダーは言う。

アレクサンダー自身も初めて王城を訪れた際、あまりの迫力にしばらく呆けてしまったのだ。

だからシオンの気持ちをよく理解していた。

「うん……大きすぎでしょ」

アレクサンダーの言葉にシオンは同意する。

そして、いつまでも固まっていられないので、入り口に向けて歩き出した。

建物の中に入り、会場までの通り道にて、シオンと両親は既にきらびやかな通路を歩いていた。

また、聞いた話によると、会場には既にある程度の貴族が揃っているらしい。

というのも、基本的にこのような催しでは、位が低い貴族から入場することになっている。

理由としては、位が高い貴族を待たせないようにするためだ。

だから辺境伯という位が高いシオン達は、最後の方の入場となっていた。

「シオン」

「ん？」

アレクサンダーに名前を呼ばれてシオンは顔を上げる。

「群がってくる令嬢には気をつけろ。気が付いた時には婚約者にされているぞ」

「え？」

突拍子もないことを言われて、シオンはきょとんとした。

「そうよ。ここに来ている令嬢の大半は玉の輿狙いと言っても過言じゃないわ」

「えぇ……」

セリティーヌの言葉を聞いて、ようやくシオンは理解した。

気が付いたら婚約者にされていたなんて恐ろしすぎる。もしかしてこの先は魔窟なのではないかと思ってしまうほどだ。

「言質《げんち》さえ取らせなければいいんだよね？」

「ああ。ある程度は俺達が傍にいるから大丈夫だが……ずっと一緒にいるのは難しい。本当に気をつけろよ。奴らは狡猾だからな」

「わ、分かった……」

妙に実感がこもったアレクサンダーの言葉に、シオンは気圧されながら頷く。

緩んでいた気を引き締めた。

いつの間にか婚約者が出来るなんて勘弁だ。絶対に言質を取らせないぞ、とシオンは決意を固める。

歩くこと数十秒。

遂に会場に辿り着き、中に入った。

「おー……」

高い天井から垂れ下がっている豪華なシャンデリア。謎にキラキラ輝いている壁。

如何にも貴族の催しですと言わんばかりの会場だ。

周囲には豪華な衣服を纏った令嬢令息。雰囲気も息苦しい。

正直、シオンは今すぐにでも帰りたかった。

「お久しぶりです。フォードレイン辺境伯殿」

シオンがげんなりとしていると、後ろからアレクサンダーを呼ぶ声が聞こえた。

優し気な金髪の男、紫がかった黒髪の美女、活発そうな金髪の子供。

アレクサンダーに声を掛けたということは、最低でも知り合いなのだろう。

「久しぶりだなゼルダス。それにオフェリー。堅苦しい挨拶はやめてくれ」

振り返ったアレクサンダーは嫌そうな顔をしながら言う。

「久しぶりね、二人共。アルトの時の夜会以来かしら？」

対してセリティーヌは頬を緩めて話しかける。

二人の反応を見るに、親しい仲のようだ。

「ははっ、君は相変わらず強そうだね、アレクサンダー」

「セリーはまた痩せたわね」

久しぶりの再会で会話が弾む四人。

会話の輪から外れているシオンは周囲を観察し始め、同じ状況の金髪の子供はどこかそわそわしていて落ち着かない様子だった。

「ああ、そうだそうだ。息子を紹介するつもりだったんだ」

団欒がひと段落したのか、ゼルダスと呼ばれていた男が金髪の子供を前に出させる。

「お初にお目にかかります。ハーデン辺境伯家長男、カイゼル・ハーデンです！」

元気よく挨拶するカイゼルという子供に、シオンはどこか既視感を覚えた。

そしてすぐに、兄のアルトに似ているのだと気が付く。

金髪に元気な性格。顔こそ違うが雰囲気がかなり似ている。

「おっ、良い挨拶だな。じゃあシオン」

一人で納得していたシオンにアレクサンダーは声を掛けた。向こうが挨拶をしてきたので、シオンも返さなければいけないということだろう。

初めてのあいさつだなと思いながらシオンは口を開いた。

「お初にお目にかかります。フォードレイン辺境伯家三男、シオン・フォードレインです」

先程のカイゼルと同じ挨拶を返す。

これはシオンが何も考えていなかったわけではなく、基本的に初対面相手にはこの挨拶をするのが御決まりだからだ。

「初めましてシオン君。アレクと違って賢そうだね」

「うるせぇ。まあ、魔術馬鹿なとこも含めてセリーに似たんだろうよ」

ゼルダスはにこやかにアレクサンダーを貶し、それに対してアレクサンダーは悪態をつきながらも賛同の言葉を発する。そんな二人の様子を見て、シオンは段々と二人の関係を理解できてきた。

最初は知り合い程度だと思っていたが、友人、いや親友と言っても過言ではない仲なのだろう。

「へぇ、そんな魔術が得意なのかい？」

「ああ。親の贔屓目無しで同年代だと一番だと思うぜ」

「そんなにか……！　ぜひカイゼルと仲良くしてほしいよ。学園も一緒だろうしね」

にこやかに言うゼルダス。

損得勘定ももちろんあると思うが、親としてもアレクサンダーの息子ならば安心なのだ。

親心溢れるゼルダスの言葉にアレクサンダーは頷いて口を開く。

「そうだな――――ああ、シオン。お前は好きにしてていいぞ」

「カイゼルも自由にしていいからね。ただ、他の貴族には気を付けること」

アレクサンダーとゼルダスの両父親から自由の許可が下りた。

となれば、自然にシオンとカイゼルは会話することになる。

シオンは少し悩んだ。

なぜなら、シオンは今まで同年代の子供と関わったことがないからだ。

取り敢えず他愛もない話でもしようかとシオンが思った時、グイっと手を引かれた。

「なぁなぁ！　シオンって魔術が得意なのかっ⁉」

誰かさんそっくりの勢いでカイゼルが聞いてくる。

思わずシオンはクスリと笑ってしまった。

「そうだね。魔術だったら同年代には負ける気はしないな」

「凄いな！　俺は魔術苦手なんだよなぁ……なんだか難しくって。でも剣術は得意だぜ！」

「お、いいね。俺は逆に剣術があんまりだから対照的だ」

魔術は得意だが剣術は苦手なシオン。剣術は得意だが魔術は苦手なカイゼル。

見事に対照的だ。

そんなカイゼルは、まじまじとシオンの顔を見つめて口を開いた。

「というか……シオンって綺麗だな。姉ちゃんより美人だぞ」

「それ……絶対お姉さんには言っちゃだめだからね……」

シオンは頬を引きつらせながらカイゼルに言った。

カイゼルの姉がどのような性格か分からないが、少なくともこの事を伝えて良いことは無い。

男の方が美人と言われて良い気持ちになる女性などいないだろう。

間違いなく禁句の中の禁句だった。

グゥ。

どこからか腹の虫が鳴る。誰かなんて一目瞭然だった。

「お腹が減っちゃってさ……」

恥ずかしそうに言うカイゼル。漂ってくる良い匂いに反応してしまったのだろう。

「確かに美味しそうだもんね、あれ」

会場の中心に設置されている長テーブルには、豪華できらびやかな料理が所狭しと並んでいる。

どれも色鮮やかで食欲がそそられる匂いを放っていた。

「じゃあ食べに行こう。ただ、夢中になって食べるのは行儀が悪いから少しずつね」

「おう！」

明確な規則ではないが、このようなパーティーで料理に夢中になるのはマナー違反だ。

あくまでも主目的は他貴族との交流。

勿体ないが、出されている料理の大半は廃棄するのが現実となっている。

しかし、別に食べていけないわけではない。現に、料理を口にしている人もちらほらと見受けられる。

きちんとマナーを知っている二人は、皿に少量の料理を行儀よく盛っていった。

ステーキやパイ包み、根菜や卵を使った料理もある。ただやはり王国は海に面していないので、魚介類は少ない。代わりに肉類が多かった。

シオンもカイゼルも肉の方が好きなので、気にせず盛った料理を口に運ぶ。

「うん。美味しい」

「美味《うま》い美味い」

味の質は、屋敷で食べる料理より一段階くらい上だ。

超一流の料理人達が心血注いで作ったのだろう。

二人は周囲からの目線を気にしながら、されど腹を満たすために料理を口に入れる。

「おい」

少し冷えてしまっているが、ステーキも凄く柔らかい。

「おい貴様ら」

根菜もシャキシャキとした食感で口の中をサッパリとさせてくれる。

「無視するな！」

少し大きな声と共に、シオンとカイゼルは肩を掴まれて反射的に振り向いた。

「あ」

「む」

二人の眼前にいるのは怒りの形相の茶髪の子供、その背後には取り巻きと思われる数人の子供。

取り敢えず口の中の物を呑み込み、シオンは口を開いた。

「すみません。私たちへ言っているのだと思いませんでした」

嫌な予感がしながらも丁寧にシオンは謝罪する。

「ふんっ……おい、お前たちはどこの家の者だ？」

偉そうに上から目線で茶髪の子供がシオンとカイゼルに聞いた。

それに対してシオンは〝普通、自分から先に身元を言うだろ〟と思いながらもあいさつをする。

「フォードレイン辺境伯家三男、シオン・フォードレインです」

「ハーデン辺境伯家長男、カイゼル・ハーデンです」

指を閉じた掌を心臓部分に当てるという王国に伝わる正式な礼をしながら、二人は自分たちの身元を明かした。声色的にカイゼルも良く思っていないようだ。

「辺境伯家？　ああ、田舎貴族か」

馬鹿にしたような言い方に反論したい気持ちを抑えてシオンは逆に尋ねる。

「貴方はどこの家の方なのですか？」

あくまでも丁寧に、あくまでも礼儀正しく、あくまでもにこやかに。

内心を悟られないように、シオンは何重にも仮面を被る。

そんなシオンに全く気が付かず、茶髪の子供は待っていましたと言わんばかりの顔に変化した。

「俺はあのゲルガー侯爵の次期当主、グスタフ様だ！」

内心で首を傾げながらもシオンは理解に努める。

あのゲルガー侯爵と言われても何のことだが知らないが、確か侯爵と辺境伯は同じ地位に属しているはずだ。だというのに何故こんなにも偉そうなのかよく分からない。

理解していないからだろうか、はたまた知らないからだろうか。

「なるほど……。それで私たちに何か用があるのでしょうか？」

疑問を一度傍らに置いてシオンは当たり障りのない返答をする。

「ああそうだ。お前たちを俺の子分にしてやるぞ！」

「は？」

想定外の言葉にシオンの思考が停止した。

隣のカイゼルも理解できていないのか黙ったままだ。

「聞こえなかったのか？　俺の子分にしてやると言ったんだ」

「え、嫌ですけど」

「俺も嫌だ」

思考が再稼働するのが間に合わず、シオンとカイゼルは反射的に断ってしまった。

二人の拒否を受けたグスタフは顔を真っ赤にさせる。

後ろの取り巻きも信じられないと言わんばかりの顔を向けてきた。

「お前たち自分が何を言っているのか分かっているのか！」

「ええもちろん。貴方の子分にはなりません」

シオンはきっぱりと断る。

ここで曖昧にはぐらかして後で面倒なことになるより、相手がどう思おうがきっぱり拒否した方が良いはずだ。

「あと、あまりこのようなことはしない方が良いですよ。傍から見ると馬鹿に見えてしまうので」

周囲には優しく諭しているように見えるだろう。

しかし、言われたグスタフには煽りにしか聞こえていなかった。

更に、グスタフを嘲笑するような内容を小声で話す人が見受けられる。

当然ながらその声はグスタフの耳に入っていた。

「――――っ決闘だ！　俺と決闘しろ！」

指でシオンを指しながらグスタフは突然叫ぶ。

シオンとカイゼルだけでなく、周囲までもが決闘という二文字を聞いて静まり返った。

決闘というのは互いに何かを懸けて行う一対一の戦いである。その際、事故で相手を殺してしまっても罪に問われない。

非効率で馬鹿馬鹿しい制度。

このような理由で、自然と消えていったのがこの決闘という制度だ。しかし、誰もやらなくなっただけで決闘という制度がなくなったわけではない。現代においても一応は有効な制度であり、更には断ったら逃げていると思われてしまう。

名誉を重視する貴族において、持ち掛けられた決闘を断るという選択肢はあり得なかった。

内心で溜息をつきながら、シオンは判断に迷って両親の方に目を向ける。

すると、アレクサンダーが首を切る仕草をした。

（売られた喧嘩は買えってことね……）

心配している様子は両親共々皆無で、どちらかと言うと面白がっているように見える。

特にアレクサンダーなんてニヤニヤしていた。

全く心配していない両親に目線で頷くと、シオンは口を開く。

「分かりました。その決闘、お受けします」

「え、シオン!?」

シオンが了承するとカイゼルが驚きの声を上げた。

驚くのも仕方がない。

大人同士ならともかく、八歳の子供同士なんて親が介入して当たり前だ。

だが、シオンの両親は止めないし、何故かグスタフの両親も止めない。

シオンは目線で大丈夫とカイゼルに伝えて再びグスタフに目線を向けた。

「ふん、潔いことは認めてやる」

羞恥に染まった顔は何処《いずこ》に、グスタフはふてぶてしい顔で言う。彼の自己評価はどうなっているのだろうか。

「俺が勝利したら――そうだな……貴様ら二人は俺の子分だ」

予想通りの要求を言ってきたので、シオンも自分の要求を言うことにした。

「では私が勝利したら……そうですね、貴方の身分を平民に落としてもらいましょうか」

「なっ……それは……」

グスタフがなぜこのような性格なのか、シオンには分からないし興味がない。

言葉の節々に感じる身分差別主義。

このような相手には、貴族という特権階級の身分を失わせることが一番効果的だ。

特に平民は侯爵よりもはるかに下の身分である。

別に身分によって人の価値が決まるわけではない。

しかし、グスタフにとって平民に落ちることは自分の価値が下がると同義だろう。

「あれ、もしかして負けるのが怖いんですか？」

怖気づいたグスタフに対して、シオンはにこやかに笑顔で挑発する。

「――調子に乗るな貴様……！　いいだろう受けてやる！」

いきり立って了承するグスタフにシオンは笑顔で頷いた。

基本的に、プライドが高い人間は挑発耐性が低い。

だから言葉で誘導するのは至極簡単だ。

シオンは面倒と爽快の心情を一対一の割合で抱き、カイゼルは少し心配そうな顔をしている。

そして周囲は、夜会から決闘に発展するという前代未聞の事態に騒めいていた。

「静まれい！」

突然の一喝に会場全体が静まり、皆の視線が声の主へ集まる。

「陛下……！」

誰かが呟いた。

アルカデア王国現国王、ギルベルト・アルカデア。

臙脂《えんじ》色の髪に精悍《せいかん》な顔つき。体格も太過ぎず細過ぎず。

覇気のような為政者特有の重圧が発せられていた。

「先程の話は聞かせてもらった」

重く威厳のある声が会場に響く。

威厳によってか、全ての貴族が口を噤んでいた。

「ゲルガー侯爵家長男、グスタフ・ゲルガー。フォードレイン辺境伯家三男、シオン・フォードレイン。両者の決闘を認めよう。また……決闘の際、王城の訓練場の使用を許可する。開始時刻は明日、十時。以上！」

決闘を認め、場所の指定と開始時刻の決定も済ますと、国王ギルベルトはマントを翻しながら去って行ってしまった。

次第に騒がしくなる会場。

周囲を見渡すと、青い顔をしている男がシオンの視界に映った。

おそらく、あの男がグスタフの父親でありゲルガー侯爵家当主なのだろう。隣で平気な顔をしているのは当主の夫人だろうか。悪そうな顔だな、と思いながら顔を戻すと、既にグスタフとその取り巻きはどこかに行ってしまっていた。

「なあシオン……大丈夫なのか……？」

カイゼルが心配そうにシオンに尋ねる。

「うん。何も問題ないよ。しっかり勝つさ」

シオンは自信満々に答える。これは虚勢でも自信過剰でもない。

実際、グスタフと相対した時、負ける可能性は一切ないと確信したのだ。

「カイゼル。どうやら俺の両親と君の両親はお茶会へ移るらしい。俺達も便乗しよう」

何事もなかったかのように言ってシオンは歩き始める。

後ろ姿は同い年なのにも拘わらず、カイゼルの目には大きく映っていた。

＊

ゲルガー侯爵家長男であるグスタフに決闘を持ち掛けられた次の日。

グスタフとの決闘の為に、シオンは再び王城を訪れていた。

「父さん。グスタフって実際強いの？」

隣を歩いている父アレクサンダーにシオンは尋ねる。

昨日見た感じだと、グスタフはそこそこ強いとシオンは思っていた。

ただ、カイゼルの方が余裕で強いとも思っている。

それなのに、何故グスタフは自信満々だったのかが疑問なのだ。

「詳しくは知らないが……どうやら火属性の素質が高いらしい」

「ということは……七くらいあるってこと？」

「いや、そんなにないと思うぞ」

「え？」

想像していた答えと違ってシオンは首を傾げる。

理解していないシオンに、アレクサンダーは少し呆れながら口を開いた。

「あのな、素質が七って限りなく少ないんだぞ？」

「あ」

その言葉にシオンは思い出す。確かに素質が七以上の人はあまりいないことが常識だ。

しかし、シオンにとって今まで周りにいた人が両親と二人の兄だけだったので、素質に対する認識が完全に麻痺していた。

「そういえばそうだ。家族全員が強いから忘れてたよ」

認識の歪みは恐ろしいものだとシオンは思った。

「素質が六もあれば王国魔術師団の中でも上位だからな」

「へー」

どこかで聞いたことだが、貴族でも素質の平均が四か五で、六もあれば十分才能があるらしい。

だが、シオンは素質が七の属性が二つ、素質が八の属性が一つ。しかも他の属性も火と土以外は素質がある。

魔術師同士の勝負は素質ですべて決まるわけではないが、素質が一つ違うだけでもかなりの差があるのも事実だ。

「まあ、慢心はしないでおくよ」

「ああ。大事だ」

負けるとは微塵も思っていないし、実際のところ負けないだろう。

しかし、慢心するのは以ての外だった。

「あと、ゲルガー侯爵家はあまりいい噂を聞かないから徹底的にやっていいぞ」

「そんなに良くない家なの？」

「証拠がないから何とも言えんが……善良ではないのは確かだ」

アレクサンダーは難しい顔をしながら言う。

その話を聞いて、だからグスタフはあのような性格になってしまったのかとシオンは思った。

自我が芽生え精神も成熟する年齢ならまだしも、貴族の息子とはいえ八歳は子供だ。

未成熟な子供は環境によって人格が変わる。

これは確かな事実であり、前世でもよく問題になっていた。

（まあ関係ないけど）

シオンは内心で呟く。

どれだけ環境が悪くてもシオンにとっては関係ない。

同情はするかもしれないが、手加減はしない。向かってくるのならば全力で叩き潰すのみ。

シオンにとってグスタフはその程度の相手だった。


「えぇ……何でこんなにいるの……」

訓練場に着いたシオンは、埋め尽くさんばかりの人を見て呟く。

「あれだけ目立っていたんだから当たり前だろ？　皆、興味があるってことだ」

アレクサンダーが笑いながら言う。

そんなアレクサンダーを横目に、笑い事じゃないよとシオンは思った。

正直なところ、シオンは人前で何かすることが得意ではない。別にできないわけではないのだが、何となく苦手なのだ。

なので、シオンにとってこの状況は胃が痛いものだった。

「武器は自前のなんだっけ？」

「ああ。模擬戦では駄目だが、決闘では大丈夫だ」

「つまりは契約武器も使っていいってことか」

「あー……大丈夫なはずだ」

自前の武器を使えばいいのだから契約武器でも問題ないはずだ。

ただ、決闘規則の作成者も契約武器は想定していないだろう。

「まあ、使わないけどね」

「お、そうなのか？」

「うん。使う必要もないよ」

自信満々に言い残してシオンは訓練場の中心部へ歩いていく。

道中、野次馬によって壁が造られていたが、シオンが向かっていくと全員道を空けた。

気負いや緊張は一切なく、シオンは足を動かす。

すると、グスタフが腕を組んで待っていた。

「ふん、逃げ出さなかったのは褒めてやろう」

傲慢で尊大に言うグスタフ。

「ええ。勝てる決闘を逃げ出すなんてあり得ないでしょう？」

にこやかに挑発を交ぜて言うシオン。

これは馬鹿にして反応を楽しみたいという邪《よこしま》な気持ちではなく、挑発することで冷静さを奪ってこの先を有利に進めるという作戦だ。

「貴様……覚悟しろよ……」

額に青筋を立ててグスタフはシオンを睨む。

対してシオンは穏やかな笑みを保っている。

不穏な空気が二人の間に流れ始めた時、国王ギルベルトが近衛《このえ》と共にやって来た。

「静粛に！」

ギルベルトの一言で騒がしかった訓練場が静寂に包まれる。

僅かな間の後にギルベルトは再び口を開いた。

「これからゲルガー侯爵家長男、グスタフ・ゲルガーとフォードレイン辺境伯家三男、シオン・フォードレインの決闘を始める。ルールは意図的な殺害以外であれば何でもありだ」

徐々に高まってくる緊張感。

野次馬の何人もがゴクリと喉を鳴らす。

ギルベルトの指示の下、シオンとグスタフは互いに離れて相対した。

グスタフの装備は高そうな鎧にこれまた高そうな剣。恐らく鎧は魔道具の性質を持っているのだろう。

対してシオンの装備は魔物討伐の時のローブに素手。誰がどう見ても貧相に見える。

「……おい、武器は持たないのか」

「持ちません。素手で十分なので」

最後にシオンはここぞとばかりに挑発する。

その挑発によってグスタフの顔が憤怒に染まった時。

「始めッ！」

ギルベルトが開始の合図をした。

静まり返った訓練場。

「――――火球《かきゅう》〟！」

詠唱が終わると同時にグスタフの前方に火の球が発現。

シオン目掛けて高速で飛んでいった。

「〝水盾《みずたて》〟」

迫りくる〝火球〟に対して、シオンは〝水盾〟を展開。

詠唱破棄で展開したことによって防御力が低くなった〝水盾〟と、グスタフの〝火球〟が衝突して相殺《そうさい》の結果となった。

次にグスタフは〝火矢〟を十本同時に形成して時間差で飛ばす。

素質が六なだけあって、なかなか優秀だなとシオンは感じた。

それはそれとして、〝火矢〟に対して防御をしなければならない。

が、シオンの視界にはグスタフが〝身体強化〟を発動しながら接近してくる姿が映った。

刹那の思考。

シオンはまず〝水盾〟で〝火矢〟を防御し、次の魔術を紡ぐ。

「〝突風〟」

発動したのはただの突風。

ただ、通常の五倍の魔力を込めているので、とてつもない力が発生する。

「ぐっ……！」

まともに正面から受けたグスタフは、後ろへ倒れながら転がった。

ここで追撃すれば勝負はつく。

しかし、シオンはそれをしない。今回の決闘は、相手の全力をすべて防いだうえで叩き潰すと決めているからだ。

「これで終わり？」

敬語で話すのが面倒になったので、ため口で言う。

「――調子に乗るなァァ！」

「へぇ……」

憤怒という激情によってグスタフの体から魔力が漏れ出る。

その漏れ出た魔力が火属性に変換されて、体に炎を纏っている状態になった。

「〝炎よ。我が剣に宿れ――火炎剣《かえんけん》〟！」

剣にまで炎を纏わせて先ほどより速い速度で向かってくる。

だが、シオンにとっては余裕だった。

「〝天地を繋ぐ理。介し狂わせるは我が命。歪め――重撃〟」

突っ込んでくるグスタフに重力魔術の〝重撃〟を発動。

「が……っ！」

上から何かが圧し潰しているかのようにグスタフは地面に伏せる。

オークを討伐した時より威力を抑えているが、それでもこの有様だ。

「なるほど……」

あることを確認したシオンは指を鳴らして〝重撃〟を解除した。

「ふっ……ふっ……ふっ……」

息をしながらグスタフはふらふらと立ち上がる。

上から圧し潰されたことによって呼吸が苦しかったのだろう。それでも諦めず、剣を手に握り再び向かってきた。

グスタフを殺す気が全くないシオンは殺傷能力の低い魔術を選ぶ。

「〝穿て――風槍〟」

風が渦巻いて槍となり飛んでいく。

一つ、二つ、三つ、四つ。

当たっても弾かれるだけという威力に設定した合計四本の〝風槍〟は、グスタフの体を捉えた。

だが、紙一重で回避する。

回避した足で地面を踏み込み、シオンに近づいていった。

そんなグスタフを目にしているシオンも次々に〝風槍〟を飛ばしていく。

「負けるかァァァッ！」

鬼気迫る気迫でシオンの魔術を掻い潜る。

だが、シオンが圧倒的に有利なのは変わらない。

なのにも拘わらずグスタフは必死に距離を詰める。

「おおおォォ！」

遂にグスタフはシオンまで後数歩の場所まで来た。

いける！

グスタフが思った瞬間。

「〝咲き誇れ――氷花槍《ひょうかそう》〟」

凄まじい勢いで地面から氷の槍がまるで華開いたかのように突き出た。

槍の穂先は全て丸くしているので、グスタフは大きく吹き飛ぶだけに留まる。

「ごっ……！」

訓練場の中心に咲き誇る〝氷花槍〟。

気絶したグスタフなんか目に入らず、全ての貴族は光り輝く〝氷花槍〟に見とれていた。

もちろん、ゲルガー侯爵当主は今にも気絶しそうだったのは別だ。

「この決闘。シオン・フォードレインの勝利ッ！」

国王ギルベルトが宣言したことによって喧騒が生まれる。

シオンは気絶しているグスタフを目に掛けず、すぐに両親の下へ帰った。

「圧勝だったなシオン」

「兄さんたちと比べたら相手にもならなかったよ」

今まで数百回にも及ぶ数の模擬戦を二人の兄と繰り返してきたのだ。

だから、その時と比べるとまるでお遊びとしか思えなかった。

「これで帰れるんだよね？」

決闘自体は大して疲れなかったが、精神的に疲れたので早く帰りたい。

早く帰ってベッドで寝転がりながら本を読みたい。

シオンの脳内はそんな怠惰な欲望で占められていた。

「ああ。俺とセリーはゼルダス達と一緒に王城にいる友人と会ってくるが、シオンは好きにしてていいぞ」

「ゼルダスさんもってことは学園時代の友人？」

夜会の後のお茶会でアレクサンダーとセリティーヌ、そしてゼルダスとオフェリーは学園時代の友人だと聞いていた。

この情報を念頭に置くと、これから会いに行く友人も学園時代の友人なのだろう。

「おう。お互い忙しくてな。中々会えなかったんだ」

「へー」

王城にいる友人ともなれば偉い人なのだろうか。

なんでもないことを考えながら、シオンは屋敷へ足を向けた。

＊

決闘した当日。

商業地区で本を買って屋敷に帰ると、父アレクサンダーと母セリティーヌが居た。

「あれ、もう帰ってきてたんだ」

シオンは意外そうに言う。

決闘が終わってからまだ三時間ほどしか経っていない。友人に会いに行くと言っていたので、日が沈むまで帰ってこないかとシオンは思っていた。

「文通もしていたからそこまで話すこともなかったんだよ」

「ふーん」

そんなものなのかと思い、シオンはリビングを後にしようとドアを開けた。

「シオン」

シオンの背中にアレクサンダーは声を掛ける。

「ん？」

何だろうとシオンは振り返った。

「俺の友人がシオンに会いたいと言っていたんだが……」

何やら歯切れ悪くアレクサンダーは言う。別に言っていること自体は普通の内容なはずだ。

「そのくらい何も問題ないけど……」

不思議そうにシオンはアレクサンダーを見る。

「その友人っていうのがな、国王なんだよ」

「へ……？　友人って陛下だったの……!?」

まさかの告白にシオンは驚いて銀髪を揺らす。

王城にいるのだから偉い人だということは予想していたが、その偉い人の中でも一番だとは。

「陛下とも父さんと母さんは友人だったんだね」

しみじみとシオンは呟く。

だが、よく考えてみると辺境伯家は少々特殊で重要な貴族なので、当時の王太子と関わりを持つのは決しておかしなことではない。それに、王城での決闘騒ぎとはいえ、なぜ国王が直々に出てきたのか不思議に思っていたのだが、アレクサンダーと国王が友人だからわざわざ出てきたのだろう。

「でもまあ、陛下に会うのは心臓には悪いけど大丈夫だよ？」

正直、国王という頂点の存在に会うのは非常に気が重い。

しかし、決して嫌な人ではないだろうと思っているからシオンは了承したのだ。

「いや、まだ続きがあるんだ」

「続き？」

「ああ。シオンが作った魔道具があるだろう？　それを一つ作ってもらいたいらしい」

「これを？」

シオンは自分の左耳についているイヤリングに触れながら言う。

この魔道具は自分だけの為に作ったものなので、世間への普及は一切考えていない。

だから、もう一つ作ってくれと言われて少し驚いていた。

「つまり……俺くらいの体内魔力量を持っている人がいるっていうこと？」

「そうだ。第二王女殿下がそうらしい」

シオンの言葉にアレクサンダーは頷く。

現在の王家の子供は第一王子、第一王女、第二王子、第二王女といった年齢順だ。

今回は第二王女なので末っ子であり、確かシオンと同じ年齢だったはずである。

「第二王女殿下が？　やっぱり俺みたいに暴走したり逆に上手く発動できなかったりするの？」

「国王……ギルベルトが言うにはそのような症状が続いているそうだ」

なるほど、とシオンは納得した。また、第二王女の現状に同情もした。

今でこそ何の障害もなく魔術を行使できているが、上手く使えなくなった当初は絶望の谷に突き落とされたような気分だったからだ。

「ギルベルトも色々調べて探し回ったらしいが見つからなくてな。そこで白羽の矢が立ったのがシオンっていう訳だ」

「なるほどね。そしたら材料さえ用意してもらえたら作るよ」

基本的にシオンは自分と親しい人以外に関心は無い。しかし、自分と同い年であり、同じ症状に苦しんでいることで親近感を覚えていた。

製作に当たる術式も開発済みなので、時間もさほどかからない。

断る理由は全くもってなかった。

「それは良かった。じゃあこれからギルベルトに一度会いに行くから一緒に来てくれ」

「分かった」

買ってきた本を自室に置いて、シオンは馬車に乗り込む。

セリティーヌは屋敷でゆっくりするらしい。

国王は父親の友人なので悪い人ではないとは思うが、実際どのような為人《ひととなり》をしているのか想像しながらシオンは王城へ向かった。


「こちらでお待ちください」

王城へ着くや否や、使用人がシオンとアレクサンダーを部屋まで案内した。

何か公的な用事であったら謁見の間を使用するが、今回はあくまで私的な面会なので普通の部屋で問題ない。

「陛下って呼んだ方が良いのかな？　それとも国王陛下？」

「どっちでもいいと思うが……陛下で良いんじゃないか？　まあ、あいつは最低限の礼儀さえ守れば、他は気にしない奴だから大丈夫だと思うぞ」

どうやら随分気さくな人のようだ。

普通、国王と言ったら一癖も二癖もあるような人が大多数である。

視点を変えれば、癖がある人でないと国王という立場は務まらないのかもしれない。

しかし、アルカデア王国の国王はそうではないらしい。

「どんな人なの？」

「そうだな……悪ガキと言うのが正しいか」

「わ、悪ガキ……？」

予想外の答えにシオンは口元を引き攣らせる。

更に詳しく聞こうと思った時、ドアがノックされて姿勢を正した。

「陛下が来られました」

使用人の声とほぼ同時にドアが開き、一人の男が入ってきた。

夜会と決闘の時と同様に、臙脂色の髪に赤目の外見。

近くで見たからこそ、精悍な顔がより際立つ。

「お初にお目にかかります陛下。シオンと申します」

ソファーから立ち上がり、シオンは心臓に右掌を当てて一礼する。

「うむ、礼儀正しいな。アレクと大違いじゃないか」

「うるさいぞギル。ゼルダスと同じこと言いやがって」

親し気に言葉を交わすギルベルトとアレクサンダー。

目の前の様子を見ていると、アレクサンダーが言っていた悪ガキというのもあながち間違いではないなとシオンは思った。

「それでシオン。まずは今日の決闘は見事だった」

「ありがとうございます」

ギルベルトからの褒め言葉にシオンはペコリと頭を下げる。

「ここに来てくれたということは了承してくれたのだろう。だが、今一度申し入れよう。シオンよ、俺の娘の為に魔道具を作ってほしい」

今度はギルベルトが願いながら頭を下げてきた。

その姿にシオンは固まる。

なぜなら、基本的に国王が一個人に頭を下げることはあり得ないからだ。

だが、目の前の国王ギルベルトは頭を下げている。

このことから、真剣な心からの願いだということが分かった。

「承知しました。第二王女殿下の魔道具、俺が作らせていただきます」

「ありがとう」

シオンが了承すると、ギルベルトは明らかに安心した様子で礼を述べる。

凄く娘を心配して頭を悩ませていたのだろう。

「良かったなギル」

「ああ。探し回っても体内魔力を封印する魔道具なんて無くてな。これで一安心だ」

詰まっていた石が無くなったかのような爽快な顔をしながらギルベルトは言う。

目線をシオンに向けた。

「というか……どうやって作ったのだ？」

「素材自体はそこまで珍しいものではないです。ただ……この世に存在しなかった魔道具を作ろうとしていたので、新しい術式を開発する必要がありました。一番苦労して時間がかかったのが、その新しい術式の開発ですね」

別に秘密にする理由もないので、シオンは答える。

新しい術式の開発は、ただただ地味で時間がかかる作業だった。

途中で何度も投げ出したくなったこともあった。

それでも続けたのは、シオンの中で魔術の存在が大きかったからだろう。

「そんなことを……本当に優秀だな。我が国でも錬金術に力を入れるか」

王国は魔術が他国より発展しているので、似た系統の錬金術があまり発展していない。

しかし、今回のような問題が発生したことで、ギルベルトは王国も錬金術に力を入れなければいけないなと思ったのだった。

「と、なればだ。材料は教えてくれればすぐに用意する。製作にどのくらい時間がかかるのだ？」

切り替えてギルベルトは話を進める。

「一番時間がかかる術式の開発は済んでいるので、丸一日……いや、五時間ほどあれば完成すると思います」

言葉を一度区切り、シオンは再び口を開く。

「材料はAランク魔石が一つ、シルバーウルフの毛、ミスリル、この三つが必要です」

「分かった。そのAランク魔石は何でも良いのか？」

「はい。Aランク魔石であれば何でも大丈夫です」

魔石の役割は術式の下地と保全だ。

それが可能な魔石は、最低でもAランクが必要になってくる。

言い換えれば、Aランク魔石であれば魔物の種類は何でもいいということでもあった。

「分かった。すぐに用意させよう。因みにシオンの魔道具は何の魔石を使っておるのだ？」

「ああ、俺のはブラックオーガです。特に何も考えないで選びましたが、俺の髪に映えているので今では気に入っています」

シオンは左耳についているイヤリングを触る。

このイヤリングには、ブラックオーガの魔石である漆黒の球、そして漆黒の球にシルバーウルフの毛がミスリルの鎖によって繋がれていた。

「うむ。確かに似合っておる」

ギルベルトも頷いて同意する。

「ではまた明日、王城に来てくれ」

「分かりました」

用事が済んだので、シオンとアレクサンダーは王城に背を向ける。

夕暮れ時、空に鳥が飛んでいるのが馬車から見えた。

＊

時は遡り、フォードレイン領でスタンピードが発生した数日後のこと。

いつも通り書類仕事で忙殺されている国王ギルベルトの下に、一つの書簡が届いた。

「陛下、アレクサンダー殿からです」

シュゲルは書簡をギルベルトへ渡す。

書類仕事によって疲労しているギルベルトは、背もたれに寄りかかりながら書簡を開いた。

「アレクからか。ふむふむ……」

ギルベルトとアレクサンダーは長年の間に亘って文通をしていた。

今回も何気ない近況報告だろうと思って、ギルベルトは目を通す。

「……ぶふぉっ」

しかし最初の一行を読んだ瞬間、ギルベルトは思わず噴き出してしまった。

目を擦って再び文面に目を向ける。

二秒、四秒、十秒。

高速で眼球を動かし、文面に書かれている情報を読み取った。

「……ふぅ。心臓に悪い……」

読み終えたギルベルトは書簡を机に置いて溜息をつく。

「どのような内容か伺っても？」

「うむ、読んで良いぞ」

「では失礼します」

尋ねるシュゲルにギルベルトは書簡を渡した。

しばしの間、沈黙が執務室を満たし、読み終えたシュゲルは口を開く。

「スタンピードですか。しかも主が黒竜であったと。更には、ご子息であるアルト殿とシオン殿がオーガを討伐したと」

書簡の内容は、数日前にフォードレイン領で発生したスタンピードについてであった。

フォードレイン領から王都まで馬車で十日ほどなので、書簡はスタンピードが完全に鎮圧してから書いたのだろう。だから、スタンピードを無事に鎮圧したことが書いてある。

「黒竜が主であったことは驚くべきことだ。しかし……それより俺はアレクの二人の息子がオーガを討伐したことに驚いておる」

黒竜の発生と二人の子供によるオーガの討伐。

どちらも驚くべき事実なのだが、後者の方が圧倒的にあり得なかった。

「確か、十一歳と八歳だろう？」

「ええ」

「それでオーガの討伐……Bランク下位とはいえ凄まじいな」

この書簡の送り主がそこら辺の貴族であったら、何を馬鹿な話をと一蹴していただろう。

だが、送り主はアレクサンダーだ。

下らない嘘をつく人間ではないことは、ギルベルトがよく知っている。

「アルト殿は今年に学園へ入学しますね。また、シオン殿は来月に開かれる夜会へ出席します」

「ほう……そういえば来月か」

ギルベルトはシュゲルの言葉で思い出す。

貴族家で八歳の子供が出席する夜会。

表向きは、これから公の場に出ることもある令息令嬢へ提供する練習会だ。

しかし、実際は令息令嬢を利用した派閥づくりやコネづくりがもっぱら行われている。

もちろん、この夜会にはシオンの兄であるレイとアルトも八歳の時に出席していた。

「その時にシオン殿と話してみるのはどうですか？」

「む、何故だ？」

「いつの日か必ずシルフィーネ様と関わるでしょう？　だから為人を見てはどうかと考えたわけなのですが……」

シュゲルが言った瞬間、ギルベルトは体をガバッと起こして机を両手で叩いた。

「よくぞ言ってくれたぞシュゲル！」

近くで叫ばれたシュゲルは迷惑そうな顔をしながら一歩下がる。

そんなシュゲルに構わず、ギルベルトは続けた。

「シオンという奴は八歳……シルフィーネも八歳。必ず関わる機会が発生する……！　どんな奴か確かめなければ……！」

一人でぶつぶつと呟くギルベルトに、シュゲルは呆れた顔をする。

いつもは威厳のある国王なのに、娘のこととなると必ず奇行に走るのだ。

今年で三十六歳なのだから、もう少し落ち着いてほしいとシュゲルは思っていた。

「それから、アレクサンダー殿やセリティーヌ殿にシルフィーネ様の状況を相談してはどうですか？　何か知っているかもしれません」

シュゲルの言葉を聞くや否や、ギルベルトは大人しくなって椅子に座る。

溜息を吐き出しながら口を開いた。

「うむ……聞いてみるか。思い付くことは試さないとな」

「ええ。私もそう思います」

思わぬ場所に解決の糸口が隠れているかもしれない。

ギルベルトはそう思いながら再び口を開いた。

「あとは……シオンとやらの実力も知りたい」

「知る機会があればいいのですが……」

実力を知るには誰かが相手をしないといけない。

だが、最有力候補の王国魔術師団は忙しいので、ただの興味の為に時間を捻出してもらうわけにはいかなかった。

「都合がいい奴がいたらいいのだがな」

何気なくギルベルトは呟く。

特に期待を込めて発した言葉ではなく、あくまでも軽い願望だ。ただ、その一か月後にギルベルトの軽い願望が叶ってしまった。ゲルガー侯爵家長男のグスタフがシオンに決闘を迫ったからだ。

これは思いもよらぬ幸運である。

ギルベルトはそう思いながら現場に出ていき、決闘を取り仕切った。

結果としてはシオンとグスタフでは実力差がありすぎていささか不満だったが、シオンのある程度の実力は知れたので良しとしたのだった。

＊

馬車から降り、地に足をつける。

王城を訪れるのは三度目だが、その存在感にいつ見ても圧倒される。

今回も母セリティーヌは同行していない。

予定を聞いたところ、ゼルダスの夫人であり学園時代からの友人でもあるオフェリーとお茶会をするとのことだ。

だから前回同様、父アレクサンダーがシオンの隣にいる。

「おはようございます。フォードレイン辺境伯様、シオン様」

入口には昨日シオン達を案内してくれた使用人が待っていた。

美しく一礼し、先導してシオンとアレクサンダーを案内する。

向かった先は昨日と同じ部屋だった。

「しばしお待ちください」

使用人が部屋から去り、シオンは用意されていた紅茶を一口飲む。

舌が肥えているわけではないので、他より多少香りが良いことしか分からない。

自分は舌馬鹿なのかとシオンが思いながらのんびりしていると、ドアが開いて誰かが部屋に入ってきた。

「アレクにシオン、昨日ぶりだな」

国王ギルベルトが親しげに話しかけてくる。

その後ろに、炎のような唐紅《からくれない》の髪を持つ女の子がいた。

「おっと、挨拶が先だったな。この子は第二王女で俺の娘のシルフィーネだ」

ギルベルトは優しくシルフィーネの背に手を当てて前に促す。

一歩前に出て、シルフィーネは口を開いた。

「初めましてシルフィーネです。今日は私のために来てくださって感謝します」

子供といえども流石は王族だ。

立ち振る舞いや挨拶にぎこちなさや不自然さが感じられない。

「お初にお目にかかります殿下。シオン・フォードレインと申します」

「お初にお目にかかります殿下。アレクサンダー・フォードレインと申します」

二人は立ち上がり、胸に手を当てて挨拶をする。

シオンはともかく、大人であるアレクサンダーが子供のシルフィーネに敬語を使って挨拶をするのは些《いささ》か不自然に感じる人もいるだろう。

しかし、身分が上の相手ならば何もおかしいことではない。至極当たり前のことだった。

「うむ。では、早速シオンには作ってもらおう」

「分かりました」

ギルベルトの言葉にシオンは頷く。

「ではシルフィーネ、シオンを連れて行ってあげなさい」

「え!? お父様!?」

ギルベルトの言葉に驚いたのか、シルフィーネは態度が崩れて素が出てしまう。

「まだ魔石は決めていないのだろう？　一緒に決めると良い。シオンも構わんな？」

「あ、はい」

何か言いたげなシルフィーネを傍らに、半ば強制的にシオンは頷いたのだった。


部屋を出て歩くこと数十秒。

シオンとシルフィーネの間には一言も会話がなかった。

付き添いでシルフィーネの専属使用人はいるが、後を付いてきているだけ。

構図としては、シルフィーネが先へどんどん進んで、その後をシオンが歩き、更にその後を専属使用人が歩いている。

気まずいなとシオンが思っていると、突然シルフィーネが立ち止まった。

「ねえ」

背をシオンに向けたまま、シルフィーネはシオンに声を掛ける。

「何でしょうか殿下」

急にどうしたのだと思いながらシオンは返事をする。

「殿下って言うの止めて」

「え、しかし……」

「シルフィーネって呼んで」

「シルフィーネ様」

「様も禁止。あと敬語も禁止」

「えぇ……」

怒涛の駄目出しにシオンは困惑する。

殿下と言うのが禁止なのはまだいいが、流石に王族相手にため口は不味《まず》い。どうしたものかとシオンが悩んでいると、背後から一つ咳払いが聞こえた。

「シオン様。姫様はお茶会など興味の欠片もなかったので友人がいないのです。ですから、姫様のためと思ってくださると嬉しいです」

凛とした声と顔で言う専属使用人。

言っている姿は知的な女性という感じだが、内容は酷い。

「ちょ、ちょっとリン！　なに言ってるのよ！」

シルフィーネはあわあわと慌てる。

この反応を見て、これが通常運転なのだとシオンは理解した。

「なにを言っているって……昨日、〝ねえリン。私あのシオンっていう子と仲良くなれるかしら？大丈夫よね？〟って言っていたじゃないですか」

「――――っリン！」

顔を真っ赤にしてシルフィーネは専属使用人のリンに詰め寄る。

王女と使用人という関係なのに仲が良いのだなとシオンが思っていると、シルフィーネの顔がシオンの方へ向いた。

「忘れなさい……」

「え？」

「忘れなさいと言っているの！　今、ここで、リンが言ったこと全て！」

相当恥ずかしかったのか、リンゴのように真っ赤な顔のまま叫ぶ。

その取り乱しように、シオンは悪戯心が芽生えて口を開いた。

「前向きに検討するよう善処します」

「それ絶対忘れないじゃない！　よく役人が言っているの、知ってるんだから！」

どうやらこの文句はこの世界でも通用するらしい。

意外だなと思いながら、そろそろ可哀《かわい》そうになってきたのでシオンは噴火寸前のシルフィーネを鎮火させることにした。

「冗談です。忘れますよ」

「ふんっ。初めからそう言えばいいのよっ。それから敬語禁止！」

腕を組んでツンと言うシルフィーネは子猫みたいだ。

「分かり……分かったよシルフィーネ。これで不敬罪とかやめてね？」

シオンは観念してシルフィーネに気安く話すことにした。

「もうっ！　そんなことしないわよ！」

顔をグイッとシオンに近づけてシルフィーネはムッとする。

シオンは改めてシルフィーネの顔を観察した。

猫のような大きなやや吊り気味の目、すらっとした鼻筋、桜色の薄い唇。

顔の各パーツの大きさや位置、全て完璧だ。まだ八歳ながら類を見ないほどに顔が整っている。

シオンが漠然とそう思っていると、シルフィーネがまじまじとシオンを見つめてきた。

「どうかした？」

首を傾げてシオンは尋ねる。

「……作ってくれる魔道具はそのイヤリングなのよね？」

一瞬間が空き、目線をイヤリングにずらしてシルフィーネはシオンに聞いた。

「そうだよ。別の形が良い？」

「ううん。それが良いわ」

シルフィーネは柔らかく微笑む。

その表情にシオンは心の中で少し驚き、再び歩き始めた。


「ここよ」

歩くこと数分。

シルフィーネは王城の中心部から少し離れたところに位置する一角へ案内した。

前から警備していた騎士が近づいてくる。

「シルフィーネ殿下、そちらの方は……」

若干怪訝そうな目をして騎士は問う。

「ええ、彼がフォードレイン辺境伯家のシオンよ」

「――っ失礼しました。ではお通りください」

頭を下げて脇に避ける騎士を傍らに、シオンはシルフィーネに付いていく。

先程はあのような感じだったのに変わりようが凄い。

伊達に王族ではないのだろう。

シオンが感心していると、施錠《せじょう》されたドアをリンが開けていた。

三人は部屋の中に入る。

試験管、数々の薬品、魔物の素材、錬金術台……。

如何にも研究室といったような道具で満たされていた。

「お父様が材料は既に用意したと言っていたわ」

部屋中を眺めていたシオンにシルフィーネは言う。

それを聞いて、シオンは一番大きな机の上を見た。

「……うん。しっかり揃っているね。魔石は何にするか選んだ？」

机の上には様々な種類のAランク魔石があるので選び放題だ。

流石王族だなと思いながら、シオンはシルフィーネにどの魔石が良いか尋ねる。

「これとこれで迷っているのよ」

シルフィーネは漆黒の魔石と青色の魔石をシオンに見せた。

漆黒の魔石はシオンと同じブラックオーガのものだろう。

シオン的には、そもそもの顔が良いのでどちらも似合うと思っている。

「(シオン様。姫様はシオン様と同じ色にしたいけど変に思われないか不安なのだと思います)」

シオンが考えていると、リンが風魔術を使ってシオンだけに聞こえるように話しかけてきた。

「(そういうのって王族的に大丈夫なの？)」

シオンも風魔術を駆使して尋ねる。

「（大丈夫でございます。陛下も了承済みです）」

どうやら規則的には問題ないようだ。ギルベルトも了承しているなら更に問題ない。

「シオンはどっちが良いと思う？」

シルフィーネは顔を上げてシオンに聞く。

数秒、シオンは考えて口を開いた。

「シルフィーネって俺と友達？」

「え、うん……私はそう思ってるけど……違うのかしら？」

不安そうな表情をして、シルフィーネはおずおずと聞いてくる。

僅かに上目遣いにもなっているので、中々に破壊力が高い。

「俺も友達だと思ってるよ。だから、その記念に同じ漆黒の魔石でどうかな？」

その瞬間、分かりやすくシルフィーネは笑みを浮かべる。

「そうよね！　じゃあこれにするわ！」

「了解。結構時間かかるから好きにしてていいよ」

「そう？　なら邪魔しないように外で暇を潰してるわね」

シルフィーネとリンが部屋から出ていき、シオンは一人となった。

「ふぅ……」

目を瞑り、一つ呼吸をする。

製作時間はおよそ五時間。

シオンは肩を回し、机に向いて集中の海へと潜っていくのだった。

＊

シオンが魔道具の製作を始めた頃。

残されたギルベルトとアレクサンダーは他愛もない会話をしていた。

アレクサンダーが真剣な顔つきで口を開く。

「どう思った？」

言葉足らずで何を言っているのか分からないはずだが、ギルベルトには分かっていた。

顎に手を当て、ギルベルトは数秒考える。

「善良で真面目。おまけに頭もキレる」

右斜め上に目線を向けながら続ける。

「この上ない人物……だが、自分と他者の間に壁を立てておる」

「お前もそう思うか」

「うむ」

ギルベルトは頷き、アレクサンダーは小さくため息をついた。

誰が見てもアレクサンダーが悩んでいるのは明らかだろう。

「何を悩んでいるのだ？　別に自分と他者の間に壁をつくるぐらい問題ではないと思うが……」

ギルベルトが尋ねる。

しかし、アレクサンダーの考えは少し違った。

「確かにお前の言う通りだ。だが、シオンは家族である俺達にも壁がある」

「それは……勘違いではないのだな？」

「ああ。セリーも同意見だ」

「なるほど……」

そう、今二人はシオンのことについて話していた。

というのも、アレクサンダーがギルベルトに相談したからだ。

相談内容は、シオンの性格及び性質について。

「とりあえず色々な話を聞かせてくれ。でないと何も言えん」

ギルベルトがシオンと接したのは昨日と先程だけだ。

正直、何も分からないといっても過言ではない。

「そうだな……」

アレクサンダーは脳内で記憶を掘り起こしていく。

十数秒後、アレクサンダーは話し始めた。

「シオンが二歳頃までは何も思っていなかったんだが……三歳頃から違和感を持ち始めた。まず思ったのが、言葉の習得が異様に早い。次に思ったのが、明らかに思考して行動している」

指を折り曲げ、アレクサンダーは続ける。

「普通、三歳の頃なんて考えたりしない。本能や欲望に従うだろう？」

「ああ」

ギルベルトは頷いた。

「だがシオンは違った。明らかに思考している。それも高いレベルで。つまり……程度は分からないが自我がその頃からあったんだ」

いくら成長が早い子供でも三歳から自我があることはあり得ない。精々、五歳ぐらいからだろう。

「それは確かに異常だが……別に悪いことではないのではないか？」

「それはいいんだ。ただ……問題は別にある」

ゴクリと喉を鳴らし、アレクサンダーは口を開く。

「まず、シオンは他者との間に壁を立てていると言っても恐らく意図的ではない。無意識だ。実際、俺達家族には自然体だしな」

アレクサンダーとしては、それについては問題視していない。

「問題なのは、シオンが人や物にあまり執着を見せないことと、関わりない人への興味が全くないことだ」

言い切るアレクサンダー。

「あ、魔術は例外だがな」

一つ付け足して話を終える。

その話を黙って聞いていたギルベルトは腕を組んで思考し始めた。

「……切っ掛けに心当たりはないのか？」

「ない。これは言い切れる」

ギルベルトの疑問をアレクサンダーは即座に否定する。

生まれた時から傍で見てきたので、アレクサンダーにとってその回答は悩む必要すらなかった。

「ふむ……普通は何かの切っ掛けでそのようになるのだが。シオンは生まれた時からということか」

「そうだ」

「別に大丈夫なのではないか？」

何でもないかのようにギルベルトは言い放つ。

「今のところ何も問題は起きていないのだろう？　ならば、本人でもない人間が悩んでも仕方があるまい」

冷たく聞こえるが、よく考えてみれば正論だった。

仮に現在進行形で何か問題が生じているのならば解決する必要がある。しかし、そうではないのなら今のままで大丈夫だろう。

「確かにそれもそうか……だが心配だ……」

納得しつつも心配してしまうのは親だからだろうか。

アレクサンダーは難しい顔をしていた。

「それに……シオンは今まで家族としか関わってこなかったのだろう？　これからの出会いでいくらでも変わる可能性は存在している」

「言われてみれば……そうか。シオンは人と関わらなさ過ぎていたのか……」

改めて知った事実にアレクサンダーは口元を手で押さえる。

思い返せばそうだ。

シオンは今まで家族か騎士としか関わっていない。

「それにシルフィーネとシオンは相性がいいと思っておる」

「……何でそんな嫌そうな顔をしているんだ？」

「当たり前だろう！　可愛い可愛い娘と、どこぞの男との相性がいいと言いたいわけがあるまい！」

ギルベルトは天を仰いで叫ぶ。

アレクサンダーには娘がいないので、よく分からなかった。

「お前の嘆きはどうでもいいとして……確かに考えすぎかもな」

「だろう？」

人は環境と経験によっていくらでも変化する。

言わば今のシオンは卵の殻を破った雛鳥と同様、経験が少なすぎて幼い状態だ。これから良くも悪くも変わる可能性なんていくらでもあった。

「そもそも親が子供に介入しすぎるのも良くない。困ったら相談に乗り、時には手を貸し、危険なら守ってやる。後は、自由にさせるべきだ。そうでなければ一人では何もできない大人になってしまう。まあ、その点、シオンは心配ないと思うが」

肩をすくめながらギルベルトは言葉を並べ立てる。

確かに、ギルベルトはシルフィーネや他三人の子供達のことを溺愛しているが、積極的に手を貸したり介入したりすることは無い。

ギルベルトは今の言葉を体現しているのだ。

そんなギルベルトを、アレクサンダーは驚いた眼で見ていた。

「む、どうした？」

「いや……久々にお前のことを尊敬しそうになった」

「おい、俺は国王だぞ。常時敬え」

「馬鹿を言うな。普段のお前を知っていると無理に決まっているだろう」

「ちっ」

軽口をたたき合うアレクサンダーとギルベルト。

その姿はまるで少年のようだった。

＊

製作開始から四時間。

シオンは集中の海の水面《みなも》から顔を出した。

銀色に光るミスリルの装着部分に、一粒の漆黒の魔石、その下にミスリル製のチェーンに繋がれているシルバーウルフの毛。

シオンが装着しているイヤリングと瓜二つのものが完成したのだ。

「完成したよ」

シオンはいつの間にか部屋にいたシルフィーネに告げる。

「本当!? これがそうなのね！」

犬の如く素早く寄ってきて、シルフィーネはシオンの手元で光るイヤリングを見つめた。

位置的に、シオンの顔の下にシルフィーネの頭があるので、シルフィーネの髪の良い匂いがシオンの鼻腔を満たす。

何か悪いことをしている気分になって、シオンは少し離れた。

「これをどっちかの耳に着けて魔力を流してみて」

シオンは拾い上げたイヤリングをシルフィーネに手渡す。

「わぁ……」

大切なものを扱うかのような手付きで受け取ったシルフィーネは、嬉しそうに頬を緩めた。

そして髪を耳に掛け、シオンと同じ左耳に装着し、魔力を流す。

「ひゃっ！」

勝手に装着され、シルフィーネは驚いた声を上げる。

シオンの位置からだと横顔しか分からないが、その頬はほんのり赤くなっていた。

驚いて声を上げたことが恥ずかしかったのだろう。

「自動で装着する術式を組んでるから外れる心配はないよ。もし外したかったら、魔力を流して外すと念じれば外れるから」

揶揄《からか》いたい気持ちを抑え、シオンは説明していく。

「ほんとだ……凄い……」

実際にシオンがやって見せると、シルフィーネもそれに倣って外したり着けたりした。

複雑な手順は必要ないので非常に簡単だ。

術式が破損しない限りは永久に機能するだろう。

「よし。じゃあ着けた状態で魔力を流しながら〝施錠〟って言ってみて」

一通り説明し終えたシオンは、シルフィーネに最後の手順を言う。

「わ、分かったわ……〝――施錠〟」

戸惑いながらも、シルフィーネは魔力を流しながら〝施錠〟と口にする。

すると、シルフィーネは一瞬呆け、それから愕然とした表情を浮かべた。

「ぇ……？　魔力が少なくなってる……」

シルフィーネの呟き通り、シオンが確認すると以前の半分の体内魔力量へと変化していた。

失敗するとは微塵も思わなかったが、改めて成功したのを見ると安心する。

「成功だね。これでもう大丈夫だよ」

良かった良かったと思いながらシオンはシルフィーネの顔を見る。

そして、動揺した。

なぜならシルフィーネが顔をぐしゃぐしゃにして泣いていたからだ。

「ど、どうしたのシルフィーネ」

経験のない状況に慌てるシオン。何故泣き出したか分からないし、どうすればいいのかも分からない。専属使用人のリンに助けを求めようとした時、シルフィーネが泣きながらも口を開いた。

「だ、だってぇ……きゅうにまじゅつつかえなくなってぇ……いっしょうつかえないままだとおもってぇ……うっうっ……」

今まで相当な不安を一人で抱えてきたのだろう。

しかし、堰き止めていたものがなくなり、ため込んできた不安が濁流のように溢れたのだ。

「姫様、良かったですね……」

リンがシルフィーネの頭を撫で、シオンは手持無沙汰でただ突っ立っている。

何だかカオスな空間が出来上がっていた。

「シオン……本当にありがとう」

あれから十数分後。

泣き止んだシルフィーネは感謝の言葉を口にした。

「どういたしまして。これで元通り魔術が使えるから」

「うんっ」

見た感じ、シルフィーネの体内魔力量はシオンの八割ほど。

魔力操作がまだまだ未熟なこの時期に、そんな体内魔力量を持っていたら上手く魔術が使えなくなるのは当たり前だ。

だが、イヤリング型魔道具で体内魔力の半分を封印した。今後は問題なく魔術を使えるだろう。

「あ、そうだシオン！　お互いに魔術見せ合わない？」

「魔術を？」

「うん。シオンの魔術見たいし……」

「いいね。俺もシルフィーネの魔術見たいし。あ、そしたらその後、軽く手合わせしない？」

シルフィーネは火属性の素質が八もあり、体内魔力量もシオンに近い。だから、どのくらいの実力があるのか見てみたかった。

「いいわね！」

シルフィーネも乗り気のようで、笑顔で賛成する。

「あ、先にお父様のところに行かないと」

「そういえばそうだった。じゃあ行こうか」

流れで訓練場に行く勢いだった二人だが、シルフィーネの言葉で思い出した。

製作に使った部屋を後にし、警備の騎士の前を通り、数時間前に通った通路を戻っていく。

道中、シオンとシルフィーネは他愛もない会話を交わしていた。

数分後、元の部屋に三人は戻り、ドアを開けて開口一番。

「お父様！　完成したわ！」

くつろいでいたギルベルトに向かって元気よく言った。

もちろん、アレクサンダーもギルベルトの対面に座っている。

「おお！　良かったなシルフィーネ！」

ギルベルトは立ち上がって嬉しそうにシルフィーネの姿を視界に映した。

そして安心する。

今までは元気に振る舞っているようでどこか不安定だった。しかし、今はその不安定さはまるでなく、希望に満ち溢れているようだ。

「お、シオンと同じ魔石にしたのか」

「お友達になった記念にお揃いにしようと……」

シルフィーネははにかみながら嬉しそうに報告する。

親子の会話を邪魔しないように、シオンはアレクサンダーの下へ行った。

「なぁシオン……いつの間に友人になったんだ？」

ポツリとアレクが呟く。

「専属使用人のリンさんが上手く誘導してくれてね。それに……どうやらシルフィーネには今まで友人がいなかったらしいし」

「ほー……」

アレクサンダーとて、いずれ仲良くなるだろうなとは思っていた。

実際、ギルベルトとそのことについて、さっき話したばかりだ。

だが、この数時間だけで王女と友人になったシオンにアレクサンダーは少し呆れた。

「で、シオンから見てどうだ？」

アレクサンダーは雑にシオンに尋ねる。

「まだ実力を見てないから分からないけど……凄いと思うよ。火属性の素質が八、豊富過ぎる体内魔力量、まあ規格外だよね」

「なるほどな。しかし……その規格外を超えているお前が言うのはなんだかおかしいな」

「それは、まあ……ね？」

首をすくめてシオンは苦笑いをする。

確かに今のところシオンはシルフィーネの完全上位互換だ。

しかし、まだ実力を見ていないし、今後は分からない。

「でもまあ……手合わせが楽しみだな」

和気あいあいと話しているギルベルトとシルフィーネを見ながらシオンは呟く。

唐紅の髪から覗くイヤリングがキラリと光った。

＊

王城の階段にコツコツと音が響く。

手合わせすることになったシオンとシルフィーネは訓練場へ向かっていた。

その後ろに、ギルベルトとアレクサンダーが付いてきている。

アレクサンダーが付いてくるのは問題ない。

しかし、ギルベルトが付いてくるのは少々問題があった。

何故ならギルベルトには仕事があるからだ。つまりこの場にいるのは、娘可愛さにしれっと仕事を放棄してきたということに他ならない。

「シルフィーネは強いから覚悟しておくがよいぞアレク」

「何故お前が偉そうにするんだ……」

ギルベルトの言葉にアレクサンダーは呆れる。

少し離れた場所で聞いていたシオンとシルフィーネは互いに顔を見合わせた。

「(陛下ってシルフィーネの事本当に好きなんだね)」

「(恥ずかしい……)」

シオンは苦笑いをして、シルフィーネは恥ずかしがる。

シルフィーネとしては、褒めてくれるのは嬉しいが人前なので羞恥心が勝つのだろう。

そうこうしているうちに、四人は訓練場に到着した。

広々としていて円形状になっている訓練場に、シオンは開放感を覚える。

昨日の決闘では、周囲を野次馬が埋め尽くしていたので圧迫感があったのだ。

少し離れた場所では、シルフィーネが魔術を発動している姿が見えた。

「いつもの感覚だわ！　本当に治ってる……！」

初歩的な魔術を使いながら嬉しそうにするシルフィーネ。

今まではこのような初歩的な魔術でも暴走してしまっていたが、その心配はもう必要ない。

更に、本当に今まで魔術を使っていなかったのかと疑うほどの滑らかな魔力操作。

シオンは完全にシルフィーネは天才だと確信した。

「じゃあシオン。勘も戻ってきたし始めましょ！」

パタパタと走りながらシルフィーネはシオンに話しかける。

「そうだね。ルールはどうする？」

「手合わせだし……軽くが良いかしら？」

「ならお互い怪我しない範囲でやろうか」

初めての手合わせで、シルフィーネもまだ万全な状態じゃないだろう。

だから、本気で手合わせをするより軽くの方が良い。

シオンはアレクサンダーに審判をしてほしいと伝え、シオンとシルフィーネは訓練場の中心で互いに向き合った。

「始め！」

アレクサンダーが開始を宣言、手合わせが始まった。

シルフィーネは素早く詠唱し、〝炎槍〟を五本作り出して発射。

それをシオンは〝水盾〟で相殺。

「〝撓《しな》れ――水鞭《すいべん》〟」

炎と水の接触によって水蒸気が発生し、その視界の悪さを利用してシオンは〝水鞭〟を発動。

複雑な軌道を描きながらシルフィーネを叩こうとする。

シオンからの攻撃を当たり前のように予測していたシルフィーネは、自分の周りに〝炎壁〟を作り出して〝水鞭〟を蒸発させた。

流石にそう簡単にはいかないかと思い、シオンは魔術を発動する。

瞬間。

シオンはその場から飛び退いた。

一拍遅れて、先程までシオンがいた地面から火柱が噴き上げる。

「よく避けたわね」

「このくらい当たり前だよ。〝氷槍〟」

詠唱破棄して五本の〝氷槍〟を顕現、放った。

一本一本が致命傷の〝氷槍〟をシルフィーネは的確に炎で相殺する。

「〝雷撃〟」

「くっ……」

しかし、間髪容れずにシオンは〝雷撃〟を放つ。

魔術で作り出した〝雷撃〟は、自然の雷より速度は遅い。

なので、シルフィーネは当たる寸前で躱すことが出来た。

不安定な体勢のまま、お返しと言わんばかりに轟轟と燃え盛る〝炎球〟を放つ。

が、シオンが展開した〝水盾〟によって防がれる。

「〝界を別つは燃え盛る一枚の障壁――大炎壁〟」

シルフィーネは口早に紡ぎ、自分とシオンの間に〝大炎壁〟を発動した。

それを見たシオンはすぐに消火しようとしたが、巨大な魔力が渦巻くのを感じ取る。

「〝灼熱の業火よ。収束し、敵を穿て――業火砲《ごうかほう》〟」

シオンは地面を足裏で叩き、極厚の〝大氷壁〟を展開。

瞬間、一直線に放たれた〝業火砲〟が〝大氷壁〟に衝突。

高温の炎が氷を融解し、昇華させ、水蒸気が瞬く間に辺りを満たした。

「〝降り散れ――天雨《てんう》〟」

シオンが発動した〝天雨〟によって、シルフィーネの頭上に豪雨が迸《ほとばし》る。

シルフィーネは瞬時に炎で消し飛ばしたが、体を濡らしてしまった。

「〝落ちる炎よ。伝え広がり満ちろ――炎濘《えんねい》〟」

炎がシルフィーネの手から零れ落ち、前方一帯の地面に炎が広がる。

呼吸を一つ。

水蒸気が晴れてシルフィーネの目に映ったのは、氷を地面に張って佇むシオンの姿だった。

「シルフィーネはまだまだ行けそうだね。もう少し上げるよ？」

「上等……っ！」

手で簡易的な印を組み、魔術を紡ぐ。

地面から飛び出す氷、灼熱の炎によって焼かれる空気。

風の渦が炎を散らし、氷の花を咲かせる。

雷を飛ばし、氷を地面に張り巡らせ、舞うは不可視の風の刃。

土が地面からせり上がり、炎が氷を融解し、迫る風の刃を炎で相殺した。

激しく魔術の応酬を繰り返すシオンとシルフィーネ。

一見、二人の実力は拮抗しているように見える。

しかし、シオンが余裕の表情であるのに対してシルフィーネは必死の表情だ。

「〝炎壁〟〝炎槍〟〝灼熱波〟！」

腕振り指折り紡ぐ魔術。

慣れか極度の集中か分からないが、無意識のうちにシルフィーネは詠唱破棄に成功していた。

だが、次第に形勢はシオンの方に傾いていく。

少しずつシルフィーネが圧され始める。

その事に気が付いているシルフィーネは周囲を炎で満たそうと口を開いた。

「〝其れは冷域。凍れ。全てを停止させよ——氷結領域〟」

が、シオンに先を越されて冷気が周囲を満たす。

「……っ！　〝炎て——」

体に炎を纏おうとした時、シルフィーネは首元に冷たい感覚を覚えた。

「俺の勝ちかな？」

シルフィーネの首元には、地面から突き出ていた氷の槍が突き付けられていた。

「——参りました」

悔しそうにシルフィーネは降参する。

「そこまで！　勝者シオン！」

審判のアレクサンダーが宣言して手合わせは終わった。


「悔しいぃぃ！」

全身を使って悔しさを表すシルフィーネ。

ただの手合わせでここまで悔しがることが出来るのは凄いことだ。

「強かったよシルフィーネ」

「慰めはいらないわよ……」

恨めしそうに目線を向けるシルフィーネだが、シオンは本音だ。

「そんなのじゃないよ。実際、少しも気が抜けなかったから」

「嘘じゃないでしょうね……」

「本当だよ」

疑い深いシルフィーネに、シオンは苦笑しながら答える。

そこに、アレクサンダーとギルベルトがやって来た。

「シルフィーネ。素晴らしかったぞ」

ギルベルトは手放しで称賛する。

なぜかその目は少し赤くなっていた。

「お父様……でも負けてしまいましたわ」

一方、シオンとアレクサンダーも言葉を交わしていた。

「どうだったシオン」

「強いね。気を抜いてたら遥か先に行ってしまいそうだよ」

「ほう」

前世の記憶という一種のズルを使っているシオンと違って、シルフィーネは本物の天才だ。

素質や体内魔力量はもちろんのこと、魔力操作や魔術のセンス、挙げたらキリがないが総合的に見て類を見ないほどに才能に溢れている。

対してシオンは素質と体内魔力量以外は凡人だ。

今の魔力操作や他の能力は全て幼い頃からの努力によるもので、一つずつコツコツと積み上げてきた結晶だった。

「でも負ける気はないけどね」

「その心意気だ」

気概のあるシオンに、アレクサンダーは笑って雑にシオンの頭を撫でる。

こうして、シオンとシルフィーネの初手合わせは終わったのだった。

＊

シルフィーネの魔道具を作って手合わせをした次の日、フォードレイン領へ帰るためにシオンは王都で買った本を馬車へ運んでいた。

「よし……」

本を運び終え、屋敷へ戻る。

ドアを開け、開放的な空間に足を踏み入れる。

次、この屋敷を使うのはいつだろうかとシオンは漠然と考えた。学園に在籍している時か、はたまた思いもよらない機会の時か。まあどうでもいいかとシオンが思った時、急いでいるかのような足音が聞こえて振り返った。

(人……?)

ドアは開けっ放しにしているので、屋敷の中からでも外の様子が分かる。

なので、シオンには状況が見えていた。

走ってくるのは恐らく子供と大人の女性。

恐らくというのは、両者ともローブを着てフードを被っていて正確には分からないからだ。少し警戒しながら、シオンは屋敷の外に出る。

その時、一抹の風が吹いた。

風によって子供のフードが外れる。

「あっ」

シオンは小さく声を上げた。

風で揺れるのは炎のような唐紅の髪。

「シルフィーネ……どうしたの……?」

シオンは戸惑いながら尋ねる。

いきなりフォードレイン家の屋敷へ訪れるなんて何があったのか。

すると、シルフィーネは猫のような目を吊り上げて口を開いた。

「シオン！　どうして今日帰るって言ってくれなかったのよ！」

シルフィーネは至近距離まで近づいて怒る。

「あー……ごめん。もう知ってると思ってたから」

「知らなかったわよ！　さっきお父様に聞いて急いで来たんだから……」

焦りながら言うシルフィーネの首筋には薄っすら汗が滲んでいる。

本当に急いで来たのだろう。

そして、シルフィーネは怒りから悲しみへ表情を変えた。

「本当に帰っちゃうの……？　もう少しいることは出来ない……？」

「流石に出来ないかな。元々今回は夜会に参加するためだけに来たし」

「そっかー……」

子猫のようにしょんぼりするシルフィーネ。

悲し気な姿を見たシオンは、帰りたくない気持ちが湧き上がってきた。

しかし、湧き上がる気持ちのままに行動することは出来ない。

「姫様。我が儘言って困らせてはいけませんよ」

シルフィーネの後ろに控えていた専属使用人のリンがシルフィーネに優しく諭す。

「分かってるわ……でも……せっかくお友達が出来たのに……」

眉尻を下げて気持ちを零すシルフィーネ。

彼女にとって、シオンは人生で初めて出来た友達だ。

更には自分よりも強い。

そして何より自分を絶望の谷から引き上げてくれた恩人でもある。

親愛、安心、感謝、憧憬《しょうけい》。

このような気持ちが混ざり合って、シルフィーネはシオンに対して好意を持っていた。

「じゃあさ……文通でもしようよ」

シオンの言葉にシルフィーネは俯いていた顔を上げる。

「文、通……？」

ゆっくりと桜色の唇が動いて鈴を転がすような声が響いた。

「うん。次会えるまで定期的に手紙を送り合おう」

「……」

シルフィーネは目をシオンの胸元まで伏せる。

どのようなことを思っているのだろうか。

どのような感情を抱いているのだろうか。

「次会えるのはいつよ……」

「そうだねぇ……学園に入学する時かな？」

「……三年後よね」

「うん」

三年後。人によっては短く、人によっては長い。

「絶対送ってくれる？」

「もちろん」

シオンが答えると、シルフィーネは顔を上げてシオンの目を見た。

「じゃあ一か月に一回送ってよね」

「一か月に一回……!?」

あまりにも短い頻度を指定されてシオンは口元を引き攣らせる。

シオンの想定では三か月に一回くらいで良いかなと思っていたのだ。

「なによ……。それで我慢してあげるんだから感謝しなさいよね」

「う、うん。分かったよ……」

ムッとした表情のシルフィーネに逆らえるはずもなく、シオンは首を縦に振る。

結果、一か月に一回文通をすることが決定した。

とはいえ手紙を書くだけなのでそこまで大変ではないだろう。

シオンは気楽な気持ちだった。

「じゃあ次会うのは学園だね」

「それまで鍛錬を怠らないことね。学園の首席は私よ」

先までの不安そうな態度は何処に、シルフィーネは強気に首席宣言をする。

やはり王族なので魔術だけでなく座学も得意なのか、とシオンが感心していると後ろに控えていたリンが一歩前に出てきた。

「姫様。そのようなことを仰っていますけど、勉学は苦手でしたよね?」

「え、ちょっ」

「この前も逃げ出していたじゃないですか」

「————リン！　何でそれを言うのよっ！」

思わぬ暴露にシルフィーネは羞恥で顔を真っ赤にする。

「え、それなのにあんな強気だったの？」

シオンは純粋に疑問を唱えたが、今のシルフィーネには火に油を注ぐ言葉だった。

「うるさいうるさい！　怠けるんじゃないわよって言ってるのよっ！」

「勉強は？」

「う……っこれから頑張るわよ……ええ、これから頑張ればいいのよ！」

シルフィーネは勢いに任せて色々叫ぶ。

後に我に返った時、彼女は後悔していることだろう。

「じゃあ私もう帰るから！」

プイッとシオンから顔を逸らして、シルフィーネは来た道を歩き始めた。

大股で歩いているつもりなのだろうが、如何せん体が小さいので微笑ましく見える。

呆気にとられつつも、シオンはシルフィーネらしいなとも思った。

そしてシオンが屋敷に戻ろうと足を動かした時、シルフィーネが急に振り返った。

「私を救ってくれてありがとう。手紙……楽しみにしてるわ」

顔を赤く染め、少し大きな声でシオンに本心を届かせる。

空気に解け、風に流されていった。

「……」

「リン！　帰るわよ！」

「はい姫様」

立ち尽くすシオンを他所に、シルフィーネとリンの姿が遠のいていく。

揺れる唐紅の髪とキラリと光るイヤリング。

だんだん小さくなっていき、やがて見えなくなった。

「……」

残ったのは、立ち尽くすシオンと地面を転がる枯葉だけ。

「……戻ろ」

屋敷へ足を向けるシオン。

その表情は誰にも分からなかった。

第四章　再会とアルカデア学園

時は流れシルフィーネと出会ってから三年後。

シオンの姿は王都にあった。

予定通り、シオンはアルカデア学園の入学試験を受験しに来たのだ。もちろん、隣には父アレクサンダーの姿がある。そんな二人はアルカデア学園の敷地に足を踏み入れた。

「でか……人多っ……」

顔を顰めながらシオンは呟く。

流石は王国最大の学園、もはや学園の規模ではない。

広大な敷地に美しい構造、とにかく圧倒される施設の数々。

前世の学校なんて比べ物にならないだろう。

「というか人が多すぎない？」

城下町の商業地区も人がかなり多いが、目に映るのはそれよりも多い人の波。

正直言って憂鬱な気分になる。

「入学試験日だから仕方がない。これでも二日に分かれているんだぞ」

「え……っていうことはこれが受験者の半分？」

「そうだ。まあ合格者数は十分の一ほどだが」

王国最大の学園なだけあって入学希望者はとても多い。

しかし、入学できるのは三百人弱なので受験者の大半は合格しない。

また、アルカデア学園は基本的には貴族の令息令嬢が学ぶところだ。故に入学金と学費が桁違いに高い。とてもではないが、平民が入学するのは不可能であった。

だが、十数年前に家の収入が一定基準以下であったら学費が免除されるという法律が施行されたので、平民も実力さえあれば入学が可能となった。

とはいえ、実際に平民が入学する事例は限りなく少ない。何故なら、平民が生きていく上で学園に入学する必要はないからだ。このことから、入学してくる平民は相当優秀で何か訳ありなのである。

「じゃあ父さん行ってくるね」

「おう、頑張ってこいよ」

手を振りながらシオンは人混みを避けて試験会場へ向かう。

案内員に従い、座学の試験会場に入った。

座学の試験会場は大学の講堂みたいな造りだろうか。

シオンは前世で大学に行っていないので詳しいことは分からないが、いつか見た大学紹介のチラシにそれらしき写真が載っていたのを覚えていた。

既定の時間になり、試験が開始される。

座学の内容は大きく分けて五つ。

内訳は数学、歴史、地理、魔術理論、一般常識だ。

前世での学力は中くらいだったが、この世界で幼い頃から母セリティーヌに勉強を叩き込まれていたので問題ない。

手を休めることなく早々に解き終わったので、単純な間違いをしていないか見直していく。

(大学受験はこんな感じなのかな……)

ふと、シオンはそんなふうに思った。

施設で育ったため、大学へ行く選択肢はなかったシオンにとっては知らない世界だ。

もし、両親が事故で他界しなかったら自分はどうなっていたのだろうか。

そこまで考えてシオンは頭を振った。

今、こんなことを考えるべきではない。

目の前の試験に集中するべきだろう。

切り替えてシオンは再び見直しを開始するのだった。


座学が終わると、そのまま連続で実技の試験も始まる。

実技では魔術か剣術のどちらか一方を選択することが可能だ
魔術を選択した場合は属性の素質、魔力操作、体内魔力量、そして得意な魔術を実際に使用するという四項目が試験内容となっている。

対して剣術は、剣を主体として試験官と戦闘するという単純なものだった。

実技も座学と同様に数か所の試験会場に分かれて行われる。

シオンが所属する集団は、上位貴族が集められていた。

「次！　二十一番と二十二番！」

自分の番号を呼ばれ、シオンは一つに結われた銀髪を揺らしながら前に出ていく。

属性の素質は事前に提出済みなので、ここで行うのは体内魔力量の測定と魔力操作、そして魔術行使の三つだ。

「それではここに手を置いてください」

試験官の指示に従って、シオンは言われた位置に手を置く。

直後にシオンは自分がイヤリングをつけていることを思い出した。

「すみません。体内魔力の一部を封印しているので、それを解除してもいいですか？」

「封印……？　ああ、貴方のことは上から聞いているので構いませんよ」

情報が行き届いていることにシオンは安心し、イヤリングに魔力を流して呟く。

「〝――解錠――〟」

魔力が一気に体内に満ちる。

あれから成長したので暴れ狂うことは無いが、些か不安定なのは確かだ。

早く済ませようと思って、シオンは再び手を置いた。

「……っ！　一万八千……」

驚きの声を抑えながら試験官は数値を口にする。

一般の魔術師は千、王国魔術師団団員は五千、団長は二万程度。

つまり、シオンの体内魔力量は団長クラスという訳だ。

試験官が驚くのも無理はないだろう。

「……失礼しました。魔術行使の際に魔力操作も見るので、向こうの的に向かっていくつか魔術を放ってください」

的は思ったより小さく、思ったより遠い。

しかし、シオンにとっては何も問題ない大きさと距離だった。

「さて……」

何の魔術を使おうか数秒悩み、紡ぐ。

一つ目。

「〝氷槍〟」

ゆらりと前方に翳した腕の先に成人男性ほどの大きさの〝氷槍〟が出現。

螺旋状に回転しながら一直線に飛んで行った。

結果、的を貫くことに成功する。

そして二つ目。

「〝貫き砕く冷界の氷花《こおりばな》。淡く纏う月光。気高く美しい花は全てを穿つ。咲け——氷花月槍《ひょうかげっそう》〟」

的の真下から現れるは月光を振りまく氷の花。

花弁の一つ一つは槍と化し空間を穿つ。

気高く美しい、月光纏う〝氷花月槍〟にその場の全員が見とれていた。

そんな周囲に我関せず、シオンは次の魔術を紡ぐ。

三つ目。

「〝駆けるは一条。残すは光芒《こうぼう》。我道を行く銀の矛《ほこ》。目指すは果ての三日月。帯電加速《たいでんかそく》。虚空を裂いて進め——電磁加速砲《でんじかそくほう》〟」

バチバチとシオンの周囲が帯電。

瞬間、シオンの前方に作られた鉄弾が音を置き去りにして飛んで行く。

軌跡の地面を砕き割り、一つの鉄弾は〝氷花月槍〟に着弾した。

砕け散る氷。

伝い広がる轟音と衝撃。

天から降る光によって舞う氷片がキラキラ輝く。

あまりにも衝撃的な驚きの光景に、皆は口を開けて絶句した。

静まる周囲を気にせずにシオンは振り返る。

「これで終わりです」

歩きながら試験官に声を掛けた。

「……試験はこれで終わりです。あちらからお帰りください」

少しの間の後、試験官は退場の旨をシオンに伝える。

指示に従い、シオンは試験会場を去っていった。


試験会場から出て帰宅するために足を動かす。

同時に、確かここにはシルフィーネもいるはずなので、シオンは周囲を見渡して捜し始めた。

炎のような唐紅の髪を目印に捜せばすぐに見つかるはず。

更に最後の手紙には、入学試験の時に再会しようという提案が書かれていた。

シルフィーネもシオンのことを捜しているに違いない。

茶髪、違う。

青髪、違う。

緑髪、違う。

金髪、違う。

人混みの中、シオンは捜し回る。

もしかしたらこの場には居ないのではないかとシオンが思った時、背中に誰かがぶつかった。不注意で申し訳ないと思い、謝ろうと振り返る。

「すみません」

「あっ、ごめんなさい」

シオンが謝罪すると同時に、ぶつかってしまった相手も謝罪の言葉を口にした。相手はローブを纏ってフードを被っているので顔が分からない。

しかし、声から少女だということは分かった。

離れようとしたシオンだったが、違和感を覚えて立ち止まる。

その少女も立ち止まっていた。

何に違和感を覚えたのかとシオンは目の前の少女を観察する。

「あ」

首元から見える髪。炎のような唐紅だ。

「シルフィーネ……？」

顔が分からないため、シオンは尋ねる。

すると、少女はシオンの手を取って走り出した。

「ちょっ……」

突然のことに戸惑うシオンだが、少女にされるがままに足を動かす。

人混みを通り抜け、噴水を横切り、建物の裏に入った。

少女はそこで足を止める。

そして、フードをバサッと取ってシオンへ振り返った。

炎のような唐紅の髪が靡いて広がる。

現れたのは見覚えのある美少女だった。

猫のようにやや吊り上がった大きな目。

すらっとした鼻筋。

桜色の薄い唇。

「久しぶりね、シオン！」

記憶の中より少し成長したシルフィーネが満面の笑みを浮かべる。

笑った口元から、可愛らしい八重歯が見えた。

可憐なシルフィーネの姿で視界を埋め尽くされたシオンは自然に笑顔になる。

「久しぶりシルフィーネ。元気だった？」

「もちろんよ！　……というか手紙に書いていたじゃない」

「ははっ、そうだったね」

懐かしい姿と声と匂いを五感が感じ取って心が躍る。

こんな感情を覚えたのはいつぶりだとシオンは思いながら口を開いた。

「試験はどうだった？」

壁に背を預けて、シオンはシルフィーネに試験の手応えを尋ねる。

「問題ないわ。手応えバッチリよ！」

「流石シルフィーネ」

シオンと同じように壁に背を預けながら自信満々に言うシルフィーネを、シオンは心の底から嬉しく感じた。

「シオンはどうだったのかしら？」

シルフィーネが同じ質問をシオンにする。

「同じさ。何も問題ないよ」

「ふふっ、知ってるわ」

予想通りの答えにシルフィーネはクスリと笑った。

漂う穏やかな雰囲気。

久しぶりの再会に二人は話に花を咲かせる。

風が吹いて、二人の左耳に着いているイヤリングが揺れた。

＊

「ではこれから合格者、及び順位を決める会議を始めます」

会議の開始を口にした学園長は周りの面々に顔を向けた。

円状の机を囲むようにして座っている教師には、シオンのグループを担当した者もいる。

「では私から合格者を発表させていただきます」

一人の教師が立ち上がった。

「今回の受験者数は三千八十五人。合格者は二百七十三人でした」

言い終えた教師は着席する。

「なるほど……例年通りですね」

学園長が頷きながら呟く。

毎年、受験者数が三千人前後で合格者数が三百人弱だ。

倍率は九倍から十三倍。

記録と照らし合わせると、今年の受験者数と合格者数は問題ないものだった。

「続いてクラス分けです。いつも通り成績順にしますが……Sクラスはどうしましょうか？」

先程の女性の教師が周囲へ問いかける。

「それは皆で決めましょう」

この学園は一つの学年に上からSABCDEFと七つのクラスがあって大体一クラス四十人ほどなのだが、Sクラスだけ例外で二十人と決められていた。

Sクラスが二十人なのは他のクラスとの差別化を図るためである。

ただし、この学園の大変なところは容赦なくクラス変動があることだ。年に二回の試験があり、次の年のクラス分けに大きな影響を及ぼす。たとえSクラスの生徒であっても、成績によっては下のクラスへ落ちることもあった。

厳しいが、このような完全実力主義の制度によって、王国の人材は年々豊富になってきている。

「では皆さん、意見をお願いします」

学園長が言うと、一瞬部屋が静かになった。

「いつも通り成績順でいいだろ？」

厳つい顔をした男の教師が声を上げる。

「それはそうなんですが……魔術と剣術の生徒の割合を気にしているのですよ」

「それに……今年は優秀な生徒が魔術と剣術の両方に例年より多いのよね」

一人の女教師が懸念を示し、もう一人の女教師がそれに同意した。

これを切っ掛けに、教師たちがどんどん議論をしていく。

クラス分けは生徒の人生に影響を与えると言っても過言ではない。だから、彼ら彼女ら教師は真剣に議論をしているのだ。

「一旦、そこまでにしましょう」

議論に熱が帯びてきた段階で、学園長が口を挟んだ。

教師たちも学園長の言葉に従って口を慎む。

「色々あると思いますが……先に確定している人から決めてみてはどうでしょうか」

学園長はそう言って、ゆっくりと教師たちの顔を見渡した。

「それはこの二人のことですか？」

一人の教師が二枚の紙を手に取り、周囲に見せるようにしながら尋ねる。

「そうです。この二人は迷う余地がないと思いますよ」

断定するような言葉に他の教師たちも納得した。

この二人というのは、入学試験において他の生徒の追随を許さないほど高い点数を取った生徒のことだ。

「シオン・フォードレインと第二王女殿下か……」

誰かが呟く。

「なあ、俺は剣術の方だったから分からないんだが……そんなに凄かったのか？」

厳つい男の教師が尋ねた。この教師は剣術部門の試験官だったので知らなくて当然だ。

「ええ。この両名は圧倒的でしたよ」

一人の教師が厳つい男の教師に二枚の紙を渡す。

その紙はシオンとシルフィーネの試験結果が書いてあるものだ。

厳つい男の教師は二枚の紙に目を通していく。

「……これはやばいな。第二王女殿下も凄まじいが……シオン・フォードレインなんて何だこの結果は。本当に十一歳か？」

「正真正銘、十一歳ですよ」

「もう既に王国魔術師団の一般的な団員は余裕で超えてるだろ」

信じられないと言わんばかりの声色で、厳つい男の教師が言う。

「座学はまだいい。だが……体内魔力量に魔力操作、そして使った魔術。おい、この不明って言うのは何だ？」

顔を上げて厳つい男の教師が周囲へ問う。

なぜなら、シオンが行使した魔術が記載されてある場所の一番後に、不明の魔術と書かれているからだ。

「そのままですよ。どのような魔術か分からなかったんです」

「本当か？」

「ええ。雷属性を使っているのは分かりましたが……何せ、光ったと思ったら巨大な氷が粉々に砕けていたんですから」

帯電現象が発生していたので、雷属性を使用したことは分かっていた。

しかし、それ以外のことは本当に認識できなかったのだ。

「はー、凄ぇなまじで。ならもうこの二人は決定だろ」

紙を机に置いて厳つい男の教師が言う。

「俺も賛成だ」

「私もです」

「賛成です」

口々に賛成する教師たち。

文句なしの満場一致の決定だった。

「では次へ移りましょうか」

学園長の言葉で、場の空気が切り替わる。

「さて、残りの十八人はどうしますか?」

その問いかけが切っ掛けで、再び会議が始まる。

結局、Sクラスの人を決めるのにかなりの時間を要したのだった。

*

入学試験から一週間後。

シオンとシルフィーネの姿は学園、ではなく王城の図書館にあった。

というのも、三千人を超える受験生から合格者を選び、クラス分けをしたりその他の手続きをしたりするのに相当時間が必要らしく、合格発表は二週間後となっているからだった。

だからそれまでの間、シオンとシルフィーネは出来る限りのことをして時間を潰していた。

しかし、流石に同じような生活を一週間も続けるのは飽きる。

「はーーー……」

シルフィーネは机に突っ伏して溜息をついた。いつもの凛とした態度はどこかへ飛んでいき、ぐでっとしている。

「暇だね……」

「そうね」

シオンもシルフィーネのように机に突っ伏してぐでっとする。

いくら本好きのシオンとはいえ、毎日同じ生活を繰り返すのは苦痛だった。

「何しようか？　何か案はある？」

「あったらこんなに苦労してないわ……」

突っ伏したまま顔を横に向け、互いに見つめ合う形になる。

「手合わせも散々したし……本もたくさん読んだし……」

「他に何かないかしら……？」

二人して頭を悩ませていると、後方に控えていた専属使用人のリンが呟いた。

「城下町へ行ってみてはどうでしょうか」

その言葉にピクリと反応し、シオンとシルフィーネは勢いよく振り返る。

「城下町？」

「はい」

「行ってもいいの？」

「はい」

柱時計の針の音が静寂な図書館に響く。

シオンとシルフィーネは一度顔を見合わせて、シルフィーネが口を開いた。

「確かこの前は危ないから行っちゃダメって……」

シオンとシルフィーネに、城下町へ遊びに行くという選択肢がなかったわけではない。

では何故その選択を取らなかったのかと言うと、国王でありシルフィーネの父親であるギルベルトに禁止されていたからに他ならなかった。

それなのに専属使用人のリンから許可が出た。

これはどういうことなのだろうかと二人は疑問に思ったのだ。

「お二人に禁止されていたのは実は陛下の独断だったみたいです。それが、王妃様に知られて怒られたので、撤回しました」

「え」

そんなしょうもない理由で自分たちは暇な時間を過ごしていたのかと驚き、シオンとシルフィーネは固まる。

「なのでもう城下町へ行けますよ」

リンの言葉が水のように渇きを潤してくれるのを二人は感じた。

「じゃあすぐに行くわよ！」

勢いよく立ち上がりシルフィーネは叫ぶ。

シオンもシルフィーネに続き、立ち上がって体を伸ばした。

「あの、護衛は……」

「リンがいれば問題ないでしょう？」

リンの懸念をシルフィーネは一刀両断する。

そもそも、シオンとシルフィーネが一緒にいる時点で危険など皆無に等しかった。

「じゃあ行こうか」

退屈な時間もこれでおさらば。

シオンとシルフィーネはリンを連れて足早に城下町へ向かうのだった。


城下町の商業地区。

今日も今日とて人で賑わっている。

「初めて護衛なしで来たわ」

「護衛がいると自由に回れないよね」

シオンとシルフィーネは地味なローブを着て商業地区を訪れていた。

もちろん、背後にはリンが控えている。

丁度お昼時なので、良い匂いが辺りに漂っていてよだれが出そうだ。

「シルフィーネ。お腹すいたから何か買って食べない？」

「いいわね！　こういうの食べてみたかったのよ」

シオンはともかく、王女であるシルフィーネは身の安全を考慮されて、基本的に王城で作られた料理しか食べたことがなかった。

穀物と肉と野菜を一緒に炒めたもの、肉汁滴り落ちる肉串、パンに肉と野菜を挟んで作られたサンドイッチ。

初めての光景に、シルフィーネは目を輝かせながら見て回っていく。

そして、目を付けた肉串をリンが買ってきた。

スパイス香る、しっかりと重量のある肉串を受け取り、一口食べる。

何の肉か分からないが、癖もなく脂も少なくて食べやすい。

しかも熱々なので余計に美味しく感じた。

「おいし」

「美味しいわね」

「たまにはこういうのも良いですね」

屋台飯の味、所謂ジャンクフードの味をシルフィーネも気に入ったようだ。

王城で出る上品な料理も美味しいが、このようなB級グルメも捨てたものじゃない。

また、このような味が濃いものを食べる度に、シオンは米を食べたくなる衝動に襲われる。

しかし、今まで生きてきた人生で一度も米を見たことがなかった。

ただ、海の先にある島国で栽培されているとの記録もあるので、いつか行ってみたいなとシオンはいつも思っている。

「次あそこ行くわよ！」

「あ、ちょっ、早いって」

思考の海を漂っていたシオンの手を掴んでシルフィーネは次の店へ向かう。

シルフィーネが好きなように動いて、それにシオンとリンが付いていくという形だ。

果実水で喉を潤し甘味を堪能する。

口の中が甘くなったら、今度はしょっぱい食べ物を。

たとえ買わなくても見て回るだけで楽しい。

退屈を感じていた時のストレスを解消してくれるような感覚を覚えていた。

「んー！　お腹いっぱいね」

「よくあんな食べられたね……」

満足そうなシルフィーネと反対に、シオンは少し辛そうにお腹をさすっている。

これはシオンが少食だからではない、シルフィーネが大食らいなだけだ。

といってもシルフィーネは細い。どうしたらその細い体にあんな量の食べ物が入るのかシオンは疑問だった。

今は商業地区から少し外れた場所を歩いている。人通りが少なく、王都にしては寂れた雰囲気を醸し出していてどこか不気味だ。どうやら知らず識らずのうちに道を逸れてしまったらしかった。

「姫様、シオン様。あまり空気がよろしくないので離れないでくださいね」

リンもこの空気に気が付いて警戒する。

「早く大通りに戻ろうか」

「そうね。厄介ごとに巻き込まれたらたまったものじゃないもの」

いくら王都といえども治安の悪い場所はある。

その代表例は、今シオン達がいる場所みたいな人目に付かない場所だ。

また、シルフィーネは言った。

〝厄介ごとに巻き込まれたらたまったものじゃない〟と。

古今東西、このような言葉を発したら次に起こることなんて決まっている。


「その子を放せぇぇぇ！」

こうなるのである。

＊

フラグを見事に回収したシオン達は暫し呆然とする。

「シルフィーネ……」

「なによ私のせいじゃないわ」

シオンとシルフィーネは互いに見つめ合う。

もっとも、二人とも苦虫を噛み潰したような顔をしているのだが。

「お二人とも行くのなら早くした方が良いかと」

そんな二人にリンが声を掛けた。

「……行く？」

「当たり前じゃない。流石に無視はできないわ」

「そう言うと思ったよ。じゃあ早く行こう」

辺境伯家の息子と王女という身分が高い二人なので、わざわざ身を危険にさらすのはどう考えても得策ではない。

しかし、シルフィーネは善人なので助けないという選択肢はなかった。


「おい！　その子を放せ！」

茶髪の少年が少女を抱えたガラの悪い男に叫ぶ。

「はんっ、放せって言われて素直に放す奴がどこにいるかよ」

ニヤニヤしながら男は言う。

相手はただの子供なので、自分が絶対に有利だと確信している様子だった。

「言ったな……！」

「やれるもんならやってみ――――っ！」

男の言葉が止まる。

何故なら、少年が目の前に迫ってきたからだ。

「――はぁぁ！」

少年の飛び蹴りが二の腕に当たり、男はふらつく。

これを好機と見た少年は地に足をつけて拳を打ち込んだ。

「ふんっ」

「なっ……！」

少年の拳を軽々と防ぐ男。

彼も少年と同様に〝身体強化〟を発動していた。

「危ねぇ危ねぇ。魔術使えんのか」

「っまだだ！」

一度防がれただけでは諦めず、少年は〝身体強化〟を発動したまま攻撃する。

武器は持っていないので徒手格闘だが、その攻撃は様になっていてしっかりと修練を積んできたことが分かった。

しかし、いくら攻撃しても全て軽々と防がれてしまう。

「くそっ！」

「諦めろ。お前じゃあいくらやっても無駄なんだよ」

確かに貴族でもない少年にしては魔術のレベルが高い。

だが、男もかなりの力量を持っていることが見て取れた。

ましてや、大人と子供だ。どうしようもない圧倒的な体格差は少年を不利にさせている。

「がっ……！」

男の蹴りが少年の腹に入り、少年は吹っ飛ばされた。

「弱いくせに粋がるなよ。鬱陶しい」

それでも立ち上がる少年を、不愉快そうに男は睨みつける。

男に果敢に向かっていく少年。

面倒になったのか、男は腰を入れて少年の胸を拳で打った。

「――っ！」

ドンッ。

重い音が響き、胸を殴られたことで声すら出ない少年は吹き飛ばされる。

地面を転がり地に伏せる少年と立っている男の姿から、勝敗がついているのは明らかだった。

「じゃあこいつは貰ってくぜ」

倒れている少年を尻目に男は去ろうと足を踏み出す。

その時、辺り一面を熱気が満たして炎が男を襲った。

「ま、まだだ……」

少年は胸を押さえながらふらふらと立ち上がる。

「ちっ〝守れ――土壁〟」

迫りくる熱気と炎を〝土壁〟で男は防御した。

そして再び戦いが始まろうとしたが、少年の背後から誰かが現れた。

「おいおいサーズ。何苦戦してんの？」

「何だよシス……別に苦戦してねぇよ」

名を呼び合っていることから二人は知り合いだということが分かる。

また、後から来たシスという男の腕にも一人の少女が抱えられていた。

「な、なんだお前は……っ!?」

背後から敵だと思われる人物が現れて少年は狼狽《うろた》える。

「あー……こいつも攫っちまう？」

「そうだな……予定外だが色々見られたしな」

少年を蚊帳の外に、攫うと決定したサーズとシス。

先程までは、正義感と自分なら大丈夫だという謎の自信によって恐怖を感じていなかったが、改めて少年は自分の置かれた状況を理解して体が震えた。

途端に二人の男が恐ろしく感じて呼吸がままならなくなる。

「じゃあ攫っちまうぞ」

「騒ぎになるのは面倒だからねぇ」

何でもないかのように恐ろしい会話をして少年へ近づく。

「ひっ……ひぃ……や、やめ……」

だんだん近づいてくる二人の男に、少年は情けない声を出しながら後ずさりをすることしか出来ない。

「はっ、さっきまでの威勢はどうしたよ」

「いざ自分の番となって怖くなっちゃったんでしょ？」

少年は自分を特別な人間だと思っていた。

魔術を学べばすぐに使えるようになったし、剣術もすぐに上達した。

そのおかげで、少年は今まで同年代の友達には一度も負けたことがなかった。

故に慢心していたのだろう、驕《おご》っていたのだろう。

自分だったらどうにかなる、自分だったら大丈夫だ。根拠のない自信が今日この時まで蓄積されていき、遂に身の程を知った。

所詮、自分はお山の大将だったのだ、井の中の蛙だったのだ。

あの時、自分だけで追いかけるのではなく、大人の力を借りれば良かった。しかし、自分はその選択を取らなかった。

ただ目の前の光景を深く考えずに衝動的に追ってしまったのか、自分なら大丈夫だと安易に考えていたのか、正義という名のエゴか。

もしくは全てか。

このような感情、記憶、後悔が少年の脳内を巡る。

だが、今更後悔しても遅い。

迫りくる足音に震え、怯え、恐怖することしかできない。

「あぁ……」

情けない声が勝手に口から漏れる。

少年の心は、ポッキリと折れた。

＊

少年の心がポッキリと折れる少し前。

シオン達は現場から一番近い建物の屋根に身を潜めていた。

「誘拐ねぇ……」

ポツリとシオンは呟く。

「シオンどうしたの？」

そんなシオンにシルフィーネは尋ねた。

「いや、普通王都で誘拐なんてするのかなって思ってさ」

「そんなに不思議？」

シルフィーネは首を傾げて疑問を浮かべる。

どうやらシルフィーネはこの不自然さが分かっていないようだ。

「うん。誘拐するなら王都じゃなくて、そこら辺の村とかの方が良いでしょ？」

「あっ、確かに。じゃあ何で王都でしているのかしら」

誘拐するなら警備が厳重な王都よりも、どこかの村から攫ってしまった方がリスクは少ない。

見た感じ男はそれが理解できないほどの馬鹿ではないし、明らかに手馴れていた。

「推測だけど……王都で誘拐しなきゃいけない理由があるとか？」

「その理由は分かるの？」

「予想はあるけど微妙なんだよね」

「なによそれ」

曖昧なことを言うシオンにシルフィーネはむくれる。

別に予想といっても大層なものではない。

わざわざ王都で誘拐するのだから、何かしらの目的があり、彼の後ろには大きな組織がいるのではないか。また、その組織は国家ではないか。

このような憶測に近い予想だ。

言ってもいいが、確証のないものなので憚《はばか》られる。

どうしたもんかとシオンが考えていると、少年の背後からもう一人の男が現れた。

「っもうひとり来たわ……！」

「あの男の仲間かな」

シオンとシルフィーネ、そしてリンは警戒を強くする。

二人の傍らでシオンは魔術を紡ぐ。

「〝大気よ。振動、増幅、集合せよ——集音〟」

「え……！　なにこれ……」

「音を聞こえやすくする魔術だよ。後で説明するから今はあれに集中して」

シオンが使ったのは彼が創った風魔術の一つ。

これは名の通り、大気に伝わる周波数を操って遠くの音を術者のところまで届かせる魔術だ。

その効果が表れたのか、次第に男たちの声が聞こえてきた。


——あー……こいつも攫っちまう？

——そうだな……予定外だが色々見られたしな。じゃあさっさと攫っちまおうぜ。

——騒ぎになるの面倒だからねぇ。


二人の男は少年に近づいていく。

「あ、心が折れたみたいだ」

「そんなこと言ってる場合じゃないわよ」

「分かってる。シルフィーネは子供の救出を。リンは周辺の警戒をお願い」

シオンは素早く屋根から飛び降りて魔術を使う。

「〝凝固せよ――氷結〟」

一気に二人の男の足を凍らせた。

「くっ……なんだこれは！」

「氷……っ⁉」

二人の男は急に足を氷漬けにされたことに驚き、少年は目の前の状況が理解できず呆然とする。

「あなたたちはこっちよ」

すぐさまシルフィーネが男たちの背後から隙を突き、抱えられていた二人の少女を奪ってシオンの後ろに下がった。

「クソがッ！　シス！」

「もう準備完了だよ！」

シスという男が小さく呟くと、二人の足を凍らしている氷が溶けだしていく。

この判断速度が、二人の男が素人でないことを物語っていた。

「〝貫け――土槍〟」

「〝火よ。巨大な球となりて爆発せよ――火球〟」

〝土槍〟と〝火球〟が風を切りながらシオンへ飛んでいく。

〝火球〟に関しては、いつしかの馬鹿貴族よりも威力、スピード共に上回っていた。

「あ、危ない！」

少年がそれをみて恐怖心を覚えた。

無理もない、実際これがただの子供だったら一瞬で槍に貫かれて火達磨《ひだるま》になっていただろう。

「安心しなさい。あの程度どうってことないわよ」

少年の恐怖からの叫びをシルフィーネは宥める。

事実、シルフィーネはシオンがこの程度でやられるとは一切思っていなかった。

「〝氷壁〟」

シオンの前に〝氷壁〟が現れ、迫りくる〝土槍〟と〝火球〟が轟音を立てて衝突した。

かなりの衝撃を受けたはずだが、〝氷壁〟に傷は一つもない。

その隙に二人の男は逃げようとする。

しかし、既にシオンの視界に映っているので逃れられるわけがなかった。

「〝唸れ囲え拘束せよ――水牢〟」

突然、周囲に水が出現し、旋回しながら二人の男を水に閉じ込めようとする。

発動して閉じ込めるに至るまで一秒もかかっていない。

当然ながら、男たちはなす術もなく〝水牢〟に捕らわれた。

「っ……!」

「ゴ……ポ……」

魔術というものは詠唱が無くても発動可能だが、集中力と想像力は必須だ。

なので、急に水の中に閉じ込められた二人の男は必ず動揺する。

故に、集中もできないし想像も出来ない。

もしかしたらいずれ冷静さを取り戻すかもしれないが、シオンには数秒という僅かな時間さえあれば十分だった。

「〝凝固せよ――氷結〟」

発動している〝水牢〟の上から〝氷結〟を重ね掛けする。

外側からどんどん凍っていき、遂に全てが凍結した。

シオンがこの方法で二人の男を封じたのは、殺さないように封じるためだ。

今、二人の男は冷凍保存されている。シオンが魔術を解いて、適切に復活させれば情報も引き出せるかもしれない。

前世では冷凍保存から人を安全に復活させる技術はまだ完成されていなかったはずだが、ここは異世界で魔術という技術がある。実際にシオンは魔物で実験して成功していたので大丈夫だ。

「シオン様。周囲には居ませんでした」

索敵していたリンが戻り、シオンに人影無しと報告した。

「了解。そしたら……これで一件落着かな？」

「そうね。完全に誘拐される前で良かったわ」

シルフィーネが胸を撫でおろす。

誘拐される前に犯人を捕まえることが出来たのは大変喜ばしいことだ。

これにて今回の事件は終わり、と思った時。

「あ、あの！」

先程まで心をポッキリと折られていた少年が、シオン達に声を掛けてきた。

いや、声を掛けてくるのは良い。問題なのは、フードが外れて素顔が露になったシルフィーネに、目が釘付けになっていることだった。

「ああ、貴方は一緒に警備隊のとこまで来なさい」

その目線に気が付かず、シルフィーネは少年に言う。

「あの……シルフィーネ殿下ですよね……？　俺、ヴァンって言います。助けてくださってありがとうございました！」

勢いよく立ち上がってシルフィーネに感謝を述べる少年、ヴァン。

少し前まであんな状態だったのによくこれだけの元気があるな、とシオンは思った。

「その感謝は受け取るけどね、その前にシオンに感謝を伝えなさいよ。今回あんたを助けたのはシオンよ」

少し不機嫌そうにシルフィーネはヴァンに言う。

シオンとしてはどうでもよかったが、シルフィーネは気に障ったみたいだ。

「す、すみません！　あ、あの……シオン様。助けてくださりありがとうございました」

ヴァンは慌ててシオンにも感謝を述べた。

「どういたしまして。とりあえず早く警備隊のとこまで行こう」

素っ気なく感謝を受け取ったシオンは、氷漬けにしている二人の男を宙に浮かす。

「……そうね」

まだ不機嫌そうなシルフィーネは頷く。

そして、リンが闇魔術で眠らされている二人のうち一人を、ヴァンがもう一人を抱えて警備隊のところへ向かった。

その日、王都の警備隊の一角は大騒ぎになっていた。

「おい！　第二王女殿下が来たぞ！」

「はぁ？　ほんとか？」

「嘘だと思うなら見て来いよ！　あの隊長が真っ青になりながら応対してるんだぞ！」

「まじかよ⁉」

第二王女であるシルフィーネが急に訪問しに来ただけでなく、氷漬けにされた二人の男のオブジェが後ろに鎮座している。

更には、この王都で誘拐ときた。

真っ青になっているこの隊長も、今までの経験の中で初めてのことであった。

「後でお父様に伝えておくからそれまでよろしくね」

「か、畏まりました……」

「逃がしたら駄目だからね？」

「り、了解であります！」

今回の誘拐未遂事件は色々不審な点が多いので、シルフィーネの父であり国王であるギルベルトに直接伝えることにしたのだ。

これにて、本当に今回の事件は終結した。

＊

薄暗くなった道を早足で歩くヴァン。

彼は、親が待つ宿へ帰っている道中だった。

そもそも、ヴァンの家は王都にはない。

王都に来ていたのは、アルカデア学園の入学試験を受けるためだった。

つまり、入学試験が終わって合否が出るまで城下町を散策していたところに、今回の事件に巻き込まれたのだ。

「はぁ……」

溜息を吐く音が周囲に溶ける。

ヴァンは自分の情けないところを憧れのシルフィーネに見られたことと、その後、自分の不注意のせいで不機嫌にさせてしまったことに落ち込んでいた。

しかし、悪いことだけではなかった。

良くも悪くもシルフィーネに関わることが出来たのだ。もし学園に入学出来たら、もっと関わる機会が増えるかもしれない。

期待で胸を膨らませていると、体が勝手に浮き上がった。

「う、うわっ！」

驚いて手足をジタバタさせるが変わらない。しかも、狭い路地を歩いていたので周囲に人がいない。

抵抗することも助けを求めることも叶わず、何者かにされるがまま。建物の高さを超え、空を飛ぶ。

そして、一つの建物の屋根に落とされた。

「いてっ！」

バランスを崩して尻から落ちてしまい、鈍痛を感じて思わず叫ぶ。

ヴァンは尻をさすりながらゆっくりと立ち上がって状況の把握に努めた。


「こんにちは。いや、こんばんはかな？」


背後から声がしてヴァンは振り返る。

「え……シオン様……？」

一本に結った銀髪、恐ろしく整った顔。

薄暗い中でもよく見える。

「ごめんね。急に浮かされて驚いたでしょ」

「え、あれシオン様だったんですか……!?」

「うん。ちょっと話したいことがあってね」

膝を組みなおして言うシオン。

何の話をされるのかと、ヴァンはゴクリと喉を鳴らした。

「君ってもしかしてアルカデア学園の入学試験……受けた？」

「はい……受けました。合格できるかは分かりませんけど……」

何が何だか分からないヴァンは、とりあえず質問に答える。

「なるほどね……君さ。シルフィーネのこと好きでしょ」

「え……」

突然の質問に、ヴァンは固まった。

嘘をついた方が良いのか、本当のことを言った方が良いのか。

ヴァンは一瞬迷ったが、シオンの碧眼に見つめられると嘘をつくことは出来なかった。

「好きです……あ、いや、好きっていうのは、憧れとか……その……」

「うん。まあそこはどうでもいいんだ」

しどろもどろに言うヴァンの話をシオンは両断する。

結局何が聞きたいのかとヴァンはシオンに懐疑的な目を向けた。

「あの時の君を見て確信したけど……君って思い込みが激しい性格だよね？」

「は、はい……」

プライドを投げ捨ててヴァンはシオンに頷く。

そして、自分の本質を言い当てられてヴァンは肩を震わせた。

なんだか怖い。

誘拐事件の時に体験した怖さと違った怖さをヴァンはシオンに感じていた。

「学園に入学した時、絶対君はシルフィーネに関わろうとするよね？」

「……関わるなっていうことですか？」

「違う違う。君がシルフィーネに関わるのをやめさせる権利は俺にはないよ」

「え？」

予想とは違うことを言われてヴァンは呆ける。

てっきり、ヴァンはシルフィーネに関わるなとシオンに言われると思っていた。

だが、それはシオンが否定した。では何が言いたいのか。

「君がシルフィーネに関わる……接触することは構わない。けど、シルフィーネの気持ちを考えずに接触するのは駄目だ。あと、他の人に迷惑かけるのも駄目」

真剣に話すシオンの声が屋根上に響く。

再びシオンは口を開いた。

「自分で自覚があるように、君は思い込みが激しく、猪突猛進してしまう。これは時には良い方向へ働くけど、悪い方向にも働く」

戦争や魔物との戦闘であれば、猪突猛進な人は時に味方を救う。

しかし、普段の日常において思い込みが激しく猪突猛進な人は迷惑なだけだ。

事実、シオンは前世でそのような人間が周囲に迷惑を与えている状況を、外から眺めていたことがある。あれは中々に面倒くさかった。

シオンが危惧しているのは、ヴァンが暴走してシルフィーネに嫌な気持ちをさせること。

それ以下でもそれ以上でもない。

昔のシオンであったら絶対にこのような忠告はしなかった。今でも何故このような忠告しているのか、シオンは自分でも正確に理解していない。中心にあるのは三年前に湧き出た一つの感情。言語化が難しく、正体が分からない。

ただ、シオンとしては、シルフィーネの悲しい顔や嫌がる顔を見たくないだけだった。

「だから本当に気を付けてね」

優しく言うシオンだがその顔は真顔だ。

正直、ヴァンはシオンのことが末恐ろしかった。

「は、はいっ、分かりました……！」

首を何度も上下に振って頷くヴァン。

そんなヴァンの姿にシオンは頷いてゆっくり立ち上がる。

「さて、急に連れてきて悪かったね。もう言いたいことは済んだから君を地面に戻そう」

その瞬間、ヴァンの体が宙に浮かんだ。

「ああそうだ」

ヴァンを宙に浮かせたままシオンは呟く。

「君の鬱陶しいほどの正義感。俺は嫌いじゃないよ」

「え――――っ」

「じゃあね」

シオンがパチンと指を弾くとヴァンは飛んでいく。

二回目の飛行なので慌てたりせず、十数秒後、無事にヴァンは地面へ降り立った。

「ふぅ……」

疲労を感じながらヴァンは息をつく。

手を見ると、僅かに震えていた。

「帰ろ……」

ヴァンは親が待っている宿へ足を向ける。

今日の経験とシオンの言葉。

この二つがヴァンをどのように変化させるか分からない。

しかし、決して悪いことではないのは確かだった。

＊

張り詰めた空気。

その空気をステンドグラスによって彩られた光が通過する。

華やかであり、厳か。

総勢約三百人が一堂に会している巨大な講堂では、入学式が行われている最中だった。

ここには、これからの学園生活に思いをはせている者、逆にやっていけるか不安になっている者など数多くの生徒がいる。

ただ、共通して言えるのは、皆この学園に目標をもって入学したということだ。

席は点数順となっているため、首席と次席であるシオンとシルフィーネは一番前の席に隣同士で座っている。

長く美しい銀髪をポニーテールにした少年。

炎のような唐紅の髪を持つ少女。

この二人は、嫌でも周囲の目を引いていた。

証拠として、周りの生徒は二人の事をチラチラ見ている。

そんな状況とは露知らず、シオンとシルフィーネは長い入学式を暇に感じていた。

一通りの流れが終わり、全体の空気が弛緩《しかん》する。

「では最後に、学園長からの祝辞です」

司会の教師がそう言うと、舞台袖から一人の初老の男が出てきた。

講堂が騒めく。

「あれが賢者……」

「賢者様だ……」

「初めて見た……！」

あちこちから聞こえてくる声に、壇上にいる人物が何者なのか理解させられる。

そう、壇上にいる人物である学園長は賢者、つまり六星の一人なのだ。


「静粛に」


ピタリと喧騒が止む。

威厳と落ち着きの両方を感じる声は、どこか人の目を引く魔力があるように思えた。

「まずは入学おめでとうございます。国の宝たちよ」

聞きやすいテンポと声量で話し始める。

「知っている人もいると思いますが、初めまして。私はマーリン。六星の一人の賢者であり、現在はこの学園の学園長をしています」

一人一人の顔をしっかり見るように目線を動かす。

「君達は将来、様々な仕事に就くと思います。王国魔術師団や王国騎士団に入団する者。貴族家の当主として家の舵取りをする者。文官となり、王国を支える者……。他にもありますが、どれもが自身の実力が必要だということは同じです」

アルカデア王国において、まだ少し貴族としての意味のない特権は残っているが、近年は実力重視の風潮になりつつある。この風潮は、若くして亡くなってしまった先代の国王がつくったものだった。

「では君たちは何をすればよいか」

一呼吸置くと、唐突に魔力のプレッシャーを発した。

「────っ！」

賢者という最強の一人によって発せられる魔力のプレッシャーは、講堂にいる全員に畏怖の感情を抱かせる。それは、シオンとシルフィーネも同様だった。

（凄いプレッシャーだ……これが賢者。これが六星……！）

畏怖と同時にシオンは高揚感も抱く。

果てしない長さの階段の先に見える頂《いただき》。

今まで曖昧だったものが、今日、鮮明に映った。

「高みを目指しなさい。一人で黙々と歩くのも良し。仲間と共に歩くのも良し。思考停止せずに、常に考え続けながら目標に向かって突き進みなさい」

おもむろに、マーリンは手を前方に軽く振る。

現れたのは、水の魚、雷の鳥、炎の龍……。

実に数百。全ての属性で作られた莫大な数の動物たちだ。

「では改めて君たちを歓迎しましょう。ようこそ、王国最大の学び舎、アルカデア学園へ！」

先程までのプレッシャーは消え失せ、講堂に満たされたのは歓迎の言葉と幻想的な空間だった。

＊

入学式が終わり、いよいよ学園生活が始まった。

初日はオリエンテーションとなっているので、今日は授業がない。

そして今、シオンとシルフィーネは一年のSクラスの教室に向かっているところだった。

「同級生にはどんな人たちがいるのかしら」

「そうだねー……まあ、Sクラスだから皆、優秀だろうね」

Sクラスには成績上位二十人しか在籍していない。

ただでさえ難関な学園の受験戦争を勝ち抜き、更に上位二十人の中に入っている時点で優秀、いや、超優秀なのだ。

「シルフィーネはSクラスに友達とかいないの？」

何気なくシオンはシルフィーネに尋ねる。

三年前に友達がいないということは聞いていたが、流石に今なら友人の一人や二人くらいならいるだろうとシオンは思っていた。

辺境の地にいるシオンでさえも、カイゼルとあの夜会以降も文通が続いているくらいには友人がいる。

すると、シルフィーネが何やらボソボソと言い始めた。

「……い……いわ」

「え？」

「……お友達なんていないわよっ！」

「あっ……うーん……」

まさか誰一人も友人がいないとは思わず、微妙な雰囲気になってしまう。

シオンが慰めの言葉を考えていたら、シルフィーネがポツリポツリと話し始めた。

「だって話しかけても凄くへりくだっちゃうし……。そもそもどうやってお友達になるのか分からないし……。いざ対面すると緊張しちゃうし……。自分の思いを上手く言えないし……」

「俺とは友達になれたんだから、難しいことじゃないと思うけど」

友人をつくれなかったとはいえ、シルフィーネとシオンは友人だ。

故に、友人をつくるのは別に難しいことではないとシオンは考えていた。

「あなたはこれを作ってくれるっていう切っ掛けがあったでしょう？」

シルフィーネは左耳のイヤリングを見せる。

「リンもいたし……それにあなたはすぐに自然体で話してくれたからよかったのよ」

シルフィーネは眉尻を下げて理由を零す。

つまり、魔道具作りという切っ掛けと、シルフィーネを王族というフィルターを介さず等身大で見たという二つの要素が上手く嚙み合って、シオンはシルフィーネと友人になれたということだ。

十分理解できるし納得できる。

しかし、シオンはもう少し上手くやれるだろうと思っていた。

「不器用？」

思わずシオンは言葉に出してしまう。すると、シルフィーネの肩がビクリと震えた。

「いやいやいや……。私はちょーっとお友達ができにくいだけで、別に不器用っていう訳では……」

「でも素直に自分の気持ちを伝えられないんでしょ？」

「うっ……それはそうだけど……」

不器用、ツンデレ、天邪鬼。

シルフィーネはこのような少々難儀な性格を持っている。

「まあ学園は一応、身分は関係ないからね。自然にできるようになるよ」

「そうだったらいいけど……」

どうやらシルフィーネは自信がないみたいだ。

正直、顔が良くて魔術と勉学も出来るという才色兼備を体現しているようなシルフィーネなら、何も心配ないとシオンは思っていた。

「大丈夫大丈夫。シルフィーネは可愛いからすぐ人気者になるって」

「なっ……か、可愛いって……」

顔を赤く染めながら狼狽えているシルフィーネを見て、シオンは続ける。

「そして魔術も勉強もできる才女。これで人気者にならない方がおかしいよ」

「ちょっ、ちょっと黙りなさい！」

「それに——」

「黙って！」

シルフィーネは、次から次へと言葉を垂れ流すシオンの口に手を当てて強制的に黙らせた。

「もうっ！　急にあんなこと言わないでよね！」

シオンの口はシルフィーネの手によって塞がれているので開けない。

シオンは自分の口を指でちょんちょんと指す。

「ひゃっ……！」

ようやく自分がしていることに気が付いたのか、シルフィーネは変な声を上げてシオンの口を塞いでいた手を引っ込めた。

「あわわわっ……」

自分の手を見ながらブツブツと呟くシルフィーネ。

その様子の傍らで、シオンは自分の時計をチラッと確認する。

「あ」

時間まであと四分。

首席と次席が初日から遅刻なんて体裁的にも面子的にもよろしくない。

シオンは急ぐことにした。

「シルフィーネ！　時間がないから早く行くよ！」

シオンはシルフィーネの手を握り、走り出す。

「ちょっ、手！　シオン、手！」

後ろで騒ぐシルフィーネは無視をする。時間まであと四分もないのだ。

だから、シオンはシルフィーネの手をずっと握ったまま走った。

「初めましてSクラスの諸君！」

一つの教室に声が響く。

「これから君たちのクラスの担任を務めさせてもらう、フィオナ・マギストだ。これからよろしく頼む」

活発そうな笑顔を見せて自己紹介する彼女は、このSクラスの担任だ。

因みに、あれから急いだシオンとシルフィーネはこの授業に間に合っていた。

「何かあったら遠慮しないで相談しにきていいぞー。一応これでも異名持ちだからな」

異名。

これは、多大なる功績を残した時に、国王から直接贈られる勲章のようなものだ。

現在、王国内で異名持ちは六星を除いて二人しか居らず、彼女はその中の一人という凄い人物である。

彼女、フィオナ・マギストの経歴は輝かしい。

七年前にアルカデア学園を次席で卒業。

五年前のキデラ城砦防衛線で帝国兵五百を単独で撃破。

この華々しい戦果を上げたことによって、国王ギルベルトから異名を授けられた。

それからどのような心境の変化があったのか、王国魔術師団を辞めて教師としてアルカデア学園へ戻ったのだ。

そんなフィオナ・マギストの異名は〝紅炎〟。

火属性の素質が七という確かな才能に裏付けられた火魔術は、味方には勇気と希望を、敵には絶望の火を灯す。

「じゃあまずは自己紹介をしていこうか！」

遂に始まる自己紹介。

シオンは別に何ともなかったが、隣のシルフィーネが冷や汗を流していた。

「そうだなぁ……シオン！　最初はシオンにお願いしよう」

まさか一番初めにするとは思わず、シオンは少し驚く。しかし、別に慌てふためく必要もないので立ち上がって口を開いた。

「初めまして、フォードレイン辺境伯家のシオン・フォードレインです。魔術が好きで、氷魔術が一番得意です。これからよろしくお願いします」

端的に簡潔に。

自己紹介なんて無理に頑張ろうとする必要はない、必要最低限の情報だけ言えばいいのだ。

もちろん面白いとは思われないが、変な印象を持たれるよりましである。

「ありがとう！　そしたら次は……隣のシルフィーネにお願いしようか。その次はまた横にという順番でよろしく！」

予想していたがシオンの次はシルフィーネのようだ。

どんな顔をしているかなと覗き見たら、予想通り顔面蒼白になっていた。やはりシルフィーネは自己紹介や人前で話すことが苦手なのだろう。

「（俺と同じこと言えば大丈夫だよ）」

小声でシオンはシルフィーネに助言をする。

シルフィーネは少し驚いた様子を見せ、表情を取り繕って立ち上がった。

「初めまして、第二王女のシルフィーネ・アルカデアです。剣術より魔術の方が好きで、得意な属性は火です。皆さん、これからよろしくお願いします」

シオンが助言したからか、王族だからか。

内心はどうであれ、外面は完璧だった。

自己紹介を終えて澄まし顔で座ったシルフィーネは、誰にも気が付かれないように密かに安堵の溜息をつく。

もちろんシオンはその様子をしっかりと目撃していたので、シルフィーネに睨まれてしまった。

次に自己紹介するのは、金髪を肩まで伸ばした目つきの悪い少年だ。

「イーサン・マグエス。得意なのは剣術と雷魔術。以上」

シオンより簡潔に言い放ち、着席する。

周囲はイーサンの態度に変な目を向けているが、シオンはそんなことよりマグエスという家名が気になっていた。

脳内の記憶の本棚を探していく。

（……ああ、第一騎士団団長か）

シオンは思い出す。

現マグエス家当主は王国第一騎士団団長だったはずだ。そして、イーサンは三席。尊大や傲慢だとは決めつけないが、態度が悪い裏には確かな実力があるのだろう。

次は周りと比較するとかなり小さな体躯で、眠そうな目が特徴的な少女だ。

「ミア・ウェルトン。両方満遍なく使える。でも小さい武器が好き。よろしく」

言い終えると、ペコリとお辞儀をしてちょこんと座った。

なんだかまた外見と同じ言動をする人が現れたな、とシオンは思いながらミアを見ているといきなり脇腹に痛みが走る。

目線を横に向けると、シルフィーネがジト目でシオンを睨んでいた。

抗議の目をシルフィーネに向けるがそっぽを向かれてしまい、シオンは頭の中に沢山の疑問符を浮かべる。

だが、いくら考えても分からないので、とりあえず他の人の自己紹介を聞くことにした。

自信満々な生徒、不安丸出しな生徒。

シオンは生徒の顔と名前を憶えていった。

あれから十数分かけて二十人全員の自己紹介が終わる。

Sクラスだということもあって、良くも悪くもみんな個性的だ。

カイゼルは昔と変わらず元気よく自己紹介していたので、シオンは嬉しい気持ちになった。

「よし……皆、自己紹介ありがとう。最低でもこの一年は一緒に過ごすわけだから仲良くするんだぞー。じゃあ次は今年の予定を説明していくからなー」

教卓から紙の束を手に取り、フィオナは全員に配っていく。

「そしたら……最初を見てくれ。これは――」

今後の予定の説明は十五分ほどで終わった。

一つ、一年と二年は魔術と剣術、両方の授業を行う。

一つ、一年に二回、座学と実技の試験があり、その成績によって来年のクラスが決まる。

一つ、三、四、五年の授業は魔術科、剣術科、法律科、軍略科、雑務科の五つから選択。

一つ、六年は自分の好きな分野の研究をして、卒業する時に一つ論文を書く。

要約すると、このような内容の説明だった。

「じゃあ次は施設の紹介をするから私に付いてこいよー」

教室での説明が終わり、Ｓクラスの生徒たちは外に出た。

学園の敷地は凄まじく広大で、移動するだけでも大変だ。

噴水が設置してある広場に、魔術と剣術で分かれている訓練場。

校舎は生徒が授業を受ける教室がある一号館、専門の研究室がある二号館、職員室や会議室がある三号館、図書館がある四号館、食堂がある五号館の五つがあり、少し離れた場所に寮がある。

そして、シオン達Ｓクラス一行は二号館に来ていた。

「ここからは研究している六年生がいるから静かになー」

フィオナが忠告し、皆を先導して校舎に入る。

一号館が四階建てなのに対して、二号館は二階建てなので少し小さい。

とはいえ、シオンの前世での学校と比べたら遥かに大きかった。

また、二号館は比較的簡素で、正に研究だけの為の建物だ。この建物では六年生の生徒が日々、卒業論文を書くための研究に勤しんでいる。偶に薬品のような香りがシオンの鼻腔を通り抜け、それが前世の理科室を想起させた。

ある一角では静まり返り、別の一角では人の話し声が聞こえる。

そんな場所を、Ｓクラスの生徒は静かに見学していった。

二号館の見学が終わると、三号館、四号館、五号館の順番で回る。

流石は王国最大の学び舎なだけあって、校舎の内部も豪華で偶に自分が学園にいることを忘れてしまうほどだ。

「はぁー……凄く歩いたわね……」

「もう教室に戻りたいな……」

シルフィーネとシオンは息をつく。

「けどまだ見学するとこあるんだよなぁ」

「み、皆さん頑張りましょう……！」

そこにカイゼルも加わり、栗色で肩まで伸ばした髪のマリナが励ました。

マリナという少女はカイゼルの幼馴染らしい。

教室内での説明が終わった時に、カイゼルと共に挨拶に来たのだ。

マリナは子爵家なので、初めは辺境伯家のシオンと王女のシルフィーネに凄く畏まっていたが、この時間で少し慣れたように見える。

「これで校舎は全て回ったから、次は広場から見ていくぞー」

室内が終わったので次は外だ。

噴水のある広場は周囲に木々が生えていて、より涼しく思えた。傍らにはベンチがあり、そこで友人と会話したり休憩したり出来るようになっている。噴水も貧相なものではなく、意匠が施されていて立派だ。城下町の商業区域にある噴水よりも豪華かもしれない。

シオン達はその広場を通り抜け、訓練場へ向かった。

訓練場は魔術用と剣術用の二つに分かれており、魔術用の方には土魔術で作られた的が沢山並べられている。広さは両方、サッカーコート二面ほどで、周囲に観客席があり、訓練場が地面より下がっている造りになっていた。

「凄いだろう！」

生徒たちに広大な訓練場を見せながらフィオナは得意げに言う。

ここでなら幾らでも鍛錬が出来そうだ。

そして、剣術の訓練場の方では数人が模擬戦をしていた。

「ん？」

シオンはその数人に見知った顔がいるのを見つける。相手側も、シオン達がいることに気が付いて目線を向けてきた。十四歳にしては恵まれた体躯、くすんだ金髪に精悍な顔。

「おおーい！　シオン！」

かなりの距離があるのにも拘わらず、耳を劈《つんざ》くような大声でシオンの名前を呼ぶ。

シオンの名前が呼ばれたことにより、周囲の生徒たちがシオンを見た。

「アル兄さん……」

シオンは呆れたような声色で呟く。

人の目が沢山あるこの場で呼ばなくてもいいだろう。

「ああ、あの人がシオンのお兄さんなのね。聞いていた通りだわ」

以前シオンから聞いていた特徴と一致し、シルフィーネは納得する。

「なんだか俺、あの人と仲良くなれそうな気がする……！」

カイゼルは目を輝かせて言う。

なにゆえに仲良くなれそうなんて言ったのか、シオンは疑問に思った。

しかし、カイゼルの第一印象がアルトと似ていると感じたことをシオンは思い出す。

アルトがまだ手を振っていたのでシオンも振り返した。

「そういえば、シオンはアルトの弟か」

フィオナは独り言ちる。

「にしても君たちは本当に似ていないな」

「そうなんですよね」

フィオナの言葉に、シオンは首をすくめて同意した。

シオンは完全に母親似で、アルトは完全に父親似、その中間がレイなのだ。

「まあ今は授業中だから駄目だが、授業が終わったら存分に話してくるといい」

「そうします」

シオンは頷き、訓練場へ目線を戻す。

揺れる銀髪が影となって地面を動いていた。

*

学園が始まって二日目。

一日目はオリエンテーションだったので、実質今日からが授業だ。

当たり前のことだがSクラスは一人も欠席者がなく、友人同士と談笑している。

シオンもシルフィーネとカイゼル、マリナの三人と会話を楽しんでいた。

「皆おはよう！　授業始めるから席につけー」

授業開始の鐘が鳴ると同時にフィオナが教室に入ってくる。

談笑していた生徒達は静かになり、自分の席に座った。

「よーっし……全員いるな。さて、今日から本格的に授業が始まるわけだが……、とりあえず訓練場に行こうか！」

フィオナからの思いもよらない言葉に、生徒達の呆けた声が揃う。

彼らとしては、初回の授業は座学だと思っていたのだ。

しかし現実はそうならず、Ｓクラスの生徒達は教室を出て訓練場へ足を向けた。

「初回の授業から訓練場を使うなんて思わなかったわ」

「まあでも……納得はできるけどね」

まだＳクラスの生徒はお互いに何も知らない人が多い。

この授業で皆の実力を知り、交流の切っ掛けになれば良いという考えの下、初回の授業で手合わせすることにしたのだろう。

「ようやくシオンと戦えるな！」

「確かに。言われてみればカイゼルと一回も戦ったことないな」

カイゼルの言葉に、シオンは思い返して頷く。

三年前の夜会以降、カイゼルとは文通のみで顔を合わせる機会はなかった。互いの領地が辺境なので、片道だけでも馬車で二十日ほどかかる。だから、シオンとカイゼルは一度も手合わせをしたことがないのだ。

「ちょっと！　シオンは私と戦うんだからねっ！」

二人の間にシルフィーネが割り込んできた。

「まあまあ。一回だけなんて言われてないし、順番にやろうよ」

「そうそう！　殿下も俺とやろうよ！」

「当たり前よ。ボコボコにしてやるんだから覚悟しなさい！」

「楽しみだなぁ〜！」

シルフィーネの挑発的な言葉を、カイゼルは柳に風と受け流す。

「む……むぅ……」

そんなカイゼルに、シルフィーネは調子を崩されていた。

カイゼルは貴族では類を見ないほどに鈍感で性格が良い。

今のシルフィーネの挑発的な言葉に、何も反応しなかったのが最たる例だ。

「カイゼルって今のままで大丈夫かな？」

シオンは少し心配になってマリナに尋ねる。

鈍感はともかく、性格が良くて悪いことは何もない。しかし、カイゼルはハーデン辺境伯家長男であり、次期当主だ。今後、貴族社会という魑魅魍魎が蔓《はびこ》く場所に身を置くことになる。その際、鈍感で性格が良いとなると、権謀術数が蔓延る貴族社会で生き残ることが難しい。性格が良いだけならまだしも、鈍感となると危険だった。

「カイゼルは大丈夫です」

心配するシオンに、マリナは断言する。

「……それだけ言い切るってことは、何か理由があるの？」

興味深そうにシオンは再び尋ねた。

「カイゼルは底抜けのお人好しで鈍感ですけど……彼は人の悪意や敵意といった負の感情を読み取るのが凄く得意なんです」

「へぇ……意外だな……」

シオンは少し驚きながら呟く。

カイゼルにそのような能力が備わっていることをシオンは知らなかった。

だが思い返してみれば、心当たりがある。

それは、三年前の夜会でグスタフに絡まれた時のことだ。

鈍感な人はあのような状況でもあまり理解していないことが多い。しかし、カイゼルは鈍感なのにも拘わらず、すぐに嫌な顔をして嫌悪感をあらわにしていた。あの時、グスタフが悪意を持って接していたので、カイゼルはその悪意に気が付いたのだろう。

「それなら大丈夫なのかな」

「はい。ただ……鈍感なのがちょっと……」

不満そうに言うマリナに、シオンはあることに気が付いた。

「もしかしてマリナってカイゼルのことが……好きだったりする……？」

「――――っ！」

マリナの顔が真っ赤に染まる。

顔だけでなく、耳や首まで赤く染まっていることから照れ具合が分かった。

「あ、あの、そんなことはなくて、えっと……」

「なるほどなるほど」

「あぁ……あの……このことは秘密にしてくださいぃ……」

初めはしどろもどろに否定していたが、言い逃れできないと諦めたのか消え入るような声で懇願してきた。

「もちろん言わないよ」

「よかったぁ……」

もちろんシオンは言うつもりは毛頭ない。

こういうのは外野から見守っているのが一番楽しいのだ。

これは今後が楽しみだな、とシオンが思っていた時。

前を歩いていたシルフィーネが振り返ってシオンを睨んだ。

「ちょっとシオン。マリナと何を話していたのよ」

ムッとした表情で少し怒りながらシルフィーネはシオンに詰め寄る。

何でシルフィーネが怒っているのか分からないシオンは、内心で首を傾げながら口を開いた。

「いや、ちょっとね」

シオンは誤魔化すように目線を逸らす。

いくらシルフィーネとはいえ、マリナとの約束を反故《ほご》にする訳にはいかない。

「いいから言いなさいよ」

「えぇ……」

歩きながらシオンは考える。

シルフィーネの追及には答えることが出来ないが、答えなかったら機嫌がすこぶる悪くなるのは明らかだ。

「そんなに知りたいならマリナに聞いて。俺から言うことは出来ない」

結局シオンはマリナに全部放り投げることにした。

「ふーん……まあいいわ」

若干不服そうだが、シルフィーネが納得してくれたのでシオンは安心した。

そのようなやり取りをしているうちに、シオン達は訓練場に到着する。

今回は剣術用の訓練場で授業をするようだ。

「今から一人何回か手合わせをしていくわけなのだが……最初は私が決めた相手とやってもらうぞー！」

フィオナが組と順番を決めていく。

カイゼルは三席のイーサンと、マリナは四席のミアと、そしてシオンはシルフィーネとだった。

「ふふっ、楽しみだわ」

「散々やったのに？」

口角を上げながら言うシルフィーネにシオンは呆れる。

「手合わせは何度やっても楽しいものなのよ」

「うーん……」

よく分からないと言わんばかりにシオンは首を傾げる。

しかし、本人が自覚していないだけで心を躍らせていた。

そんな中、最初の組の手合わせが始まる。

シオンとシルフィーネは、目の前で繰り広げようとしている手合わせに集中するのだった。

＊

「やっぱりレベル高いね」

何組かの手合わせを見終えたところで、シオンは感想を述べる。

「そうね。流石はSクラスといったところかしら」

隣のシルフィーネもシオンに同意した。

「次はカイゼルとイーサン！」

フィオナが二人の名を呼び、カイゼルは立ち上がる。

少し離れたところでイーサンも立ち上がっていた。

「頑張ってねカイゼル」

「負けるんじゃないわよ」

「怪我しないでね……！」

三者三様の激励の言葉をカイゼルに送る。

「おう！」

その三つの言葉を背に受けたカイゼルは、笑いながら歩いていった。

訓練場の中心。

カイゼルとイーサンは一定の距離を取って相対する。

「――始め!」

告げられる開始の合図。

瞬間、両者とも〝身体強化〟を発動して地面を蹴った。

カイゼルはだらりと下げた木剣を後ろから回して上段から振るう。

対してイーサンは半身で木剣を躱し、すれ違いざまに横薙ぎ。

カイゼルの胴を狙ったイーサンの横薙ぎは、カイゼルが斜め後ろに倒れることによって空振りに終わった。

一瞬の攻防。

倒れこんで無防備になったカイゼルの状況から、イーサンは追撃を掛けようとする。

しかし、手で地面を押して跳ね起きるカイゼルを見て踏みとどまった。

「やっぱり強いな!」

「……」

カイゼルは嬉しそうに、イーサンは表情を変えることなく再び接近する。

「うぉぉぉ!」

「――ふっ」

弧を描くようにしてカイゼルは袈裟斬りに剣を振るい、イーサンは難なく受け止めた。

木剣同士の乾いた音が響き、次の瞬間にまた響く。

カイゼルの突きをイーサンは左に頭を傾けて躱し、そのまま左足を踏み出して右下から斬り上げるようにして剣を振るう。

「――っぶねッ！」

すんでのところで、カイゼルは剣の柄で防御。

一息つく暇もなく、上段から振り下ろされた剣を握った剣で受け止めた。

「――っら！」

「――シッ」

息を短く吐き、攻防を再開する二人。

剣が空気を切り裂き、乾いた音が連続して訓練場に響き渡る。

カイゼルもイーサンも共に先の先をとろうとするタイプなので、二人は主導権を奪い合いながら剣を振るう。

突きから逆袈裟を剣の腹で受け止めいなした。

力はカイゼルで、技はイーサンだろうか。互いの優勢部分を顕著に出しながら切り結んでいく。

十秒、二十秒、三十秒。

示し合わせたわけではないのに、二人は同時に距離を取った。

そして、互いに紡ぐ。

「〝纏え――岩装《がんそう》〟」

「〝纏え――雷装《らいそう》〟」

剣に岩が纏わりついて大剣に、体には岩の鎧を纏うカイゼル。

剣に雷が纏わりついて雷剣に、全身に白雷を迸らせるイーサン。

一瞬の静寂の後。

カイゼルの大剣とイーサンの雷剣が交錯する。

「おおォォ！」

「ハァァァッ！」

雷魔術によって強化されたイーサンの速度は軌跡を白光に染め、土魔術によって強化されたカイゼルの姿はまるで装甲。

一合、二合、三合、四合……。

大剣と雷剣が衝突し合う度に、雷光が瞬き剣戟が耳を劈く。

カイゼルの大剣がイーサンを圧し潰さんと振るわれ、イーサンの雷剣がカイゼルの大剣を砕かんと振るわれた。

イーサンは大剣を雷剣で受け流し、回転しながら斬撃を放つ。

が、それをカイゼルは岩の装甲で難なく受け止めて大剣を横に薙ぐ。

素早い動きで躱すイーサン。

その速さは肉眼で追いきれないほどだ。

「速いな！　全然当てられないぞ！」

「お前は硬すぎだ」

互いに軽口をたたき合い、互いに勝利への道筋を探していく。

イーサンの剣閃を大剣と岩装で身を守り、攻撃と攻撃の隙間を突いて大剣を振り下ろす。

同時に死角から回し蹴りが飛んできたのでカイゼルは腕で防御。

お返しに前蹴りを放った。

「……っ」

カイゼルの前蹴りによって二人の間に距離ができる。

「〝不動の大地よ。数多《あまた》に貫く山と化せ――岩槍山《がんそうざん》〟」

「――っ！」

生み出された一瞬の隙を突いて紡いだカイゼルの魔術が、イーサンを中心とした一帯を針山地獄へ変化させた。

直前で察知したイーサンは高く跳躍して回避することに成功。

「もらった！」

それを予測していたのか、カイゼルは空中にいるイーサンへ近づき大剣を振り下ろす。

「ちッ……！」

イーサンはカイゼルの意図と今の状況を理解して顔を顰める。

この魔術〝岩槍山〟はイーサンを空中へ回避させるための布石。

本命はカイゼルの大剣だ。

空中では回避しようがないため、カイゼルが振るう大剣が外れるはずがない。

カイゼルにとっては勝利を確信する一撃であり、イーサンにとっては敗北の一撃だった。

「なっ……」

しかし、結果は空振りに終わった。

カイゼルが手元を狂わせたわけではない、目測を誤ったわけでもない。

ただ、イーサンが空中を蹴って回避しただけだ。

正体は分からないが、カイゼルの目にはそう映った。

そして、二人は重力に従って地面に着地する。

「イーサン、何をしたの？」

気になったカイゼルは尋ねた。

「それは教えられないな。知りたかったら自分で考えろ」

カイゼルの質問を突っぱねてイーサンは雷剣を構える。

その様子を見たカイゼルも大剣を構えた。

互いに地面を踏み込み、再び始まる剣戟。

次の瞬間、カイゼルは目を見張った。

「な、んだそれっ！」

四方八方から降りかかる剣閃から身を守りながら、思わず言葉を発してしまう。

なぜなら、イーサンが空中を蹴って動いているからだ。先の空中で大剣を回避したものと同じだろう。どのような理屈で空中を蹴っているか分からないカイゼルだが、ただ脅威だということは理解していた。

「ぐぅ……っ」

〝雷装〟で速度が上がっていることに加えて、空中移動も可能にしている状態。

今は〝岩装〟によって身を守ることができているが、このままでは押し切られるのは明白だ。

この状況を理解しているカイゼルは思い切った選択をする。

（なんだ……？）

イーサンは急に大人しくなったカイゼルを不審に思った。

（諦めた……？　いや、それはない）

湧き上がった疑問を自分で切り捨てる。

なぜなら、カイゼルの目はギラギラ光っているからだ。

（分からんが……俺がすることは変わらない）

カイゼルを守っている〝岩装〟を砕けば勝つことには変わりない。

イーサンはそう思って剣を振るい、足を動かし続けた。


カイゼルは集中していた。

イーサンの雷光のような速度と、空中移動による切り返しを目で追うのは至難の業。

なので、目で追うことはやめて魔力を感知しながらリズムを覚えていく。

（まだ……まだ……）

数秒後。

「今ッ！」

カイゼルは大剣を虚空に振るった。

「がッ……！」

タイミングよくイーサンに当たる。

刃は潰れているとはいえ、重量のある大剣で斬られたイーサンは鈍痛を覚えながら吹き飛んだ。

そして容赦無く追撃してくるカイゼルの姿が視界に映ったので、空中で体勢を整えて空中に作った足場を蹴って追撃から逃れた。

イーサンは地面に滑るように着地して体の状態を確かめる。

鈍痛を感じるが動けないほどではない。

まだ大丈夫だと分かったイーサンは素早く紡いだ。

「〝穿て――雷撃〟」

自分の中の最速かつ簡単な魔術を放つ。

その隙にもう一つ紡ぐ。

「〝我が身は雷神。宿して敵を殲滅せよ。その名はヴィリオス――雷神憑依《らいじんひょうい》〟ッ！」

イーサンは代々マグエス家に伝えられてきた魔術を発動させた。

しかし、この魔術は高度過ぎてまだイーサンは完璧には扱えない。

発動できるのは剣一振りという僅かな時間のみ。

イーサンは次の一撃で勝負を終わらすつもりだった。

同時に、イーサンの姿を見たカイゼルも紡ぐ。

全身の血が沸き立つほどの興奮を覚えながら唱える。

「〝願うは大地の一振り。我が敵を穿て。我が敵を沈めよ――岩砕ノ剣《がんさいのけん》〟」

発動するのは高度な土魔術の一つである〝岩砕ノ剣〟。

ただ巨体で、ただ重く、どんなに大きくて硬い岩でも砕けるほどの剣。

〝雷神憑依〟。

〝岩砕ノ剣〟。

刹那に互いの姿を確認して叫ぶ。

「おおおォオォッ！」

「はァアァッ！」

雷剣は天を劈くような雷鳴を迸らせ、大剣は全てを砕くように振り下ろされ――。

衝突した。

周囲一帯を揺らす轟音。

大地を波打たせる衝撃。

充満する土煙。

迫力のある光景に誰もが息を止めて喉を鳴らす。

二人は無事なのか。

土煙の中はどうなっているのか。

そんな思いが生徒たちの間で錯綜する中、フィオナがイーサンとカイゼルを両脇に抱えながら土煙から出てきた。

「カイゼル！」

抱えられたカイゼルを見たシオンたちは駆け寄る。

「先生、カイゼルは――」

「大丈夫。ただの魔力切れだ」

フィオナは心配するシオンたちに優しく伝えた。

多少なりとも怪我はしているだろうが、気絶しているのは魔力切れだ。

それを聞いて、シオンたち三人は安心するのだった。

＊

カイゼルとイーサンの手合わせが終わり、フィオナが二人を治療室へ送り届けて帰ってきた。

「待たせたなー。よし、次はマリナとミア！」

フィオナがマリナとミアの名を呼ぶ。どうやら次の手合わせはこの二人のようだ。

「マリナ頑張ってね」

「怪我しちゃ駄目よ」

シオンはカイゼルの時と同じようなことを言い、シルフィーネは少し心配の言葉を口にする。

「うん……！　頑張ってくるね」

心臓がいつもより速く鼓動するのを感じながら、マリナは訓練場の中心へ向かった。


「始め！」

開始の合図を言い渡された瞬間、ミアが高速でマリナへ突進した。

少し驚きつつも、マリナは冷静に〝水盾〟を前方に展開する。

それを見たミアは右足で地面を蹴り、左へ直角に体を移動させた。

「〝貫け――水槍〟」

マリナはミアを視界に収めると、四本の〝水槍〟を飛ばす。

「〝風刃〟」

時間差で飛んでくる〝水槍〟を、ミアは〝風刃〟で相殺。

辺りに水が舞った。

「……」

繰り返す一連の攻防。

魔術師にとって接近されるのは負けるのと同義であるため、マリナは次々と魔術を発動して一定の間合いを保っていく。

〝水鞭〟〝水球〟〝水槍〟……。

マリナの得意な水属性が織りなす魔術がミアへ襲い掛かった。

「余裕……」

しかしミアは変わらない無表情のまま、〝身体強化〟を施した身体で軽やかに避け、〝風壁〟や〝風刃〟を用いて防御していく。

水が風によって宙を舞い、キラキラ光る。

このまま膠着状態が続くと思われた、その時。

「〝風よ身に纏え――風纏〟」

ミアが詠唱した途端、その小柄な体が先程とは比較にならない速さで動いた。

マリナとの距離を一気に詰める。

「――〝水盾〟っ！」

マリナは咄嗟に〝水盾〟を前方に展開するが、予測していたのかミアは一瞬で方向転換。

地面を踏み貫き、木製の短剣を右手に持ちながら地を這うようにして接近した。

十歩、五歩、三歩。

ミアが勝利を確信した瞬間。

「――〝水渦《すいか》〟！」

「――んっ！」

マリナの体を中心にして〝水渦〟が発動。

その〝水渦〟は高速で渦巻きながら外へ広がり、ミアを呑み込もうとする。

だが、ミアは風を正面に放ち、自分を後ろへ吹き飛ばして呑み込まれるのを回避した。

「むぅ……」

「ふぅー……」

互いに睨み合い数秒。

「〝風刃〟」

「〝水盾〟」

ミアは自分の背丈より長い〝風刃〟を放ち、マリナは〝水盾〟で防御。

二つの魔術が接触し、相殺されて水しぶきが舞い上がる。

それが切っ掛けとなり、水と風の攻防が再び始まった。

高速起動しながら攻撃を仕掛けるミア。

その全てを水魔術で防ぎ、時には攻撃を放つマリナ。

マリナが指揮者となって奏でる水魔術を、ミアは潜り抜けていく。

実際は分からないが、客観的には互角だ。

「――竜巻〟……！」

「――水渦〟っ！」

細長い〝竜巻〟と透き通る〝水渦〟が拮抗して共に爆散した。

「どこ――っ！」

マリナは爆散した余波で目を閉じたことによって、ミアの姿を見失ってしまう。

「殺《や》った……」

背後に気配。

マリナは咄嗟に自分のすぐ後ろに〝障壁〟を一枚展開した。

ガンッという音が鳴り、間一髪のところで防いだことをマリナは認識する。

「嘘っ……」

防がれたことでミアに生じる一瞬の隙。

マリナはその隙を見逃さず、間に〝水壁〟を発動して距離を取った。

「マリナ……強い……」

「ミアちゃんこそ強いよ……」

互いが互いを褒め、三度繰り返される攻防。

相も変わらず二人の実力は互角。

勝敗がつくとしたら一瞬の隙、または何かしらのイレギュラーだろう。

「――連鎖せよ――水爆鎖《すいばくさ》〟！」

水を圧縮させて爆発させる〝水爆〟を連続で発動する〝水爆鎖〟という魔術。

マリナは右腕を前に翳し、ミアに向けて発動した。

爆発し水が飛び散る。

連鎖して爆発させていくが、動き回るミアには当たらない。

だが、これでいい。

マリナもそう簡単に当たるとは思っていなかった。

ミアの姿を確認し、周囲を視界に収め、集中する。

「〝水牢〟！」

マリナは水魔術の〝水牢〟を発動させた。

周囲には今までの戦闘で使った水が多量にあるので、詠唱をすることなく発動できたというカラクリになっている。

つまり〝水爆鎖〟はこの〝水牢〟でミアを捕えるための布石にすぎなかったのだ。

周囲の水が生き物のように蠢き、ミアを囲もうとする。

四方八方、逃げ場はない。

マリナが勝利を確信した。

瞬間。

「〝閃光〟」

突如として眩い光が辺りに満ちる。

マリナの視界も〝閃光〟によって白く染まり、集中力が乱された。

魔術は集中力と想像力が根幹に存在する。

そのうちの一つである集中力が乱れたらどうなるか。

答えは簡単で、マリナが途中まで発動していた〝水牢〟は形を失い崩れ落ちた。

この隙は致命的だ。

まだ視界が戻っていないまま、マリナは何とか魔術を発動しようとする。

しかし、遅かった。

首に当たる硬い何か。

「私の勝ち……」

戻ったマリナの視界に映ったのは、こちらの首に短剣を突き付けているミアの姿だった。

一瞬の隙。

されど致命的な隙。

〝閃光〟という簡単で単純な光魔術によって勝敗が決まる現実。

このことから分かるのは、ミアは最適なタイミングで魔術を発動したということだ。

「参りました……」

マリナは両手を上げて降参する。

彼女はここからの逆転の術を持ち合わせていなかった。

＊
「惜しかったわね」

「とりあえずお疲れ様」

シルフィーネとシオンは戻って来たマリナを労った。

「負けちゃいました……」

「負けたのは悔しいだろうと思うけど凄い接戦だったよ」

「そうよ。つぎ戦って勝てばいいだけだわ」

シオンとシルフィーネの言葉はお世辞ではない。

実際、勝敗の決め手はミアの〝閃光〟だったが、その前にいくつも決定的な場面があった。

どこか一つでもミアがミスを犯していれば、マリナが勝利していただろう。

「そう。ギリギリだった」

不意に後ろから声が聞こえて三人は振り返る。

声の主はプラチナブラウンの髪をフワフワさせた少女、ミアだ。

ミアはマリナを見つめて、小さな口を開く。

「マリナ強かった。次も負けない」

無表情ながらも、どこか満足そうに言い放つ。

「じゃ」

「あ……」

マリナが何か言いかけるが、ミアは颯爽と去ってしまった。

「なんだか猫みたいな子ね」

「分かる」

小柄な体躯にマイペース。

シルフィーネも猫っぽいが、ミアは少し種類が違った猫っぽさがある。

「まだ何も言ってなかったのに……」

ミアと何も話せなかったことに、マリナは悲し気に目線を下げた。

「同じクラスなんだからいくらでも話す機会あるじゃない」

「それに次も負けないって言ってたから、またマリナと手合わせしたいって思ってるはずだよ」

基本的にミアのような性格をしている人は他人を気にしないことが多い。

そんなミアが次も負けないと言ったということは、マリナのことを気に入ったのだろう。

「最後はシオンとシルフィーネ！」

フィオナに呼ばれ、遂にシオンとシルフィーネの番が来た。

シオンとシルフィーネは訓練場の中心へ歩いていく。

「今回こそ勝つわ」

「ははっ、また負けて悔し泣きしないようにね」

「なっ……お、覚えてなさい……！」

シオンの言葉にシルフィーネは顔を赤くして悔しそうに捨て台詞を吐く。

入学試験の結果を待っている間、何度もシオンとシルフィーネは手合わせをしたのだが、一向に勝てなくてシルフィーネが悔し泣きをしてしまったことがあったのだ。

そのことをシオンに揶揄われたシルフィーネは、恥ずかしさで顔を赤くしながら一人で足早に行ってしまった。


「二人とも周囲の影響は考えなくていいからな。では始め！」

フィオナから開始の言葉を告げられる。

互いの力量は把握済みなので、シオンとシルフィーネは初めから全力でいくつもりだった。

魔力を開放。

唐紅の魔力と白銀の魔力がぶつかり合い、その衝撃波によりビリビリと空気が振動する。

「すぐに降参しないでよ？」

「当たり前よ。さっさと来なさい！」

シルフィーネが咬呵を切った瞬間、シオンは〝氷槍〟を発動。

超速で放たれた〝氷槍〟は、シルフィーネの炎によって一瞬で昇華される。

それが切っ掛けとなり、訓練場は氷と炎が乱れ咲く領域と化した。

四方八方から飛ぶ〝氷槍〟を炎で防御。

炎の竜巻が発生するも極寒の冷気で鎮火、そのまま前方先を凍りつかせるが熱風で相殺される。

ある程度戦ったところで、シオンは他の属性を使い始めた。

稲妻《いなずま》を飛ばし、風刃で切り裂き、天から雨を降らせる。

が、シルフィーネは土壁で防御し、獄炎を前にぶっ放し、雨を無理やり炎で消し飛ばした。

「すごい……」

「あれが首席と次席……」

「綺麗……」

「すごっ……」

シオンとシルフィーネによる異次元な攻防を見ている生徒たちから、感嘆の声が出始める。

発動速度、魔力操作、体内魔力量。

どれをとっても、あの二人が自分達よりも遥か先を歩いていることが分かる。

もちろん、Ｓクラスの生徒たちは皆優秀だ。

しかし、シオンとシルフィーネは少し規格外過ぎた。

「あの二人をしっかり見ておけよ。必ず学びになる」

いつの間にか生徒たちの傍にいたフィオナが言う。

その顔はいつもより真剣だった。

「先生……あの二人はどのくらい凄いのでしょうか？」

一人の少女がフィオナに質問する。

彼女はアイカ・フルーレン、九席の生徒だ。

「そうだな……王国魔術師団の団員は軽く超えている。あと数年もすれば団長くらいの実力になっているると思うぞ」

「そんなに……」

フィオナの言葉にアイカは目を見張った。

凄いとは思っていたが、それほどの規格外だとは思っていなかったのだ。

「言っておくが君達も優秀だ。あの二人は……まあ、外れ値だと思った方が良い」

Sクラスの生徒たちの実力が低い訳ではない、シオンとシルフィーネがかなり異常なだけだ。

そんなフィオナの言葉に、生徒たちは黙って頷いた。


魔術の応酬を重ねるシオンとシルフィーネ。

次第に二人は動き回り始めた。

〝身体強化〟を発動しながら並列して別の魔術を紡ぐ。

これが二人のいつもの手合わせだった。

シオンとシルフィーネほどの実力者同士が手合わせで突っ立っていると、すぐに魔術で追い込まれてしまうのだ。

なので、剣士のような高速移動をしながら魔術を放ち続ける。

「……」

シオンは氷の両刃を無数に生成し、高速回転させながら飛ばす。

様々な角度から飛ばされた氷の両刃は、常人なら一瞬で無残な姿になるだろう。

しかし相手はシルフィーネだ。

「〝巻き上がれ――獄炎渦《ごくえんか》〟」

無数の氷の両刃は、シルフィーネを中心とした炎の渦で相殺されてしまった。

だが、シオンは高速で雷、氷、風といった複数属性の魔術を発動する。

力業でシルフィーネの防御の突破を図った。

一つでも間違えたら負けるという極限の中、シルフィーネは的確に身に襲い掛かる全ての魔術を炎と岩で防御していく。

一瞬。

怒涛の攻撃が緩んだ隙にシルフィーネは〝炎壁〟を発動してシオンとの間を無理やり分断した。

反対側にいるシオンはシルフィーネの意図を読む。

「なるほど……」

この状況は三年前の手合わせの時と似ている。

そう感じた時には、既に詠唱に入っていた。


シルフィーネは詠唱する。

紡ぐのは既存のモノを改良したオリジナル魔術。

「〝奈落《ならく》の焔《ほのお》。怒りの業火。冥府《めいふ》の鬼火《おにび》。集いて成すは煉獄《れんごく》。我が敵を灰塵《かいじん》と化せ――煉獄災波《さいは》〟」


シオンは詠唱する。

言霊《ことだま》のように発するはオリジナル魔術。

「〝氷神《ひょうじん》の吐息《といき》。八寒地獄《はっかんじごく》の罰。姿を成すのは銀世界。穿ち虚空を凍てつかせろ――凍獄烈波《とうごくれっぱ》〟」

片方からは全てを燃やし尽くす炎、片方からは全てを凍て尽くす冷気。

甲高い音を鳴り響かせ、渦巻きながら――。

衝突した。

一瞬の空白の後に、轟音が衝撃波を生み出し、地面が溶解され、地面が凍て尽くされ、蒸気が充満し、訓練場が混沌と化す。

そんな訓練場に佇むシルフィーネは、爆風を身に受けながらも警戒した。

シオンならこのタイミングで自分を狙うということを分かっているからだ。

まずは自分を中心に炎の渦を発生させる。

と思ったところで、蒸気の中から何かが飛び出してきた。

これは最大の好機。

「焦ったわねシオン――」

すぐに攻撃をしよう。

そう考えた時、シルフィーネの頭に疑問が浮かんだ。

あのシオンがこのような杜撰《ずさん》な間違いを犯すだろうか。

いや、そんなわけがない。

刹那の間にそう判断したシルフィーネは、自分を中心に炎の壁を展開。

これで懸念していた不意打ちをされることは無くなったと、ほっと一息ついた瞬間。

「油断したね」

声が聞こえると同時に首にひんやりとした感覚を覚える。

（これはシオンの……！　どうして……いや、どこから！　周りは不可能――）

混乱しながらシルフィーネは声が聞こえた方へ顔を向ける。

「あっ……上……」

シルフィーネの視線の先には空中に浮かんでいるシオンの姿があった。

そう、シオンは氷で自分の人形を作ってその人形をシルフィーネへ突進させ、自分は上空から回っていたのだ。

シルフィーネは完全に上空の存在を失念していた。

だが、それも無理はない。今まではずっと地面という二次元でしか戦闘を行っていなかったのが、いきなり三次元へ行動範囲を広げたのだ。

シルフィーネが気付かなくて当たり前だろう。

「俺の勝ちだよね？」

宙に浮きながらシオンはシルフィーネに尋ねる。

シルフィーネの首には、両側の地面から〝氷槍〟が添えられていた。

ここからの逆転は不可能だ。

「負けました……」

悔しさ全開の表情を浮かべながら、シルフィーネは敗北を宣言したのだった。

＊

場面は学園の食堂。

手合わせの授業が終わったシオン達三人は、治療室にいたカイゼルを回収して食堂に来ていた。

基本的に昼食はここの食堂か、学園の外の店か自分で選択できる。

シオン達は初日だということもあって、食堂を選んだのだ。

「うわー……シオン達の手合わせ見たかったなぁ……」

カイゼルは魔力切れで気絶してしまったことにより、三人の手合わせを見逃したことを残念に思っていた。

そんな彼は何かの肉のステーキを食べている。

他にも、スープ、サラダ、大きめのパン……。

かなり大量に食べているのは、使いきった魔力を回復するのに必要だからだろう。

もしくは、ただ単にカイゼルが食いしん坊なだけかもしれない。

「シオン君とシルフィーネちゃん、凄かったです……！」

目を輝かせてマリナは語る。

因みに、マリナがシルフィーネの事を殿下と呼ばなくなったのは、シルフィーネが名前で呼んでいいと言ったからだ。

もちろんカイゼルにも言ったのだが、本人は何故か殿下と呼んでいる。

「見たかったぁー」

マリナの言葉で更に悔しがるカイゼルを見て、シオンは口を開いた。

「でもカイゼル。授業の終わりにフィオナ先生が、これから定期的に手合わせの授業をするって言ってたよ」

「おっ、本当か！　じゃあ次こそ俺と戦おうぜ！　あ、でもイーサンとの決着もついてないな……」

「まあそこらへんはその時に考えればいいんじゃない？　なにせ、六年間もここにいるんだからね」

卒業するまでの六年間。

それだけの期間があれば、幾らでも手合わせは出来るだろう。

「そうよ。卒業までにはシオンに勝つわ」

決意を宿した目をシオンに向けながらシルフィーネは宣言した。

彼女としては、シオンに一度も勝てていないのは相当に悔しいのだ。

「まあ、その日を楽しみにしているよ」

「その余裕そうな顔をいつか歪ませてやるわ……」

拳を握り、シルフィーネはシオンを睨む。

彼女の心は一つ、余裕そうな態度で座っているシオンの椅子を奪うことだけだ。

まだ力は及ばないかもしれないが、卒業するまでには超えてやると燃えていた。

しかし、そんなシルフィーネの心情はシオンにとって心外だった。

余裕そうな顔と言われたが、それは余裕に見えるように振る舞っているからである。

実際は、全くもって余裕ではない。先の手合わせでも、上空から回るという作戦が上手くいかなかったら、もっと長期戦になって苦戦していたはずだ。

そんなシオンは最近、危機感を覚えていた。

このままでは、シルフィーネに追い抜かされてしまうのではないかという危機感だ。

なぜなら、シルフィーネは成長という階段を五段飛ばし以上の速さで上っているからだ。

（俺は凡人だから一段ずつ上がるしかない……）

シルフィーネのような天才は自覚無しで駆けあがってくる。

事実、ここ数日で見ても勝つことが難しくなってきていた。

（怠けていられないな……）

凡人が天才に勝つことは難しい。

だが、現時点ではシオンはシルフィーネより上に位置している。だからその距離を縮められないように、追い越されないように、鍛錬を続けようとシオンは思うのだった。

「午後からの授業って何だっけ？」

料理を頬張っていたカイゼルが不意に尋ねる。

口の中の物を呑み込んでから口を開く姿は、しっかりと教育されてきたということを窺わせた。

「確か……魔術理論だったかしら」

「うん。そうだと思うよ」

シルフィーネの返答にシオンも同意する。

「寝るんじゃないわよ」

明らかに嫌な顔をしたカイゼルにシルフィーネは釘をさした。

「うっ……分かってるよ……」

「まあ午後は眠くなっちゃうからね」

魔術理論という授業は、名の通り魔術の基本的理論を学ぶ。話をずっと聞いているだけなので、退屈に思うのも当然だった。

それに、昼食を取ったすぐ後なので眠くなる。

まあ、午後の授業で眠くなるのはほとんどの学生が陥る現象だろう。

「あれ？　ねえねえ、あれってイーサンと……アイカ？」

カイゼルが指さした方へ三人は顔を向けた。

「あ、本当だ」

「あの二人って仲良かったのね」

シオン達がいる丸テーブルから少し離れた丸テーブルで、二人だけで昼食を取っているイーサンとアイカがいた。

距離があるため会話は聞こえないが、悪い雰囲気ではない。

イーサンは気難しい印象があったので、アイカと二人でいることにシオンとシルフィーネは意外に思った。

「仲が良いというか……婚約者ですよ？」

「え？」

「え」

「……え？」

マリナのきょとんとした声に、他三人の驚きの声が揃う。

「こ、婚約者ってあの婚約者？」

シルフィーネが変な挙動で再度聞く。

「婚約者に二つも意味はないと思うんですけど……あの婚約者です」

驚く三人だが、よく考えれば婚約者がいるのは別におかしなことではない。

逆に、シオンとシルフィーネ、カイゼルとマリナに、まだそのような話が全く来ていないのがおかしいのだ。

「まあ……別におかしいことではないか」

「んー……よく分かんないや」

シオンは少し考えながら納得して、カイゼルはよく分かっていないのか、気にせず目の前の料理を食べることを再開した。

「私、婚約の話なんて何も知らないわ」

改めて思い出したのか、シルフィーネは首を傾げて言う。

普通、シルフィーネのような王族は幼少期に婚約者が勝手に決められているものだ。

しかし、当の本人は何も知らないらしい。

「もしかして……縁談の話を陛下が握り潰してたりして」

ボソッとシオンは予想を呟く。

なにせ、ギルベルトの家族愛は尋常じゃない。

特に末っ子であるシルフィーネに関してだったら、縁談の一つや二つを握り潰していても何ら不思議ではなかった。

「流石のお父様もそんなことしないわよー」

「……」

「え、してないわよね……？」

シオンが黙ったまま目を逸らすので、シルフィーネは不安になる。

いくら国王とはいえ、縁談を握り潰すのは駄目ではないのか……。

「……まあ問題になってなければ大丈夫じゃない？　というか、シルフィーネは婚約者が欲しいの？」

「はぁ⁉　そんなわけないじゃない！」

あり得ないと言わんばかりの勢いで、シルフィーネはシオンの言葉を否定した。

「……そういうあなたはどうなのよ」

少し拗ねた顔でシルフィーネは尋ねる。

「別に何も考えてないなぁ……。俺って三男じゃん？　だから別に結婚しなくても良いんだよね」

「そう……」

頬杖を突きながらシオンは悩ましげに答えた。

正直、シオンは婚約者や結婚というものに興味がない。これで次期当主だったら仕方がないと割り切ると思うが、あいにくシオンは三男だ。今はまだフォードレイン家の一員だが、いつかは家を出て自活するだろう。そうなれば、結婚の義務もない。

「あっ、そろそろ時間だから片付けようか」

「そうね」

気が付いたらかなり時間が過ぎてしまっていた。

四人は立ち上がり、手にしたトレーを返す。

そして、次の授業を受けるために教室へ向かうのだった。

第五章　黒衣の暗殺者

学園に入学して早四か月。

その間は特に何かあるわけでもなく、座学でカイゼルが寝ていたり、手合わせの授業が盛り上がったり、変わらない日々が続いていた。

クラスの雰囲気が悪くなることもなく、穏やかな毎日だ。

とはいっても、全員が仲良くなったわけではない。

まだ四か月しか経っていないこともあり、クラスの中は幾つかのグループに分かれている。

そして今日という日が始まり、いつものようにフィオナが教室に入ってきた。

「おはよう！　うーんと……全員いるな。では早速授業を始める……前に。来週に行われる定期試験の話をしようか」

定期試験。

四文字の単語を聞いた生徒たちは一気に集中する。

集中した生徒たちを見回したフィオナは、人差し指を立てて口を開いた。

「まずは筆記試験！　これは今まで各授業で学んだ範囲が出題されるので、復習していれば問題ない」

次は中指を立てて続ける。

「そして実技試験！　他のクラスは例年通り、訓練場で行うのだが……君達Sクラスの生徒は特別に

〝キュプロスの森〟で行うことになった」

「え……」

「キュプロスって……」

「あそこ……？」

思いもよらない言葉に、生徒たちは騒めいた。

通常、一年生の全てのクラスは実技試験を訓練場で行うことが決まっている。

しかし、告げられた実技試験の場所は訓練場ではなく、キュプロスの森だ。

キュプロスの森は、王都から馬車で一日の場所に位置する森であり、EランクからCランク上位までの魔物が存在している。

凄く危険ではないが、生易しくもない。

それでも、Sクラスとはいえ一年生が実技試験を行うには危険だった。

「まあ理由を言ってしまえば、君達が例年より全体的に優秀だということだ。実際、私も君達なら大丈夫だと思っている」

これは嘘でもお世辞でもない。

今年のSクラスは例年より全体的に実力が高いのだ。

また、この四か月で全員が実力を伸ばしている。

「という訳で、そのつもりで心してくれ。詳細な情報は紙に記載してあるから、後でよく読んでおくように」

フィオナはそう言いながら、二十人全員に試験の詳細が記載されている紙を配っていく。

こうして驚きの情報を伝えられたまま、一日が始まったのだった。


嗅いだら腹が鳴ってしまうような良い匂いが食堂に充満している。

もちろん、人でも溢れかえっていた。

「おー！　今日も美味そうだな！」

何とか席を確保したシオン達。

椅子に座るや否や、カイゼルはトレーに乗せた料理を食べ始める。シオン達も、カイゼルに続いて料理を食べ始めた。

「にしても……実技試験をキュプロスの森でやるなんて思わなかったよ」

ある程度まで食べたシオンは、沈黙の空気を破る。

「いきなりで驚きました……」

「私は楽しみよ。ようやく実戦が出来るもの」

マリナは頷きながら言葉を零し、シルフィーネは喜色を浮かべていた。それだけシルフィーネは実戦が楽しみだったのだろう。

だが、シオンは少しだけ危うさを感じていた。

「言っておくけど……初めてならそう簡単にいかないと思う」

「どういうこと？」

シオンの忠告とも取れる発言に、シルフィーネは首を傾げながら尋ねる。

「シルフィーネは生き物を殺したことはある？」

「ないけど……」

「なら覚悟しておいた方が良いよ。多分、気持ち悪くなるから。酷かったら吐くかもしれない」

「そんな大袈裟な……」

訝し気にシルフィーネは呟いた。

しかし、シオンの言葉は決して大袈裟ではない。

実際、シオンがそうだったのだ。魔物の迫力に圧倒され、殺気に膝が震え、魔術を発動しても恐怖で上手く当たらない。なんとか必死になって魔物を殺したと思ったら、今度は形容し難い気持ち悪さが体を支配する。

辺りに漂う血液と臓物の臭い。

視界を埋めるのは自らによって無残な姿と化した魔物。

今でこそ慣れたが、初めて魔物を殺した時は吐いてしまった。

生き物を自らの手で殺すというのはショックで精神的に疲弊するのだ。

「まあ、混乱して危険に身を晒したりしなければ大丈夫だと思うよ。それに、先生もいるからね」

そこら辺のことは教師も重々承知しているはずだ。

だから、何かイレギュラーが無ければ危険はない。

「カイゼルは経験あるでしょ？」

シオンは、横で黙々と口に料理を運んでいるカイゼルに聞く。

ハーデン領も辺境にあるので、カイゼルにも魔物を殺した経験があると思ったのだ。

「ん……んんっ……。うんあるよ？」

口の中の食べ物を呑み込み、カイゼルは答える。

「初めての時はどうだった？」

「んー……シオンが言った通りだよ。怖かったし、気持ち悪くもなった」

カイゼルはその時のことを思い出しているのか、苦々しい表情だった。

「そうなんだ……」

マリナとシルフィーネは一連の話を聞いて神妙に頷く。

シオンだけではなく、カイゼルまでもがこのようなことを言っているのだ。冗談でも大袈裟でもなくて事実なのだろう。

「ただ、個人差があるからね。二人は大丈夫かもしれないよ」

「いまさら言われても遅いわよ」

「ははは」

恨めし気に向けられる視線に、シオンは笑うのだった。

＊

しんと静まり返る教室に響くのは、ペンで文字を書く音。

現在、Sクラスの教室では筆記試験が行われていた。

まだ一年生なので教科は少なく、数学、地理、歴史、魔術理論の四教科だけとなっている。

今は最後の魔術理論だ。

入学してから初めての試験なので勉強する範囲も狭く、試験問題もさほど難しくない。

これなら皆も良い点数を取れるだろう、と早々に解き終わったシオンは思っていた。

「やっと終わったー！」

場面はまたもや食堂。

午前中に行われた筆記試験が終わり、無事に乗り切ったカイゼルは喜びを露にしていた。

「そんなに難しくなかったとはいえ、終わると開放感があるね」

「分かるわ。午前中ずっと集中したのは初めてよ」

シオンの言葉にシルフィーネは頷く。

教科と教科の間に休憩時間があったとはいえ、椅子に座って午前中の間ずっと集中するのは誰でも疲れるのだ。

「これで後は実技試験だけですねっ」

「誰と同じ班になるか楽しみだな！」

実技試験は四人一組、合計五班で行われる。

試験内容としては、四人一組で森に入って魔物を討伐するだけだ。

しかし、討伐の証明である魔石の量とランクだけで成績が付けられるわけではない。

班内での協調性、積極性、連携といった他の要素も含まれている。

とはいっても、キュプロスの森で出現する魔物は最高でもCランク。Sクラスの生徒が四人で戦えば、十分に勝てる相手なので危険性も少なかった。

「皆は誰と組みたいとかってある？」

シオンは三人に聞く。

「んー……特にないわ。強いて言えば、あなたたち三人の誰かが同じ班に居れば気が楽だけど」

シルフィーネはこの四か月で、シオン達三人以外のＳクラスの生徒と知り合い程度の関係性になることが出来ていたので、誰と同じ班になっても大丈夫だと思っていた。

「私はミアちゃんと組んでみたいなぁ」

「俺は誰でもいいや」

マリナとミアは、あれから何度も手合わせをしていて、勝ったり負けたりを繰り返している。

関係性でいうと、友人であり好敵手だろうか。

また、カイゼルは色々な人と手合わせをしていた。

そのおかげか、広い範囲で交友関係が出来ていた。

「野営とか大丈夫かしら……」

「私、一度もしたことないです……」

シルフィーネとマリナは不安そうに零す。

二人共、王女と令嬢なので経験する機会がなかったのだろう。

「思ったより難しくないから大丈夫だよ」

「そうそう！　自分だけじゃないから、周りを警戒する必要も少ないし」

経験則を基に、シオンとカイゼルは言う。

事実、試験での野営は二十人の生徒と数人の教師が固まっているので危険性はほぼない。

野盗や魔物が襲ってきても、教師たちが返り討ちにしてしまうだろう。

「二人がそう言うなら大丈夫ね、良かったわ」

シルフィーネの不安そうな表情が晴れる。

傍らで、ふとマリナがポツリと疑問を口にした。

「何で私たちだけ例外なのでしょうか……？」

「例外というと？」

「いえ、私たちの代だけいきなり外での実技試験じゃないですか。それは何でだろうって……」

「私たちが優秀だからじゃないの？」

シルフィーネの言葉にシオンとカイゼルも頷く。

シオン達のSクラスが外での実技試験なのは優秀だから、とフィオナが直々に話していた。

だというのに何が言いたいのかという三つの目線がマリナに集まる。

「そうだとしても……いきなり魔物討伐なんてさせると思いますか……？」

「うーん……」

「なるほど？」

「確かに……」

唸る三人。

確かにマリナの疑問には一理あった。

「じゃあマリナは何だと思ってるの？」

「私にもはっきりとは分かりません。ですが……何かしらの理由があると思います」

「ふーむ……」

腕を組みながらシオンは思考した。

最近気が付いたことだが、マリナは天才的な洞察力を持っている。

普通の人では気が付かないようなことでも気が付くのだ。

そんなマリナが何かしらの理由があると言っているということは、本当に何かしらの理由があるのだろう。

だが、あまりにも情報が少なすぎて何も分からない。

「まあ大丈夫でしょ！　そんなに大したことないんじゃない？」

カイゼルの言葉で、場の沈黙が氷解した。

「それもそっか」

「私たちは試験で良い成績を取ればいいのよ」

「そうだね……」

モヤモヤを胸の内に抱えたまま、シオンは無理やり自分を納得させる。

この疑問が明らかになるのはもう少し先であった。

＊

「おはよう！」

時刻は朝の八時。

学園の一角でフィオナの声が響く。

「これから君たちは各々の班に分かれてもらい、その班ごとで馬車に乗ってもらう。班はこれから発表するが、その前に――」

フィオナは後ろに立っている三人の教師へ振り返った。

「今回、同行してくれる教師を紹介しよう。まあ、見知った顔もいると思うが改めて、な」

フィオナが端へ移動すると、一番左の大男が口を開く。

「知っていると思うが、お前たちの剣術の授業を担当しているアグニスだ。何かあったら遠慮なく言ってくれ。お前たちは試験に集中しなければいけないからな」

次は眼鏡をかけた細身の男。

「えー、皆さんとは初めましてですね。僕は今、三年生に魔術理論を教えているフィクスといいます。気軽に声を掛けてくださいね」

最後は、尖った帽子を被っている魔女の恰好をした女性だ。

「初めましてガキども。レニーだ。貴重な研究時間を削って来てるんだから感謝しな」

おおよそ教師とは思えない発言に、生徒たちは呆気にとられて教師陣は呆れのため息をつく。

どうやらレニーという教師は少々過激な性格のようだ。

「レニー……その言葉遣いは何とかならないのか……」

「うるさいねフィオナ。あんたが私に頼んできたんだろ」

「分かっているが……」

「まあ、請け負った仕事はしっかりこなすから安心しな。それに……あたしも王国のクソどもに思うところがあるからねぇ……」

レニーは帽子の下で目を鋭く光らせる。

「……感謝する」

この試験監督として同行してくれるよう、レニーに頼んだのはフィオナだ。

そのことも相まって、フィオナはレニーに頭が上がらなかった。


班分けが終わり、班ごとに馬車へ乗る。

そして今、シオンも決められた班員と共に馬車に乗っていた。

馬車はそれほど大きくなく、四人もいたら満員になってしまうほどだ。

ガタゴトと揺れる馬車。

相変わらず尻にかかる負担が大きい。ただ、シオンはもう慣れてしまっていた。こうやって慣れていくから一向に馬車が改良されないのだな、とシオンは思いながら班員の方にチラリと目線を向ける。

「……」

「……」

「……」

馬車が動いてから数十分間、沈黙の帳が降りていた。

一度も会話がなく、目も合わない。

シオンとしては別に構わないのだが、このような状態では試験に影響する。

「ねえ、何か話さない？」

沈黙の中、シオンは口火を切った。

しかし、その声に賛同する声はない。

「……」

心の中でシオンは溜息をついた。

正面に座っている女子生徒は、六席のクロエ・シュルガス。

長い黒髪をポニーテールにしており、周囲の人間を寄せ付けない雰囲気で教室でも浮いている。

斜め前に座っている女子生徒は、十五席のフレイヤ・ベルガモット。

真っ赤な髪を短く切り揃えており、勝気な性格が外見で分かる。

隣に座っているのは、十一席のノア・フルトン。

茶髪の髪が目を隠していて、言動から気弱な性格が窺える。

（どうしようかなー……）

難儀な性格を持った人しかおらず、シオンは頭を悩ませた。

協調性が皆無な班といって差し支えなく、恐らくフィオナは個々人の性格を見越してこのような班分けにしたのだろう。

試験なので仕方がないが、シオンからしてみればいい迷惑だった。

あれから何度か休息を取り、遂に野営地に着いた。

因みに、出発から到着までシオン達の班の中で交わした会話はゼロだ。流石のシオンも打つ手がなく、諦めるしかなかった。

「一回集まれ！」

フィオナの集合の号令により、生徒たちが集まる。

「ここで各班それぞれ諸々の野営の準備をしてもらう。しっかりと協力してやれよ。道具等はあの馬車にあるからな。では解散！」

ぞろぞろと動き出すSクラスの生徒。だが、その中で動いていない班があった。

「ねえ……準備しようよ……」

シオンの班だ。

協調性が皆無である班とはいえ、このままでは不味い。

「ふん……各自でやればいいだろう」

「えー……」

「テキトーにやればいいじゃん」

「えー……」

クロエとフレイヤの自分勝手な言動にシオンは内心で溜息をついた。

こうなってはどうしようもない。

それならば、まだ望みがある方を選択しようとシオンは決めた。

「ノア。行くよ」

「え、えっと……」

シオンは隣で立ち尽くしていたノアの腕を掴んで、無理やり引っ張っていく。

道中シルフィーネと目が合い、同情するような目を向けられてシオンは苦笑いを浮かべた。

「じゃあノアはこれとこれ持ってね」

「う、うん……」

ノアにいくつかの荷物を渡し、シオンもそれ以上の荷物を持つ。

「ごめんねー、いきなりで」

「い、いや……大丈夫だよ……」

クロエとフレイヤは自分でやるので、それはそれで楽なのだが……、流石にこの状態で試験に突入するのは良くない。

どうしたら協力してくれるのか。

シオンは考えながら作業の手を動かしていった。

＊

その日の深夜、シオンは目が覚めて天幕の外に出た。

「おお……」

出た瞬間、シオンは素で驚く。

シオンの視界に映るのは、月下で舞う一人の少女の姿。

クロエだ。

動き回りながらも、剣を構え、振るう。

月明かりが黒髪に反射し、幻想的な光景に思えた。

そして、その美しい剣舞にシオンは暫し見入ってしまう。

「……」

彼女が何故このようなことをしているのか、シオンは知らないし興味がない。

しかし目の前で奏でられている一種の芸術を鑑賞することを止めなかった。

風吹き草木が音を立てる。

クロエの影が地面を踊る。

「はっ、はっ、ふぅー……」

十数分後、クロエは動きを止めて少し息を荒げながら剣を鞘に納めた。

一度、肩で大きく息を吐き、振り返る。

「……何でお前がここにいる。シオン・フォードレイン」

一瞬、目を見開いて固まったクロエは警戒しながら問い質す。

「いや、目が覚めちゃってね。風にでも当たろうかなって外に出たら、クロエがいたんだよ。あ、それとシオンでいいよ」

〝障壁〟に腰を掛けながらシオンは答える。

「……まあいい。さっさと寝ろ」

乱暴に言い放ち、クロエはシオンの横を通り過ぎようとした。

「ちょっと待って」

シオンは声を掛けて足を止めさせる。

クロエが足を止めた場所は、丁度シオンの真横だ。

「なんだ」

顔すらも動かさず、クロエは無愛想に口から言葉を発した。

「何でクロエは何でも一人でやろうとするの?」

腹をくってシオンは尋ねる。

この機会を逃してしまったら、一生このままな気がしたのだ。

「……私は馴れ合いなど必要ない」

「いや、馴れ合いとかじゃなくて。このままだと良い成績、取れないんだけど」

シオンの予想ではもう試験は始まっている。

だから、このまま散らばったままの状態だと成績に影響が出るのだ。

数秒後、クロエが口を開く。

「信用できない」

「信用？　俺達がってこと？」

「そうだ」

信用が出来ない。

この単語を口にした時、僅かにクロエから負の感情が出ていたことにシオンは気が付いた。

しかし、だからといって何が何だか分からないので一旦置いておく。

「正直に言おうか」

一言区切って再び話す。

「俺はクロエに興味の欠片もない。どうでもいいって思ってる。けど、試験だからさ。上辺であっても協力しないといけないんだよね」

少し棘のある言い方だが、概ねシオンが思っていることだ。

そもそもシオンは親しい人以外は興味関心がない。

たとえ幸せであっても、不幸だったとしてもどうでもいい。

だが、試験という場においては考える必要がある。

「どうしたら信用……いや、協力してくれる？」

遠回りはせず、単刀直入にシオンはクロエに尋ねた。

この返事によってこれからの予定が変わってくる。

どのような返事が来るのか構えていた時、シオンの耳に入ったのはおかしな単語だった。

「剣だ」

「え？」

「私と剣で勝負しろ」

「……え？」

予想外で突拍子のない言葉に、シオンは理解しようと咀嚼する。

数秒後、どう足掻いても理解できない事実だけが残った。

「いや、何で？」

考え込んでも仕方がないため、シオンは疑問の声を上げる。

「私はお前を信用していない。だが……剣を交わせばその為人が分かる」

「分かるものなの……？」

シオンはクロエの言葉の意味がまるで理解できなかった。

剣を交わせば為人が分かるなど、そんな馬鹿な話はないだろうと一蹴したいがそれもできない。

シオンの内心がどうであれ、信用を得るためにはクロエの言った通りにする他がないからだ。

「どうするんだ」

「……分かった。やるよ」

試験に協力してほしいシオンに選択肢は一つしかない。

結局、シオンはよく理解できていないままクロエと剣を交わすことになった。

「というか俺、魔術師なんだけど」

思い出したかのようにシオンは呟く。

「それでも剣は使えるだろう？　授業の時の動きを見れば分かる」

「さいですか……」

どうやらシオンが剣も使えることはクロエに知られていたようだ。

そして、二人は野営地から少し離れた場所へ移動する。

移動先は、地面に生えている草の背丈も低く、動きやすい。

月のような星の光で多少は明るいが、剣を交わすには暗いので魔術で明るくした。

「剣は私の予備を貸すぞ」

クロエは剣を持っていないシオンに予備の剣を貸そうとする。

「いや、大丈夫だよ。〝氷刀《ひょうとう》〟」

しかし、魔術によって顕現した〝氷刀〟を握り、シオンはクロエの申し出を断った。

「ふん……ではやるぞ」

「ほいほい」

月夜に相対する黒と銀。
片や鉄製の直剣を、片や氷の刀を手にするその距離は十五歩。
合図もなく——両者同じタイミングで踏み込んだ。
互いに〝身体強化〟を発動して、手にした得物を振るう。
ギィン。
剣と刀がぶつかり合い、鈍くて甲高い音を響かせた。
一合、二合、三合……。
クロエの鋭い剣閃を氷刀の腹を添えて受け流し、時には受け止めていく。
跳ね上がってくる直剣を、体を反らして回避。
そのまま氷刀を宙に投げ、バク転して距離を作った。
息をつく暇もなく襲ってくる振り下ろし、をタイミングよく掴んだ氷刀で受け流す。
その流れのままカウンター。
しかし、そのカウンターを躱され、直剣の突きに対して首を傾けて避けた。
再び空く距離。
シオンはクロエの実力に舌を巻く。
派手さはなく、一見地味。
事実、シオンも実際に剣を交わす今までは気が付かなかった。
それもそのはずだ。
カイゼルやイーサンのような魔術と併用する剣術とは違う。

父アレクサンダーや兄アルトのような〝身体強化〟に重きを置く剣術とも違う。

そこにあるのは磨き続けられた技。

特別なことをしている訳ではない。何百回、何千回、何万回と繰り返されたであろうその形、その一振りに今までの研鑽の証しがよく見える。

更に驚くべきなのは、これがまだ今年で十一歳だということだ。

正直、技術一点を見れば周りの生徒より何歩も先に進んでいた。

それに彼女はまだ本気を出していない。

なのにも拘わらず、苦戦をしているシオンは攻略方法を考える。

再び始まる剣戟。

先程より鋭さが増した剣を必死に防ぎ、何とか受け流した。

振り下ろされた直剣を半身で避け、お返しに袈裟斬り、をしようとして咄嗟にシオンは氷刀を正眼に構える。

ガキンッ。

クロエが接近し、直剣と氷刀が鍔迫り合いを演ずる。

シオンは圧していた力を抜き、後ろへ身体を傾けて体を捻りながら右足で回し蹴り。

迫る回し蹴りをクロエは左腕で防御。

同時に右手で逆手に持った直剣を横に薙ぐ。

だが、シオンは氷刀をすんでのところで自分との間に滑り込ませて受け止め、その氷刀を支点に回転して肘打ち。

「フッ――」

遠心力によって威力が上がった肘打ちを、クロエは左腕で上に受け流す。

体勢が崩れ、シオンの腹が空く。

当然ながら、クロエはシオンの空いた腹に膝蹴りをした。

「グッ……！」

膝蹴りが鳩尾《みぞおち》に入ったシオンは、苦痛を感じながらも素早く後退する。

追撃してくると思ったが、クロエはその場で佇んだままだ。

何故かは分からないが、鳩尾のダメージを回復するには丁度良い。

息を整え、シオンは思考をクリアにした。

「はぁ、ふぅ……強いね」

素直にシオンは称賛する。やはり、接近戦ではクロエの方が何枚も上手だ。

「世辞はいい。再開するぞ」

「せっかちだなぁ……」

表情を変えないクロエに呆れ、未だ少し痛む鳩尾をさすりながら氷刀を構えた。

静寂が空間を支配する。

数秒後。

服のこすれる微かな音と同時に、剣戟が響き渡った。

振り払い、突き、袈裟斬り……。

幾数もの剣閃を繰り出すシオン。

「くっ……」

しかし、その全てがクロエによって防がれる。

そもそもシオンは魔術師だ。

学園に入学する前は、よく父アレクサンダーと剣を交わしていたのだが、最近は全く剣を持つ機会がなくなった。

それに相まって、余計に苦戦しているのである。

「もう終わりか？」

静かに挑発するクロエに、シオンは意識を変えた。

思い出すのは己の掌に刻んできた鍛錬の証し。

本来の自分を思い出し、氷刀を握り直す。

「いや？　まだ余裕だよ」

言い放った瞬間、シオンが纏う空気が変化した。

「……」

クロエも感じ取ったのか、僅かに眉を顰める。

しかし、彼女は気にせず踏み切って剣を振るう。

何度目か分からないほどに、聞き慣れた音が辺りに響いた。

クロエは正確に、それでいて鋭く剣閃を繰り出す。

降り注ぐと表現した方が良いような数多の剣閃を、シオンは全て受け流し、受け止める。

その行為が数分間続き、クロエはこの状況がおかしいことに気が付いた。

目の前の男、シオンの防御を突破できないのだ。

幾度攻撃しても、躱される、受け流される、防がれる。

まるで自分の動きが読まれているかのように……攻撃が通らない。

この事実に、クロエは無意識ながら心を躍らせていた。


シオンは、視覚、聴覚、触覚をフル活用して剣を動かしている。

先程からクロエの剣閃を全て防げているのは何故か。

それは単に、シオンの意識が〝守り〟に全振りされただけだ。

シオンに剣術の才能はほぼない。

故に、父アレクサンダーや兄アルトなどの剣術の才能を持った人間には到底敵わないのだ。

そこで昔のシオンは考えた。

超えることは無理でも、どうすれば食らいつくことが可能かと。

考え抜いた結果、出た結論は〝基本の徹底〟、これだけ。

型を模倣し、何度も繰り返して自分の技に昇華させる。

全ての型、全ての技で繰り返すうちに、いつしかシオン独自の剣の道が形になったのだ。

それが、徹底的に守り、隙が見つかればカウンターを入れるというもの。

つまりは完全な〝後の先〟。

極度の集中状態に入ったシオンを破るには、彼の兄であるアルトですら面倒と思うほどだった。

クロエが攻撃し、シオンが防御する。

いつしか二人の攻守が固まり、一方的な状態になっていた。

もちろんシオンの防御は鉄壁。

しかし、流石に本職が剣士のクロエとは地力で差がある。次第に、次第にではあるがシオンの鉄壁の城壁が崩れ始めてきた。

ギィイン。

「くっ……」

長時間の剣戟によって必死の表情を浮かべるシオンとは反対に、クロエは僅かに口角を上げて笑っている。

乱れる呼吸。

痺れる腕。

激しさが増す攻撃で、体に衝撃が伝播する。

それから数分間に及ぶ剣戟の果てに――。

「俺の負け」

シオンは敗北を宣言したのだった。

＊

「で、俺は信用できそう？」

シオンは自分を負かした相手、クロエに尋ねる。

「………以前よりかは信用できる」

たっぷり間をおいて、クロエは答えた。

「ならよかった。明日から少しでも協力してくれると助かるよ」

「……善処する」

なぜ信用できると判断したのか。

その理由を聞くという無粋なことはしない。

正直シオンには何も分からないが、単なる思い付きで剣を交わした訳ではないということだけは分かっていた。

「それにしても強いね。いつから剣を握ってたの？」

精神的な壁を感じながらも、シオンは臆せず話しかける。

シオンは本来なら、自分から積極的にコミュニケーションを取るようなことはしない。

だが、この僅かに縮まっている距離の時に会話をしないと、また明日にはいつも通りになっていることだろう。

「剣を握ったのは三歳の頃だ」

「はやっ」

予想以上に幼い時からでシオンは驚く。

三歳は……、シオンが魔術の鍛錬を始めた年齢と同じだ。

「じゃあ八年も鍛錬を積んでいるわけだ。切っ掛けは何だったの？」

「切っ掛けか……確か、父上が剣を振るっている姿を見た時だったな……」

どこか遠くを見るような瞳をしながら、クロエは呟いた。

「なるほどね」

「まあ、私には魔術の才能が無かったからということもあるけどな……」

自嘲気味に零すクロエの顔は、影になっていてよく見えない。

「でも剣術は凄かったけどね。勝てる気がしないよ」

「それは剣術だけの勝負だったからだ。何でもありの勝負なら……私なんて一瞬で負ける……」

シオンはクロエの言葉を否定できなかった。

確かにクロエの剣術は突出している。

これは事実だ。

しかし、これが魔術も選択肢に入ると一気にクロエの優位は崩れ去る。

剣道三倍段という言葉があるように、戦闘においては基本的に攻撃範囲が広いものが有利だ。

だからいくら技術があっても、遠距離からの魔術攻撃には敵わない。

それはシオン達が今いる世界において、残酷だが真実でもあった。

「……私は戻る」

「分かった」

元々の気まずい空気が、先程のクロエの発言で更に気まずくなって数分が経過した頃。

クロエは立ち上がって、自分の天幕に戻ろうと背を向けた。

が、少し歩いて立ち止まる。

「最後に一つ、答えてくれ」

「なに？」

「お前は……魔族のことをどう思っている？」

魔族のことをどう思っているか。

突拍子がなくて漠然とした質問に、シオンは首を傾げる。

「うーん……。歴史では悪く書かれてるけど……実際に自分の目で見たわけではないから、正直分からないな」

これがシオンの答えだった。

先入観には囚われない、自分が見たものを信じる。

そもそも、現存している歴史なんて真実とは限らない。

〝歴史は勝者によって書かれる〟といった誰かの言葉があるくらいだ。

「そうか……」

「うん。人族にも善人と悪人がいるように、魔族だけが全て悪ってことはない気がするしね」

これもシオンが昔から考えていたことだ。

結局、人族でも獣族でも何でもそうだが、悪い人間はいるし良い人間もいる。

種族としての性質や気質はあるが、根本的にはどんな種族でも変わらないと思っていた。

「そう、か……」

短く呟いたクロエの顔は見えないが、少なくとも負の感情は抱いていないことが分かる。

「変なこと聞いて悪かったな……じゃあまた明日……」

「おやすみー」

去っていくクロエの姿を視界に映しながらシオンは考える。

先程のクロエの質問。

ただの気紛れや戯言ではないことを、シオンは確信していた。

あれは間違いなく、クロエの核心に近い話だったはずだ。

実際、クロエは魔族に対して嫌悪感や敵意を抱いていなかった。

そこから読み取れるのは、クロエの背景には魔族の影があるということ。

またはそれに準ずる何かがあること。

「ふぅ……」

息を吐き、シオンは考えるのを止めた。

ここから先は全て憶測だ。

推測は大事だが、憶測は先入観を増幅させる。

クロエがどうであれ、今できることは何もない。

そう思いながら、シオンは夜空に浮かぶ月のような星を眺めるのだった。

＊

Sクラスの野営地から少し離れた場所。

そこには、二十名の鎧を着た騎士の姿があった。

深夜なのにも拘わらず、火を焚いていないので隠密行動中であることが窺える。

「副団長、これで良かったんですかね……」

一人の騎士が副団長に話しかける。

「まーだ気にしてんの？　そんなんだと老けちゃうよ」

「それは気にするでしょう……！　あんな作戦の最中なのですから」

副団長の飄々とした態度とは反対に、その騎士は悩んでいた。

「まー、君の気持ちも分かるよ。うん。流石の俺でも初めて聞いた時は耳を疑ったし」

「それなら……」

「拒否権なんてあると思う？」

「いえ……」

「そーゆーことよ。俺らは上の指示に従って最善を尽くすだけさ」

天を仰ぎながら星空を視界に映す。

言葉とは裏腹に、副団長の顔は真剣だ。

「イグナーツ」

「はい」

副団長はその騎士の名を呼び、体を起こして地面に座る。

少し考えて数秒。

副団長は口を開いた。

「この作戦はアルカデア学園の生徒を囮にして帝国の間者を一掃することが目的……というのは知っ

ているでしょ？」

「……はい」

騎士イグナーツは以前に聞かされていた作戦の概要を改めて言われて、訝しみながらも頷く。

今回の作戦は副団長が言ったことが全てだ。

キュプロスの森で実技試験を行う生徒を囮にして、出てきた帝国の間者を一掃する。

効果的ではあるかもしれないが、それ以上に危険性が高い。

イグナーツが悩んでいたのは、この作戦を実行してしまうと生徒たちが危険な目にあってしまうからだ。

「なんかねー……国の上層部がかなーり黒いらしくてね。陛下だけではその作戦を撥ね返すことが出来なかったらしい」

「えっ……」

まさかの事実にイグナーツは口を開く。

「ほら、陛下って不運が重なって貴族の手綱を握れてないじゃん？　だから、そこを帝国に付け込まれたんだろうね」

「……それって裏切りじゃないですか……！」

現国王であるギルベルトが王位を継いだのはまだ十九歳の時。

先代国王が急死したことによる突然の事態だった。

当時のギルベルトに貴族を束ねる力はなく、結束が緩くなった。

結果、帝国に付け込まれてしまったのだ。

「そう。裏切りだよ。向こうの狙いとしては、将来戦力になるSクラスの生徒を殺すことかな。けどね、逆に好機でもあるんだ」

「……それが我々ですか？」

「正解。俺達は秘密裏に動かされた部隊だから……確実に信用できる人間しか知っていない。あと、王都でも別の部隊が動いているんだよ」

変えられないことを嘆くのではなく、逆手に取ってしまえば良いのだ。

それが今回の全貌であった。

「イグナーツ。君もそろそろ休みなよ。明日は早いんだからさ」

立ち上がって背に付いた砂を払いながら、副団長は歩き去っていった。


「くそっ……！」

イグナーツは怒っていた。

裏切った王国貴族に、そして元凶である帝国に怒っていた。

「危ないだろう……」

また、学園の生徒を囮にするという判断に納得していなかった。

確かに最善に事が進めば、多大なリターンはある。しかし、学園の生徒を危険に晒すのは変わらない。

頭では正しいと理解しているが、心のどこかでもっと別の安全なやり方があったのではないかと思ってしまう。

「俺が守らないと……」

彼、イグナーツは正義感の塊のような男だ。

なので、裏切りや囮というものが大嫌いだった。

そんなイグナーツは両目に決意を灯す。

この自分が守らなければいけない、と。

＊

実技試験が始まり、シオン達四人は森の中を進んでいた。

「正面、三十メートル先にオーク四体」

クロエが樹木の上から下りてきて、偵察の結果を報告する。

どうやらこの先にオークがいるようだ。

「了解。じゃあフレイヤとクロエで手前の二体。俺とノアは奥の二体。後は臨機応変に」

「っしゃあ！」

「うん……」

「了解」

クロエは剣を抜き、フレイヤは大剣を背負い、先に見えるオークへ駆け出した。

残り十メートル。

迫るクロエとフレイヤに、流石のオークでも気が付く。

手前の二体のオークは棍棒を振り上げて、振り下ろした。

が、クロエは半身で躱し、速度を落とさないまま一体のオークへ接近。

そのまま斬りつけた。

「チッ……」

思わずクロエは舌打ちをする。

傷は負わせたものの、オークの分厚い脂肪に阻まれて命を絶ち切れなかったからだ。

奥にいた一体のオークがクロエに近づくが、クロエは焦らずに自分が仕留め損ねたオークへ意識を向けた。

瞬間、クロエの横を〝氷槍〟が超速で通過。

クロエに近づいてきていたオークの胸を貫く。

そのオークが地面に伏せると同時に、クロエが相手していたオークの首を切り裂いた。

「お疲れ。Dランクくらいなら問題ないね」

歩いてきたシオンはクロエに声を掛ける。

「いや、一度で仕留められなかったからまだまだだ」

「自分に厳しいねぇ」

苦笑しながらフレイヤの方を見ると、オークの腕を撥ね飛ばして胴に大きな裂傷を作っていた。

また、もう一体のオークもノアの土魔術によって体を貫かれている。

「弱すぎてつまんねぇ！」

「僕はこのくらいが丁度いいよ……」

フレイヤは不満そうに愚痴り、ノアはおどおどしながら呟く。

フレイヤはともかく、ノアも問題なさそうだ。

気弱に見えるとはいえ、伊達にSクラスではない。

協調性や連携に関しても、不安要素は見られなかったのでシオンは安心した。

昨日は協調性がないと思ったが、どうやら思い違いだったらしい。

おそらく、クロエ含めてフレイヤとノアは一癖あるだけなのだろう。

前世での経験もあって人のことを見るのは得意だと思っていたが……、まだ全然見ることが出来ていないいないなとシオンは反省した。

「魔石取り出しちゃうから運んできて」

反省の傍らでシオンが頼むと、三人は巨体のオークを一か所に集めた。

「ほい〝風刃〟」

今回は素材を気にしなくていいので、雑に切り刻んでいく。

取り出した魔石は汚れているので、水魔術で綺麗にして残りの死体を凍らせて砕いた。

「これで良し。じゃあ次行こうか」

手を払い、シオンと他三人は森の奥へと進み始める。

静かで穏やかな森に響くのは四つの足音。

各々が周囲を警戒しながら、次なる魔物を探していた。

（なんかいるな……）

先程から魔術で周囲を探っていたシオンは違和感を覚える。

シオンが密かに発動していた魔術は、〝探査〟という無属性の魔術だ。この魔術は周囲の魔力を識別し、その情報を感知するというもの。違和感を抱かれないように、シオンは最小限の魔力で薄く発動していた。

巧妙に隠蔽されているからなのか、何かがいることは分かっているがその正体が掴めない。

発動範囲はシオンを中心として半径五十メートル。

(この距離なら教師か……?)

試験の最中なので、成績を付けるために教師が隠れて監視しているのかもしれない。

その可能性が一番高いとシオンは思った。

しばらく歩いていると、シオンの〝探査〟に魔物の魔力が反応した。

「む……この先にいるな……慎重に進め」

クロエも気が付いたようで、後ろにいる三人に注意する。

足音を最小限に、気配を押し殺しながら足を進めていく。

十数メートル歩いて、樹木の陰から四人は顔を出した。

彼らの目線の先には、一体の魔物が地面に寝そべっている。

ライオンのような体躯に、顔に目が三つ付いている魔物だ。

「(キュプテスだ)」

ノアの囁き声が聞こえた。

目の前の魔物、キュプテスはCランク上位。

ここ、キュプロスの森の顔と言えるような魔物である。

「(キュプテスってどんな魔物だ?)」

フレイヤが小さな声で尋ねた。

彼女は常に声が大きいとはいえ、このような状況ではしっかりと小声で話す。

このことから、ただの戦闘馬鹿でないことが見て取れる。

「(気を付けるのは、爪による攻撃と火魔法。それに、俊敏性もあるから厄介な相手だよ)」

饒舌に解説するノアを見て、三人は驚きの顔を浮かべた。

しかしこの場で何か言う余裕はないため、無視をして目の前に集中する。

「(戦術はさっきと同じ。ただ、オークより遥かに強いだろうから気を付けてね)」

実際、Cランク上位の魔物はかなり強い。

今のシオンは、命を懸ければAランク下位の魔物を討伐することが出来る。

だが、そんなシオンであっても、Cランク上位の魔物を相手に油断していると普通に死ぬのだ。

そして、恐らくシオン以外の三人はまだCランク上位の魔物の単独討伐は出来ない。

故に、より一層集中する必要がある。

「(じゃあ行くよ)」

小声でシオンが合図する。

三人は頷き、クロエを先頭に樹木の裏から飛び出していった。

「〝氷槍〟」

一本の〝氷槍〟がキュプテス目掛けて飛んでいく。

圧倒的な速度で放たれた〝氷槍〟は、先程のオークであったら避けることは不可能だ。

しかし、流石はCランク上位の魔物だけあって、その巨体に見合わない軽やかな動きで躱されてしまった。

ただ、それは想定内。

四人とも〝氷槍〟一本で終わるとは微塵も思っていない。

「フッ――」

間髪容れずにクロエが接近して剣を一閃。

キュプテスは腕を動かし、爪で剣を受け止めてそのまま振り抜いた。

その衝撃により、クロエが吹き飛ぶ。

勢いからして、このまま先にある樹木に衝突したら怪我をしてしまう。

だが、シオンがすぐに風魔術を発動してクロエを受け止めた。

「……」

やはりクロエとキュプテスの間には圧倒的な膂力《りょりょく》の差がある。

膂力の差を埋めるには、もっと〝身体強化〟の強度を上げないといけない。

「〝舞え――風舞刃《ふうぶじん》〟」

〝風刃〟がシオンの周囲に何本も現れ、様々な角度からキュプテスへ飛んでいく。

「オッ、ラァア！」

〝風舞刃〟の後ろを追うようにフレイヤは地面を蹴る。

角度とタイミングを確認して、炎を纏わせた大剣を振り下ろした。

迫力のある振り下ろしを、キュプテスは俊敏な動きで回避。

大剣によって大きく陥没した地面を気にせず、キュプテスは先の尖った尻尾でフレイヤの腹に穴を開けようとする。

が、ノアの土魔術によって事なきを得た。

「あ、危ないよ……」

再び三度、ノアは地面から岩の杭を突き出す。

発動速度、魔力操作、共に一級品。

気弱なノアだが、実力は低くない。

「ハッ、助かったぜぇノア！」

フレイヤは口角を上げて炎を放つ。

しかし、キュプテスは火魔法を扱う魔物だ。

当然ながら迫る炎を気にせずに突き進み、フレイヤを噛み殺そうと口を開いた。

「馬鹿っ……、〝氷壁〟」

咄嗟にシオンがフレイヤとキュプテスの間に〝氷壁〟を生成。

間一髪、キュプテスの牙はフレイヤのすぐ手前で止まった。

だが咄嗟に生成した〝氷壁〟なので耐久性は低く、キュプテスの鋭い牙によって数秒かからずに砕かれてしまう。

「――土縄《つちなわ》〟」

一瞬空いた隙に、ノアが詠唱して〝土縄〟を発動。

地面から飛び出てきた長細い土が、キュプテスの四肢を拘束した。

が、拘束が甘かったのか、キュプテスは一瞬で拘束を引きちぎる。

そして一度、立て直そうと四肢に力を入れた。

瞬間。

忍び寄ってきたクロエがキュプテスの右後ろ脚を斬り飛ばし、キュプテスは叫び声を上げながら体勢を大きく崩した。

一拍遅れて、地面が鮮血によって赤黒く染められる。

キュプテスに限らず、機動力のある魔物と相対する時は脚を狙うことが定石だ。クロエは膂力では敵わないと悟った瞬間、この一瞬を虎視眈々と狙っていた。

とはいえ、相手はCランク上位の魔物。

かなりの技量が無ければこのような芸当は出来ない。

分かり切っていた事実だが、改めてクロエの剣の腕は熟練の域に達していることをシオンは理解した。

「油断するなよ……」

一本の脚を失ったキュプテスは、体勢を崩しながらも魔力を練り始める。

おそらく、火魔法を使うつもりなのだろう。

魔力を感じ取ったクロエは後ろへ飛び退くが、その心配は無用だった。

「〝天雨〟」

シオンの水魔術によって局地的な豪雨が引き起こされる。

水は火魔法を扱うキュプテスにとって天敵といえる存在だ。

結果として、練り上げた魔力が乱されて崩れた。

「——岩槍〟」

その隙にノアが地面から〝岩槍〟を射出する。

キュプテスの両脇腹を抉った。

片脚を失い、両脇腹を抉られているキュプテスだが、目はギラギラと光っている。

命の渇望を感じられるが、そんなキュプテスの前に躍り出る一人の少女。

「ハァァァッ！」

全身全力の一振り。

大剣自体の重量とフレイヤの膂力によって振るわれる大剣は、キュプテスの強固な頭蓋骨を砕きながら頭部の右半分を削り落とした。

「ふー……今回は少しやばかったぜ……」

フレイヤはキュプテスに背を向けて汗を拭う。

しかし、他の三人はキュプテスの体が僅かに動いたのを見逃さなかった。

足を動かし、一番近かったクロエが剣を一閃。

纏っていた魔力が消えたことで、柔らかくなったキュプテスの首を綺麗に刎ね飛ばした。

「フレイヤ、残心を忘れるな。まだ生きていたぞ」

剣に付着した血と脂を綺麗にしながら、クロエは呆れた声色でフレイヤに注意する。

「うっ、すまねぇ……」

自覚があるのか、いつもの豪気さは鳴りをひそめてしおらしく肩を落とした。

フレイヤ自身も、今回の戦闘では自分が足を引っ張っていたのを分かっていたのだ。キュプテスという火魔法を扱う魔物に対しての、火魔術の使用と最後の油断。これは脳筋だからという訳ではなく、フレイヤが未熟なだけだろう。

実際、アルトは自他ともに認める脳筋であり、勉学の方面はてんで駄目だ。

だが、戦いという面においては違う。

相手の分析から始まり、戦闘の進め方、戦闘判断や戦況判断といったものについては非常によく頭が回る。

フレイヤもSクラスに在籍しているので、最低限の頭脳はあるはずだ。

それに、まだ十一歳。

これから、成長していけばいいだろう。

そう思いながら、シオンは声を掛ける。

「まあ次から気を付け――」

瞬間。

四人は氷の球体に包まれた。

*

一瞬にして四人の全方位を囲んだ氷の壁。

直後、その氷の壁に、何本もの投げナイフが甲高い音を響かせて突き刺さった。

「え、な、なに……!?」

「あ……？」

突然の出来事に、ノアは狼狽えてフレイヤは呆然とする。

「敵だよ。俺達は攻撃されてる」

氷の壁を作り出したシオンは、状況が読み込めていない二人に言う。

クロエは既に剣を握り、攻撃された方向を睨んでいた。

「シオン。一応聞くが……これは試験の一環ではないよな？」

「もちろん。仮に試験だったら本物のナイフなんて使わないからね。それに……毒も塗ってあるし」

氷の壁に刺さっているナイフの刃には、何かの液体が塗ってあるのが見える。

仮に試験だとしたら、このようなことはしないはずだ。

幸いにも、シオンが咄嗟に氷の壁で四人を囲ったので、不意打ちを受ける心配はない。

四人は注意深く外を見た。

「一……二……五人か」

樹木の後ろや上から全身に黒衣を纏った人間が姿を現す。

風貌から、暗殺者のような人間であると思われた。

何故、という疑問が頭を埋め尽くす。

恨まれるようなことでもしてしまったかとシオンは思い返すが、そのような記憶はない。

「おいシオン。これどうすんだよ……」

フレイヤが籠り声で聞いた。

「逃げるか、撃退かのどちらかだけど――っと。逃がしてくれないみたいだ」

暗殺者が魔術を放ってきたので、思考を切り替える。

シオン一人だけならば逃げ切ることは可能だが、四人全員で逃げるのは厳しい。

「まずは……力量を確認しようか」

シオンは呟き、迫りくる〝風刃〟を相殺して、お返しに〝氷槍〟を飛ばした。

内と外の間に氷の壁があるので、多少は魔術を発動しにくくなっている。

しかし、シオンにとっては造作ないことだった。

囲っている氷の壁に魔力を供給するのと並行して、ひたすら〝氷槍〟を飛ばしていく。

合計十本の〝氷槍〟を暗殺者たちは躱し、魔術で防御した。

「うん不味いね。普通に強い」

素直に言葉にする。

一人一人ならば問題ないが、相手は五人。おおよその実力は、フレイヤやノアと同等か少し上。負けることは無いと思いたいが、相手は殺しのプロである暗殺者だ。

後れを取る可能性は十分ある。

このまま耐えるか、戦うか、逃げるか。

ふと、シオンはシルフィーネの顔が浮かんだ。

カイゼルやマリナも心配だが、それ以上にシルフィーネが心配だ。

暗殺者の後ろにいる組織の思惑は分からないが、王女であるシルフィーネを優先的に狙う可能性は十分に考えられた。

「シオン。お前が本気を出せば、全員殺れるか？」

氷の壁の外に目線を向けながらクロエはシオンに尋ねる。

「全員……？」

「お前の実力はこの数か月で分かっている。どうなんだ？」

シオンは迷った。

確かに本気を出せば五人の暗殺者を殺すことは可能だ。

だが、同時に自分以外の三人を無視することにもなる。

しかし、味方を投げ捨ててまで暗殺者を相手にするつもりはシオンにはなかった。

「出来るけど……戦闘だけに集中するならっていう条件が付くね」

仮にここにいるのがシルフィーネだったら、安心して背中を任せられるだろう。

だが、少なくともクロエ以外の二人は守るべき存在だ。

確かに、他の同年代と比べると抜きんでているが、今の状況には関係ない。

傲慢かもしれないが、シオンの目にはそのように映っていた。

「ならば話は早い。全力を出してくれ」

「……本気で言ってる？」

シオンはクロエの言葉に眉を顰める。

「当たり前だ。そして……ここから私だけ出してくれ。お前が戦っている途中に良からぬことを企んでいる奴は、私が相手しておいてやる」

「……」

シオンは一瞬、思案した。

彼自身、クロエの全体の実力はよく分かっていないが、剣の腕は確かなのが分かっている。

また、彼女の珍しい黒曜の瞳から伝わってくるものはシオンに確信を与えた。

「分かった。クロエを信じるよ」

ゆっくりと、されど確かにシオンは頷く。

シオンとクロエが氷の壁の外へ出ようとした時、背中に声がかかった。

「おいシオン！　クロエ！　あたしも戦うぞ！」

目をぎらつかせ、勇敢にフレイヤは言う。

「悪いけどそれは了承できないよ」

「なっ……！」

シオンはその申し出を突き返し、フレイヤは納得がいかないという表情をした。

「力量をしっかり見ろ。今のお前では勝てないことぐらい分かるだろう」

「――っ……！」

暗殺者から伝わってくる濃密な殺気によって理解しているのか、フレイヤは悔しそうに黙る。

そんなフレイヤを背に、シオンは氷の壁周囲一帯に濃密な霧を発生させ、外側に向かって風の流れを作った。

三秒、五秒。

外から隠れていることを確認したシオンは、氷の壁の一部を解除してクロエと共に外へ出る。

「じゃあよろしくね」

「ああ」

一言交わしてシオンとクロエは別れた。

数秒後、暗殺者たちは風魔術でシオンの作った霧を吹き飛ばす。

次第に霧が晴れ、彼らは氷の球体の方を見て気が付いた。

一人足りない。
黒髪、赤髪、茶髪……。
銀髪がいない。
「……？」
五人の暗殺者の一人が、徐《おもむろ》に自分の頬に触れ、違和感を覚える。
なぜ自分の頬はこんなに濡れているのだ、と。
瞬間、体が動かせなくなった。
少し遅れてやってくる急激な極寒。
現状を理解できないまま、暗殺者の一人は氷漬けになった。
「——ッ⁉」
仲間の一人が氷漬けになったのを見た他の暗殺者は、驚きながらも警戒する。
そして、空を見上げた。
「残念。もう一人くらい持っていきたかったのに」
後ろで結んだ銀髪を靡かせながら、悠然と浮かんでいる少年が一人。
残った四人の暗殺者を見下ろしていた。
何だあの化け物は。

誰もが思い、誰もが戦く。

上空で悠然と浮かんでいるシオンに、四人の暗殺者は警戒指数を最大限まで上げた。

シオンの実力を悟り、こう思ったのだろう。

一人では勝てない、全員でかかるしかない、と。

「〝氷槍〟」

先手を取ったのはシオンだった。

十本の〝氷槍〟が暗殺者目掛けて飛んでいく。

一本一本が子供の身長ほどの長さがある〝氷槍〟は、螺旋状になりながら地面に突き刺さり、樹木を穿ち、岩を粉砕した。

なんとか避けた暗殺者。

そのうちの一人が〝風刃〟を放つ。

僅かな空気の歪み、耳に届く風切り音、シオンは自分に直撃することを察知する。

となれば判断は早い。

シオンは風魔術の〝飛翔〟を解除。

重力に従って落下することで、迫りくる〝風刃〟を回避した。

同時に二人の暗殺者が接近してくる。

二人共、手に毒が塗られたナイフを持っているのが見えた。

シオンは〝障壁〟を左右に展開しようとして――。

「チッ」

もう一人が〝炎槍〟を飛ばしてきたので、切り替えて自分の真横に風を叩きつける。

風の威力によって、シオンは敵の魔術の進行方向から外れた。

衝撃で内臓を揺らし、熱気を全身で感じながらも、一回転して滑りながら着地。

最初に〝風刃〟を放ってきた暗殺者がシオンの背後に迫る。

が、常時発動していた〝探査〟によって気が付いていたシオンは、振り返らずに紡いだ。

「〝拘束せよ――水牢〟」

暗殺者の体に水が巻き付き、瞬きをする時間で全身を水の球体に閉じ込めた。

次いで紡ぐ。

「〝雷撃〟」

シオンの指先から眩い光が生じ、一筋の雷が〝水牢〟に直撃する。

「――――ッ!」

閉じ込められていた暗殺者は口から泡を吹き、白目をむきながら気絶した。

「〝氷壁〟」

間髪容れずに、シオンは巨大な扇状の〝氷壁〟を三人の暗殺者との間に生成する。

一拍遅れて〝氷壁〟に暗殺者の魔術が直撃。

三つの魔術を受け止めた急ごしらえの〝氷壁〟は崩れた。

そして、シオンは一人の暗殺者がクロエの方に向かっているのを目にする。

先に弱そうな相手から仕留める計画なのか。

一瞬思案したが、クロエと目が合ってシオンは決断。
向かった一人の暗殺者は、クロエに任せることにした。
思考を切り替え、残った二人の暗殺者に集中する。
単純に考えれば負ける道理はない。ただ、シオンは何か嫌な予感がした。
しかし、二人の暗殺者が左右同時に接近してくるのを見て改めて集中する。
片方は〝風刃〟、もう片方は〝炎槍〟を飛ばしてきた。
それに対してシオンは足元に風魔術を発動させ、高く跳躍。
一秒後に元居た空間が、切り裂かれて燃やされる。
視界の端にはクロエと暗殺者が戦っている光景が見えた。
状況から察するに、クロエが優勢のようだ。
これならば安心だとシオンは思い、着地と同時に〝氷刀〟を生成。
斜め背後から迫ってくる暗殺者に向かって振り抜く。
辺りに甲高い音が響くと同時に、もう片方の暗殺者に〝氷槍〟を飛ばす。
暗殺者は咄嗟に体を捻ったので、〝氷槍〟は脇腹を少し抉るだけにとどまった。
傷を与えたことで一度下がるかと思ったが、まさかの突進。
斜め後ろと斜め前。
挟む形で二人の暗殺者はシオンに凶刃を向ける。
流石のシオンも挟まれてしまうと不利だ。
だから、地面を強く蹴って挟まれていた場所から脱出した。

右足で踏ん張り体を停止して、左足を前に出しながら背後に振り返って氷刀を振るう。

ガキンッ。

飛ばしてきた投げナイフを弾き、魔術を紡いだ。

「〝界を別て――大氷壁〟」

瞬間、二人の暗殺者の間に巨大な氷の壁が出現。

「〝舞え――風舞刃〟」

片方の暗殺者に向かって〝風舞刃〟を発動。

シオンの周囲に現れた幾本もの風刃が、空気を切り裂き様々な角度から暗殺者に迫る。

その後を追うように、シオンは地面を駆ける。

暗殺者は何とか〝風舞刃〟を防ぎ切り、シオンが振るう氷刀をナイフで弾き飛ばす。

シオンの得物を弾き飛ばしたことで、暗殺者の気が一瞬緩んだ。

だが、シオンは魔術師である。

そして、〝氷刀〟は魔術で生成した武器である。

シオンは瞬時に〝氷刀〟を生成し、袈裟懸けに斬った。

「カッ……！」

鮮血が舞い、暗殺者は膝をつく。

「〝雷撃〟」

間髪容れずに即死する威力の〝雷撃〟を放ち、暗殺者を地に沈めた。

「見えてるよ」

シオンは呟き、足で地面を踏み鳴らす。

すると、地面から巨大で先の尖った氷の杭が突き出した。

その〝氷杭〟は氷の壁を伝って迫ってきたもう一人の暗殺者を直撃。

直前で体を捻っていたので貫きはしなかったが、代わりに左腕を吹き飛ばした。

「────ッ！」

鮮血をまき散らしながら暗殺者は落下する。

そして驚くことに、満身創痍なのにも拘わらず、姿勢を整えて氷の壁を蹴った。

殺意なのか執念なのか使命なのか。

尋常じゃない意思でシオンへ襲い掛かる。

「〝風刃〟」

指先に現れる気流の刃。

薄く薄く、極限まで薄く鋭利にした気流の刃は、暗殺者の肩から腰にかけて斜めに切断した。

血が出ることなく暗殺者の体が地面に衝突する。

しかし、地面に衝突した瞬間に暗殺者の上半身が地面を転がった。

体の中にあった臓物が地面に散乱し、血液が飛び散る。

また、理屈は分からないが、死んでいるはずなのに指が僅かに動いていた。

非常に惨い光景であり、己の手で命を奪ったと実感させられる。

「ふぅ……」

込み上げるものを我慢しながら、シオンは全ての魔術を解除した。

振り返ってクロエの方を見ると、暗殺者が地面に倒れている。どうやら無事に倒したみたいだ。

また、クロエの体に傷らしい傷が見当たらないのでシオンは安心した。

最後に暗殺者の死体を視界に収めてから、シオンはクロエたちがいる場所へ足を進める。

残された戦闘場所には一抹の風が吹いた。

＊

「流石だな」

「シオン！　すげぇなお前！」

「す、凄かったよっ……！」

ローブを脱ぎながらシオンが帰ると、三人は口々にシオンを称賛した。

フレイヤやノアは当然として、あのクロエさえも一言ではあるが褒めたのだ。

大したことではないが、シオンにとっては少し嬉しいものである。

「いやー、疲れたよ。クロエは怪我してない？」

「ああ。大丈夫だ」

「ならよかった」

クロエが怪我していないということを聞いて、シオンは安心した。

これで危機は去り、再び暗殺者が襲ってくることもないだろう。

「それで先生は――」

シオンが言いかけた時、誰かが飛び出してきた。

新たな暗殺者かと四人全員が警戒して注視する。

しかし、その警戒は杞憂に終わった。

「お前達！　無事かっ！」

飛び出してきたのは付き添いの教師の一人、アグニスだったからだ。

アグニスは何事もないシオン達四人を見ると、明らかに安心した表情を浮かべる。

「アグニス先生。俺達は大丈夫です」

他の面々を見渡しながら、シオンはアグニスに伝える。

「先生！　シオンが凄かったんだぜ！　一人はクロエが倒したけど、四人はシオンが倒したんだ！」

フレイヤは目を輝かせながらシオンの成果を報告した。

「ほう。あれか……流石だなシオン。そんで……四人全員無事っと」

フレイヤの言葉をほどほどに受け流しながら、アグニスは周囲の状況を確認していく。

シオン達生徒は無事、暗殺者は全員死んでいる。

「よし……野営地に帰るぞ。試験は中止だ」

アグニスが四人に声を掛けた。

「先生。他の人は無事ですか？」

色々聞きたいことがあるが、シオンはとりあえず他の生徒の安否を尋ねる。

「ああ。俺たち教師が撃退したから大丈夫だ」

どうやら大丈夫のようだ。

しかし、シオンは今の一瞬で違和感を覚えた。

撃退したと言っているが、心なしか表情が硬いのだ。

勘違いかもしれない、考えすぎかもしれない。

だが、シオンは一応聞いてみることにした。

「シルフィーネの班は無事ですか？」

「……」

アグニスの反応で、シオンは自分の直感が間違っていなかったと確信する。

そして心の中で焦りが生まれた。

「ちょっと失礼します　〝──共鳴〟」

左耳に着いているイヤリングを触りながら呟く。

この〝共鳴〟というのは、シルフィーネのイヤリングを製作した時に新しく付けた機能だ。

機能の内容としては、相手の体内魔力量がどうなっているか分かるというもの。

生物は死んだら体内魔力が無くなるので、生死確認にも使えるのだ。

数秒後、シオンは大きな息を吐いた。

「ふぅー……良かった」

シオンの脳内にはシルフィーネの体内魔力量が映っている。

これでシルフィーネがまだ生きていることが分かった。

だが、徐々に減少している。

おそらく、戦闘中なのだろう。

「〝探査〟」

続いてシオンは〝探査〟を発動した。

体内魔力は人によって特徴がある。

シオンはシルフィーネの体内魔力の特徴を完全に覚えているので、見つけることは簡単だ。

魔力を供給し続け、魔力操作を精密に行う。

（違う……違う……違う……）

カイゼルとマリナは見つけたが、今はどうでもいい。

シルフィーネの魔力を拡大し続ける範囲から捜していく。

「……見つけた」

十数秒後、シオンは目を開いて呟いた。

完全にシルフィーネの居場所を捉えたのだ。

となれば、シオンの行動は決まっている。

「先生。シルフィーネが戦っているみたいなので行ってきます」

「シオン」

「何ですか？」

引き留められるとシオンは思って、少し不機嫌そうに振り返った。

そんなシオンの顔を見てアグニスは一つ息を吐く。

本当はどのような危険があるか分からないので、生徒を行かせたくなかった。もちろん見捨てるのではなく、他の教師が向かっているからという理由があるからだ。

だが、現在の状況を理解してしまったシオンを止めることは出来ない。

普段は穏やかで素直な仮面を被っているが、シルフィーネに関係することには凄く強情になる。

だから、アグニスはシオンを引き留めることを諦めて口を開いた。

「フィオナも向かっている。疑問はあいつに聞け。あと……怪我するなよ」

アグニスのその言葉に、シオンは目を丸くする。

そして、微笑んで口を開いた。

「もちろんです」

風魔術の〝飛翔〟を発動させて空へ飛び立つ。

いちいち地上を走っていられない。

身に風を感じながら、シオンは空を駆けた。

*

「ふぅ、ふぅ、ふぅ……」

シオン達より更に森の奥に入った場所にて、シルフィーネは暗殺者と相対していた。

既に死んでいるのは二人、まだ生きているのが二人。

合計四人の暗殺者が、シルフィーネ達の班に襲い掛かってきた。

幸いにもシルフィーネの班で負傷者はいない。

襲い掛かってきた時点で、シルフィーネは岩で他三人を囲ったからだ。

「〝爆炎〟！」

周囲への影響を考えず、シルフィーネは魔術を繰り出す。

しかし、ことごとく避けられてしまい、接近されてしまう。

「くっ……」

当然なことではあるが、シルフィーネは近接戦闘の鍛錬をしたことがない。

なので、素早い動きで距離を詰められてしまうと逃げるしかできないのだ。

体内魔力量は残り四割。

イヤリングによって封印された分もあるので、魔力切れの心配はない。

ただ、相手の暗殺者が強いだけだった。

「〝炎濘〟」

機動力を封じるために、地面を炎で満たす。

轟轟と燃え盛る炎によって暗殺者たちは空中へ逃げる。

〝障壁〟を足場にして、二人の暗殺者は地面を満たす炎をやり過ごした。

「〝羽ばたくは数多の優美なる灯火《ともしび》。炎炎と舞い上がれ――炎蝶《えんちょう》〟」

シルフィーネの体から、幾百もの炎でつくられた蝶が羽ばたく。

時間が経過するごとにその数はどんどん増えていき、一帯の空間を満たした。

二人の暗殺者は周囲に満ちる〝炎蝶〟を、各々の魔術で撃退する。

だが、シルフィーネはその隙を見逃さない。

「〝界を別て――大炎壁〟」

〝炎蝶〟によって暗殺者を一か所に誘導し、その両側を〝大炎壁〟で一直線に場を分かつ。

これで下準備は終わった。

「〝灼熱の業火よ。集束し、敵を穿て――業火砲〟！」
両掌を交差させて前へ突き出す。
瞬間、シルフィーネの両掌から一直線に〝業火砲〟が発射された。
左右は〝大炎壁〟、上下は〝炎蝶〟。
逃げ場を失った二人の暗殺者に、シルフィーネが放った〝業火砲〟が直撃する。
爆発して炎が立ち上り、煙の臭いが辺りに充満した。
たっぷり十数秒待って、相手の死亡を確認したシルフィーネは魔術を解除する。
「はぁっ、はぁっ……」
シルフィーネは大粒の汗を額に浮かべながら肩で大きく呼吸をする。
これで四人の暗殺者を焼き殺した。
そう安心するシルフィーネだが、同時に気持ち悪さを感じていた。
重度の火傷により体が変形した死体が四つ。
人が燃える臭い。
己の手で人を殺めたのだという事実が、呼吸をする度に心に積もっていく。
とはいえ、これで終わりである。
シルフィーネは班員三人を囲っていた魔術も解除しようとした、瞬間。
「嘘っ……！」
シルフィーネは周囲を見て絶句した。
黒衣の暗殺者が一人、二人、三人、四人……、合計十人がシルフィーネを囲んでいる。

数合わせではなく、先程と同じの手練れ。
十人から一斉に殺気を向けられたシルフィーネは、冷や汗を流して呼吸を荒げた。
（どうしよう……）
ただ漠然とシルフィーネは思った。
一対一で相手をすれば勝てる。
しかし、十人同時に相手するのは勝てるはずもない。
湧き出る焦燥感、滲み出る恐怖感。
死ぬかもしれないという思いが初めて生まれた。
だが、何もしないで死ぬわけにはいかない。
自分は王族に連なる者であり、班員三人を守る義務がある。
恐怖を押し殺し、シルフィーネは全身に魔力を滾らせた。
「死にたい者から来なさい……！」
乾いた口で言い放つ。
たとえ虚勢であったとしても、両足で地面を踏みしめて顔を上げた。
警戒しているからかすぐには襲い掛かってこない。
風で戦《そよ》ぐ草木の音はまるで死へのカウントダウン。
十人の暗殺者が、動いた。
（来る——っ！）
ドクンッ。

心臓の鼓動が一拍、シルフィーネの体に響く。

次いで広い視野を埋めるのは迫りくる十を超えた魔術。

死の領域に片脚を踏み入れている感覚を抱きながら、シルフィーネは全力で〝障壁〟と〝岩壁〟で身を囲った。

一瞬の後に衝撃が体を揺らす。

歯を食いしばり、発動している魔術に魔力を供給し続ける。

少しでも気を緩めたら死ぬ。

嫌な確信を頭によぎらせながら、シルフィーネは必死で身を守った。

数秒後、魔術の嵐が止んだことを確認したシルフィーネは〝岩壁〟と〝障壁〟を解除する。

ずっとこのまま身を守っていたいが、その間に班員に危害が加わってしまってはいけない。

体に響く心臓の鼓動を感じながら、シルフィーネは周囲の状況を確認した。

「っ……」

敵は変わらず十人で味方はいない。

勝てる気がしない現実に膝をついてしまいそうだ。

しかし、延々と繰り返してきたシオンとの手合わせによる経験が勝手に体を動かした。

まずはこの囲まれている状況を脱しなければいけない。

多勢を相手にする場合は同時に相手するのではなく、各個撃破が基本だからだ。

死地の中、シルフィーネは群がってくる暗殺者を視覚と魔力で捉える。今までの手合わせで培われた空間把握能力を最大限活用し、空白地帯を見つけて地面を蹴った。その際、〝身体強化〟と併用して足元を爆発させることで瞬間的に加速する。引き延ばされる景色を視界に収めながら、シルフィーネは無事に空白地帯へ脱出。

暗殺者は反応できずにたたらを踏んだ。

「〝炎爆波〟！」

シルフィーネは一番近くにいた暗殺者に掌を向けて魔術を放つ。

圧縮された炎が爆発と共に一人の暗殺者へ襲い掛かった。

「次……！」

胸から頭部まで炎に包まれた暗殺者に目もくれず、シルフィーネは再び地面を蹴る。

理想はこのまま各個撃破することだ。

しかし、相手もプロの暗殺者なのでそう簡単にはいかない。

二人の暗殺者を火達磨にしたところで、シルフィーネは隙のない陣形に囲まれてしまった。

これから誰か一人を殺そうとしても、その隙に手に持っているナイフで心臓を刺されるだろう。

ただ、幸いにも体内魔力量自体は十分に余力がある。

勝算は低いが、限界まで暴れてしまおうとシルフィーネは決めた。

「〝炎渦〟」

自分を中心として〝炎渦〟を発動し、体を暗殺者から隠す。

時間をあまりかけたくない暗殺者は〝炎渦〟を消そうと魔術を放つが、シルフィーネの目的は僅かな時間をつくることだ。

「〝蠢く至大なる蛇蝎《だかつ》。炎を灯して暴れろ――炎大蛇《えんだいじゃ》〟」

静かな詠唱が終わる。

〝炎渦〟が消えて暗殺者が目にしたのは、シルフィーネと蜷局《とぐろ》状になっている炎の大蛇だった。

まるでシルフィーネを守るかのような様子だ。

硬直する空気の中、暗殺者が動くよりも早く炎の大蛇は身を暴れさせた。

響く鈍い音と火の粉が散る音。

無差別に際限なく、ただひたすら炎の体で周囲を薙ぎ払っていく。

質量はないので当たっても衝撃は与えられない。

だが、轟轟と燃え盛る炎は触れただけでも相手を火で包むだろう。

「くっ……」

悔し気にシルフィーネは下唇を噛む。

なぜなら、暗殺者が暴れまわる炎の大蛇から逃げながらも、シルフィーネを殺さんと目標を定めているからだ。

忠誠忠義、はたまた執念なのか。

よく分からないが未だに死地であることは変わりない。

自らが生み出した魔術によって発生している熱気をシルフィーネは吸い込む。

少し落ち着いたことで、焦燥と僅かな恐怖が浮かび上がってきた。

生きている八人の暗殺者は〝炎大蛇〟から逃げていても余裕があるように見える。

乱れる呼吸を意識的に整えていると、〝炎大蛇〟が消えて暗殺者が襲いかかってきた。

視界に映るのは襲いかかってくる暗殺者といくつかの魔術。

「〝炎槍〟」

焦燥を抑えて〝炎槍〟を作り出し、飛来してくる魔術を撃ち落とす。

魔術による危険は無くなり、次は暗殺者だ。

迫るナイフを咄嗟に屈んで躱し、地面から岩杭を突き出して腹を貫く。

続いて息をつく間もなく、シルフィーネは次の暗殺者に意識を向ける。

「ぐっ……！」

しかし、暗殺者が放った蹴りによってシルフィーネは吹き飛ばされてしまった。

すんでのところで腕を間に挟んだがダメージは大きい。

鈍痛を覚えながら地面を転がり視界が回る。

一瞬視界の端に見えたのはナイフを逆手に持った暗殺者の姿。

すぐさまシルフィーネは自分の体を爆風で吹き飛ばし、振り下ろされるナイフから逃れた。

「うぅ……」

胸のあたりで気持ち悪さが渦巻いている。

シルフィーネは顔を苦痛に歪めながらも〝炎爆波〟を躊躇いなく放った。

爆発音が響き、射線上にいた暗殺者の上半身を炎上させる。

三人目。

着実に暗殺者の数は減っている。

だが、シルフィーネの内にある歯車は上手く嚙み合わなくなってきていた。

「あ――っ！」

地面の僅かな窪みに足を取られ、シルフィーネは体勢を崩す。

当然ながらその隙を暗殺者が逃すわけがない。

一番近くにいた左後方の暗殺者が、大型のナイフをシルフィーネの首に突き刺そうとした。

刺されたら間違いなく出血多量で死ぬ。

まさに今の状況は死に際。

「ぅ……！」

シルフィーネは声にならない叫び声を上げて、反射的に小さな〝障壁〟を首元に展開した。

ガキンッ。

正に奇跡、正に神業。

一秒にも満たない時間で〝障壁〟を展開してナイフを止めた。

火事場の馬鹿力なのか、はたまた今までの経験によるものなのか。

全くもって定かではないが、振り抜かれた死神の鎌を躱したのは確かだ。

「――ああッ！」

体勢を立て直し、地面を踏み貫き、拳に炎を纏わせて暗殺者の腹を殴る。

シルフィーネは人生で一度も人を殴ったことがない。

しかし、何故か腰の入った拳は暗殺者の腹を打ち抜いた。

暗殺者の体が折れ、全身に炎が伝う。

四人目。

これでシルフィーネは暗殺者の半数近くを殺したことになる。

続けて残りの六人も殺せれば何も問題ないが、現実は物語のように都合よくいかない。

その証拠に、すぐ近くで魔術が爆発してシルフィーネはまたもや吹き飛んだ。

不意打ちに近い爆発だったので、受け身が取れずに体を強く打ってしまった。

地面を転がり、投げナイフによってローブが切り裂かれる。

傷だらけの手で地面を押して顔を上げると、数多もの魔術が迫ってきているのが見えた。

避けようとするが体に力が入らない。

魔術を発動しようとするが上手く構築できない。

普段であったら出来るはずだが、疲労と恐怖によって集中できていなかった。

完全に歯車が止まってしまったのだ。

(どうして…)

引き延ばされた意識の中、シルフィーネの脳内に今までの記憶が駆け巡る。

嬉しい、楽しい、面白い、悔しい、寂しい、悲しい。

十一年間分の記憶と感情が脳を満たし、顔を歪ませた。

早く逃げなければ。

早く魔術を発動しなければ。

刹那の間で焦るが、一向に体が言うことを聞かない。

今までずっと気を張り詰めていたが、遂に緩んでしまった。

その緩んだ隙に、恐怖や焦燥が入り込んできたのだ。

恐怖や焦燥が一度入り込んでしまったら、自分の身が安全になったと確信するまでいくらでも膨らみ続ける。

だから、この瞬間において、シルフィーネが起死回生の一手を打つことは不可能だった。

風、炎、雷。

様々な魔術がシルフィーネの命を奪わんと降り注ぐ。

荒れる呼吸、震える手足。

死の恐怖が心を満たし、視界がぼやける。

暗闇を彷徨っている感覚に陥りながら、シルフィーネは思わず呟いた。

「シオン……」

瞳に溜まった涙が頬を伝う。

再び視界が開けて映るのは魔術という名の凶刃。

その一つ一つが強力な魔術が遂にシルフィーネに降り注ぎ――。


「間に合った」


聞き慣れた声が耳に届くと同時に、シルフィーネは銀に包まれた。

一瞬後に響く轟音と衝撃。

頬をくすぐる銀の髪。

「シオン……」

シルフィーネは目の前の人物の名を呼ぶ。

「シルフィーネ。よく無事だったね。本当……よく無事だった……」

優しくも押し殺したような声で言いながら、シオンはシルフィーネから体を離した。

シオンとシルフィーネの目が合う。

死地にいるというのに、二人の間には緩やかな時が流れていた。

「シオンっ……」

別の理由で瞳に涙を浮かべて、シルフィーネはシオンの服を掴む。

いつもの明るくて自信のある態度は鳴りをひそめ、どこか幼子のようだった。

「シルフィーネは休んでて。後は俺が片付けるから」

優しくシルフィーネの頭を撫で、シオンは背を向ける。

二歩、五歩。

シルフィーネを氷で完全に囲い、シオンは死地に躍り出た。

そして、警戒している六人の暗殺者を見据えて口を開く。

「何でだろうね。自分でもよく分からないんだ」

煩わしいローブを脱ぎ捨て、袖をまくった。

「何で…俺はこんなにもお前らを殺したくて仕方がないんだろう」

言い方は穏やかだが、纏っている雰囲気は怒気に溢れている。また、普段は柔和な顔が冷酷な顔へと変貌していた。

恐らく本人は気が付いていない。

しかし、その顔を目の当たりにした暗殺者達はゴクリと喉を鳴らした。

「来ないの？　なら……」
言いかけた瞬間、一人の暗殺者が滑るような歩法でシオンに接近する。
普通の魔術師であったら反応が遅れているだろう。
しかし、シオンは近接戦闘も可能な魔術師だ。
瞬時に〝氷刀〟を作り出し、振り抜いてくるナイフに合わせた。
ガキンッ。
甲高い音が鳴り響くと同時に魔術がシオンへ降り注ぐ。
「〝咲き連ねろ――氷連花〟」
迫りくる魔術に目もくれず、シオンは魔術を紡ぐ。
すると、数多の魔術はシオンに到達する前に氷の花によって消滅した。
目の前の暗殺者によって再び振り抜かれるナイフをずらし、腕を一刀両断。
間髪容れずに地面を蹴ってすれ違いざまに切り捨てた。
散る鮮血を背にして、シオンは左右から襲いかかってくる暗殺者に集中する。
まずは右方から襲いかかってくる暗殺者に接近。
限界まで力を込めて、氷刀を振り下ろした。
当然ながら暗殺者は〝障壁〟を展開してシオンの氷刀を受け止める。
だが、それは囮だった。
「〝氷杭〟」
先の尖った〝氷杭〟が地面から突き出し、振り下ろしを防御した暗殺者の腹を貫く。

太い〝氷杭〟によって腹を貫かれたので助からない。

シオンはそのまま崩れ落ちる暗殺者の体を足場にして後方宙返り。

左方から迫ってきた暗殺者の背後を取った。

「〝氷花槍〟」

着地と同時に手を地面に突き、〝氷花槍〟を前方に発動する。

地面から槍のように突き出し、花のように広がって穿つ〝氷花槍〟は一人の暗殺者の体を何か所も貫いた。

残り三人。

数が減ったからなのか、三人の暗殺者は先程よりも連携してシオンを攻撃する。

いくらシオンであっても、魔術の発動には一瞬の集中が必要だ。

そのことを理解しているのか分からないが、暗殺者は集中を阻害するようなタイミングでナイフを振るってくる。

結果的にシオンは近接戦闘を強いられることになった。

「フ――ッ！」

短く息を吐き、シオンは氷刀を使ってナイフを弾いていく。

氷刀よりナイフの方が間合いは狭いので、接近されたら防げない可能性が高い。

今は魔術のことは考えず、目の前の暗殺者の動きに集中した。

刺突、振り下げ、逆手での刺突。

視野を広く保ち、俯瞰的に状況を把握していく。

攻撃のリズムを覚え、乱れる瞬間を虎視眈々と狙う。

（まだ……まだ……）

森に木霊するのはいくつもの金属音。

停滞している状況の中、シオンはただひたすらに綻びを待つ。

数秒後。

（ここ……！）

反射的にシオンは氷刀でナイフを上へ受け流す。

無防備になった腕。

氷刀を振り下ろし、容赦なく斬り落とす。

次いで流れるようにシオンは足の力を抜き、別方向から迫るナイフを躱した。

僅かに生じる意識の隙間。

この隙を逃すわけにはいかない。

シオンは地面に両手を突き、呟いた。

「〝天雷〟」

天から降り注ぐ雷が三人の暗殺者に直撃する。

詠唱破棄して発動した魔術なので感電死させるほどの威力は出せなかったが、僅かな隙を大きな隙へと拡張するには十分だった。

一人を氷刀で袈裟斬りで切り捨て、一人を〝氷槍〟で貫き樹木に縫い留める。

残るは想像より早く回復して距離を取った一人だった。

仲間の全員が地に伏せているのにも拘わらず、躊躇なく接近してくる。
シオンには理解が出来なかったが、殺すことには変わりない。
そして、無意識に蓄積されていた怒りを乗せて紡いだ。
「〝集いて絡む数多の刃よ。切り刻め――風解《かざとき》〟」
指先に発生した小さくて細い気流の刃。
舞い踊るように暗殺者の全身に絡みつき、体を切り刻んだ。
骨、内臓、筋肉、脂肪。
風に飛ばされるぐらいまで小さく細かく切り刻む。
赤黒い血液が地面に黒い染みを作る。
普段のシオンならこのような残虐的な魔術は決して使わない。
しかし、シオンは怒っていた。
シルフィーネに傷を与えた暗殺者に怒っていた。
「ふぅ……」
完全に沈黙した森の中でシオンは息を吐く。
初めて湧き上がった怒りという感情。
戸惑いを覚えながらも、シオンはシルフィーネの下へ帰ろうと背を向けた。
瞬間。

ぞくり。

強大な魔力を感じ取り、シオンは勢いよく振り返る。
「なにそれ……」
困惑するシオンの眼前には、袈裟斬りに切り伏せた暗殺者が佇んでいた。
確実に息の根を止めたはずだが……、加減を間違えたのだろうか。
それにしては様子がおかしい。
佇んでいる暗殺者が内包する体内魔力量が異常なほどに多いのだ。
感覚的にはシルフィーネより僅かに少ないくらい。
当初に感じた体内魔力量とは明らかに違う。
シオンが混乱していると、突然、暗殺者の体から蒸気が立ち上った。
「は……？」
さらに混乱するシオン。
すると、シオンの視界から暗殺者の姿が消えた。
「——っ」
同時にシオンは右手に握った氷刀を右に振るった。
ガキンッ。
振り抜いた先で暗殺者の二本のナイフと衝突する。
思考を最適化、集中を最深部へ。
警戒を最大まで上げて、シオンは氷刀を構える。

先程消えたかのように見えたのは、ただ暗殺者の速度が上がっただけ。

その速度は今までのとは比較にならないほどだ。

原理や理由は分からない。

しかし、超速度に変則的な動きを織り交ぜながら攻撃してくるので、魔術を発動する暇がない。

「ふぅー……」

間合いが空いて、シオンは息を吐いた。

一瞬後、再度接触。

他の暗殺者が動かないことは確認済みなので、余計な思考を割く必要はない。

集中するのは目の前の暗殺者だけ。

四方八方から降りかかる斬撃と刺突を、冷静に氷刀で捌いていく。

一つでも間違えたらお陀仏という極限の中、聞こえるのは心臓の鼓動だけだった。

左手で繰り出される刺突を半身になって避け、伸びた左腕を狙って氷刀を振る。

暗殺者は地面を蹴って跳躍し、体を捻りながら振るわれた氷刀を回避。

勢いのままに、飛び回し蹴りを放った。

シオンは屈んでやり過ごし、魔術を発動しようとするが咄嗟に横へ転がる。

一瞬後に暗殺者の踵落としが地面を凹ませ、シオンは起き上がって氷刀を構えた。

踵落としの足とは逆の足で地面を蹴って接近してきたので、僅かな隙さえない。

氷刀の切っ先を暗殺者に向け、間合いを保とうとするが失敗。

臆することなく暗殺者は突っ込んできた。

「ふっ――」

シオンは一つ息を吐いて再度集中する。

迫るナイフを柄頭で逸らし、回転回し蹴りを左腕で防御。

背後から弧を描くように氷刀を振り下ろし、暗殺者は半身で躱す。

左下から突き出してきたナイフをシオンは体を反らして避け、右から腕を撓《しな》らせて振るわれるナイフを氷刀で防御した。

息をつく暇もない何合にも及ぶ攻防。

氷刀とナイフが奏でる金属音が森に木霊する。

「ちっ……」

ナイフが頬を掠め、一筋の傷ができる。

舌打ちをするが特に気にすることなくシオンは氷刀を振るった。

突如覚醒した暗殺者は速度が上がっている、つまり身体能力が上がっているということだ。

そのため、動体視力も上がっている。

シオンが一息で四つの剣閃を放つが、どれもが紙一重で避けられた。

振り下ろされる二本のナイフを、体格差によって地面に膝をつきながら氷刀で受け止める。

衝撃で両手が痺れるが、続いて放ってきた蹴りに対応しなければならない。

（ここだ）

目にも留まらぬ速さで放たれた蹴りに、シオンは両足を合わせる。

極度の集中によって計られたタイミングは、暗殺者の蹴りの威力で自らの体を飛ばすことにシオンは成功した。
痺れる足裏を無視して、暗殺者を足止めするためにシオンは氷刀を全力で投げる。
飛んでくる氷刀によって暗殺者はたたらを踏んだ。
その間にシオンは宙で体を回転させ、両足と片手を地面について滑りながら着地する。
間合いが、空いた。
当然ながら暗殺者は距離を詰めてくる。
だが、この僅かな時間があれば十分だ。
「〝風衝〟」
僅かな隙を利用してシオンは魔術を発動する。
風が揺らぎ、発動した〝風衝〟が咄嗟に両腕を交差した暗殺者に直撃。
暗殺者は電車道を地面に残しながら後ろへ滑っていった。
再び間合いを詰めようとする暗殺者だが、もう遅い。
この間合いはシオンの絶対距離だ。
「〝天雨〟」
天を指さし、暗殺者がいる場所一帯に〝天雨〟を発動。
豪雨が降り注ぎ、暗殺者の体を濡らす。
それでも距離を詰める暗殺者の動きは止まらない。
「〝凝固せよ――凍結〟」
指を鳴らし、シオンの十八番である〝凍結〟を発動して暗殺者の動きを鈍らせた。

しかし、それだけでは体の内部までは凍らない。

だから次の魔術を紡ぐ。

「〝永遠の邂逅。閉じるは黎明。形残して停止せよ――氷棺《こおりひつぎ》〟」

両掌を打ち鳴らし、詠唱を終わらせる。

一瞬にして目に見えるほどの冷気が集い、暗殺者の体が凍り付いて一つの棺が完成した。


沈黙した森に鎮座するのは一つの氷の棺。

シオンの魔術によってできた〝氷棺〟の中は、まるで時間が停止しているかのようだ。

「あ、そうだ……〝凍結〟」

他の暗殺者までもが覚醒して襲ってくるのを防ぐために、次々と死体を氷漬けにしていく。

細切れにした暗殺者は覚醒することは無いので、合計九つの氷漬け死体が完成した。

「ふぅ……」

積み重なった氷漬け死体を前に、シオンは一息つく。

他に暗殺者がいる様子もないので、これで本当に終わりだろう。

疲労を感じながらも、シオンはシルフィーネを守っていた氷を解除する。

「シオンっ！」

事が全て終わったシオンに、シルフィーネは駆け寄る。

思わず抱きしめてしまう勢いだったが、手前で急に止まった。

「け、怪我はない……？」

シオンの体をペタペタと触りながら、シルフィーネはシオンが怪我をしていないか心配する。

普段とは少し違う様子に、シオンは内心で驚いていた。

「大丈夫だよシルフィーネ。怪我は何一つしてないさ」

「そう……良かった……」

心底安心したように、シルフィーネは息を吐きながら呟く。

シオンはそのようなシルフィーネの姿を見て、ふと考えた。

自分は何故、あの時に普段ではありえないほどの怒りを覚えたのだろう、と。

友人だからなのか、女の子だからなのか。

だが、これがカイゼルやマリナだったら、おそらくあれほどの怒りを覚えることはない。

ということは、大切な存在だからなのか。

(大切な存在……ってなんだろう……)

静かなる森の中で、シオンは理解できない自分の感情について考えたのだった。


その後フィオナが到着し、三人の生徒を岩の囲いから出した。

氷漬けとなった十人の暗殺者は、当然ながらシオンが運んだ。

野営地に着き、無事に帰ってきたシオン達を見てその他の生徒達が駆け寄る。

カイゼルやマリナ、同じ班だったクロエやフレイヤ、そしてノア。

口々に今回の事件のことを語り合い、その日は野営地で一泊した。

次の日、Sクラスの生徒達は王都へ戻るために馬車に乗っていた。

帰りも班ごとで馬車に乗るらしい。

だから現在、シオンはクロエとフレイヤ、そしてノアと共に馬車に揺られていた。

「いやー……波乱万丈だったね」

「流石に驚いたな」

「あたしはもっと鍛錬しなきゃなー！」

「僕も今回、駄目駄目だったから……」

シオンの言葉に、クロエ、フレイヤ、ノアが反応する。

少し前までのような気まずさと沈黙はなく、空気が氷解していたのだった。

終章　幕を閉じた後の日常

キュプロスの森からシオン達が帰還した次の日。

王都でも帝国の間者がほぼ全て拘束されていた。

結果は大成功。

第二騎士団と第三騎士団の中の精鋭部隊総勢百名という少ない人数で行われた水面下での作戦だったことにより、敵に悟られることなく拘束することが出来たからだ。

「まさかこんなに潜り込まれていたとは……」

王城の執務室で、国王ギルベルトは苦い顔をしながら呟く。

商会や軍の兵士に紛れていたのはまだいい。

問題なのは、貴族とも繋がっていたことだ。

「やはり俺だと弱いのか……」

ギルベルトは先王であり、父親でもあった男を思い浮かべる。

先王が没したのはちょうど十七年前。

ドアの前で呼びかけても返事をしないことに不審を抱いた使用人がドアを開けると、先王が床に倒れていたのだ。

使用人はパニックになりながらも宰相シュゲルに連絡。

混乱を防ぐためにシュゲルは連絡してきた使用人に箝口令《かんこうれい》を敷き、すぐに信頼の厚い治癒師に診断をしてもらった。

その後、先王の死亡が確認されたのだった。

死因は不明。

実は少し前から先王の体調が芳しくなく、偶に寝込むこともあった。

それが死亡の兆候であったともいわれている。

先王が急死したことによって、国王に即位したのが当時の第一王子であるギルベルトだ。

ギルベルトには父譲りの才覚はあったものの、経験が浅いので上手くいくわけがない。何とか宰相のシュゲルに支えてもらいながら、毎日の仕事をこなすのがやっとだった。

そんな状況だったので、ギルベルトは貴族との関わりを疎かにしてしまう。

もちろん、ほとんどの貴族はギルベルトに協力してくれた。しかし、いくつかの貴族が不安定になった王国と、若王のギルベルトを信頼していなかったのだろう。

だから帝国に付け込まれ、大量の間者を送り込まれたり、裏切る貴族まで出てしまった。

十七年前、先王が急死した時から今日まで蓄積されてきたものが溢れてしまったのだ。

「シュゲルです。報告に参りました」

「……入れ」

シュゲルは執務室に入り、頬杖を突いているギルベルトの正面に立って報告し始める。

「今回の作戦は大成功でした。そして、概算で帝国の間者の九割以上を処理。また、帝国と繋がっていたとみられる貴族を捕縛しました」

「そうか……どこの家が繋がっていた？」

「二つの男爵家に一つの子爵家。そして一つの伯爵家の計四家が帝国と繋がっていました。これがその詳細です」

椅子にもたれ掛かって天を仰いでいるギルベルトに、シュゲルは詳細な情報が記載された書類を渡した。

「……はぁ」

書類に目を通して数秒。

ギルベルトは苦悩と安堵の入り交じった溜息を深くつく。

「一先《ひとま》ず……男爵家と子爵家は大丈夫そうだな……だがこの伯爵家は駄目だ。帝国との国境線に近い」

男爵家と子爵家は、特に重要でもない普通の場所を領地として持っている。

だから問題ないのだが、この伯爵家は違う。

帝国との国境線に近い場所を領地として持っているのだ。これは重要な役割を持っているということでもある。

「陛下、どうなさいますか？」

渋い顔をしているギルベルトにシュゲルは尋ねた。

「とりあえず、その四つの家は取り潰し。それから一族郎党斬首だ。領地の運営は……当分代官を立てることになるな」

ギルベルトは冷徹な顔をして言い放つ。

当主だけならまだしも一族郎党なんて酷い、と思う人もいるかもしれない。

しかし、これは必要があってのことだ。

四つの貴族が行ったのは国家反逆罪という犯罪に当たる。

そして、国家反逆罪は王国の中では最も重い罪の一つだ。

だから遺恨や、危険分子を残さないために、一族全員を処刑する必要があった。

確かに何も関係ない子供を処刑するのは可哀そうだ。

だが、一時の甘い考えで特別扱いするわけにもいかない。

子供の為に、王国の民に降りかかる災いが生じる可能性を許容してはならなかった。

ましてや、今まさに帝国の影が見ている状態なのだ。

甘い考えをするのはあり得なかった。

「伯爵家はどうしますか？」

「そこが問題だ。帝国が王国に侵攻するためにはあの国境線を越えるしかない。そう考えると、帝国の本命は伯爵家だ。おそらく、男爵家と子爵家はどうでもいいのだろう」

ギルベルトは顎に手を当てながら思考する。

帝国に潜り込ませている諜報員から、帝国では不穏な空気が漂っていると報告が来ていた。

十中八九、それは王国との戦争の準備だろう。

理由は分からないが、帝国は定期的に王国へちょっかいを出すのだ。

「そうだな……まずは伯爵家の屋敷を隈なく調べるように言ってくれ。そして……もっと帝国への警戒を強めろともな」

「畏まりました」

シュゲルは背筋を正したまま礼をする。

「なぁ……俺はしっかりやれていると思うか？」

ギルベルトはシュゲルに漠然とした言葉を投げかけた。

その言葉はいつもの威厳のある声ではなく、どこか不安が交じっている。

「陛下は十分やれていると思いますが」

シュゲルは肯定するが、ギルベルトの表情は変わらない。

「ああ、今のところはな……」

「何がそんなに不安なのですか？　確かに今回の件は綱渡りでしたが……成功を収めたでしょう？」

シュゲルは改めてギルベルトに問う。

「いやなに……父ならもっと上手くやったのではないかと思ってな……。結局、今回の作戦は博打だ。

生徒達、とくにシルフィーネを危険に晒してしまった。シオンのお陰で何とかなったらしいが、完全に失敗だ」

ギルベルトが言うように、騎士団や教師がいるから生徒達は大丈夫だろうという考えは甘いと言わざるを得ない。

今回はシオンのお陰で何とかなったが、シオンがいなかったらシルフィーネは死んでいたのだ。

「完全に俺の考えが甘かった」

溜息をつきながらギルベルトは気を落とす。

王国が一つに纏まっていないところを帝国に付け込まれた。

貴族の裏切り、徐々に広がっていく反国王の雰囲気。

「これも俺に貴族たちを纏め上げる力がなかったのが原因だ」

そこまで言ってギルベルトは深く息を吐いた。

事実、ギルベルトにもっと力やカリスマ性があれば、今回のような博打同然の作戦を決行しなくてよかったのかもしれない。

「過去に囚われてはいけませんよ、陛下」

シュゲルは穏やかに言う。

「確かに今回の作戦は博打同然でした。しかし、反省するとしても後悔する暇はありません」

窓から夕陽が差し込み、部屋を茜色に染める。

「Sクラスは全員無事で大量拘束という結果。これは転換期です。帝国の間者、及び裏切者は居なくなり、この作戦の指揮を執った陛下の威光は増します」

「この機会に王国を一つに纏めろということか」

「ええ、そうです」

シュゲルはギルベルトに顔を向ける。

「恐らく五年以内に帝国は王国に侵攻するでしょう。まずは戦争にならない方法を模索すべきですが、そればかりしていてはいざとなったときに詰みます」

「そうだな……」

戦争を回避するのは大事なことだ。ただ、同時に戦争の備えもしなければならない。

「自分では気が付いていないようですが、陛下は先王の影にとらわれ過ぎです。先王は先王、陛下は陛下。まずは出来る事から始めましょう」

人と自分を比較することは普通の事だが、比較した時に自分が劣っているからといって卑下する必要はない。

ましてや、国王という地位にいるのなら悩んでいる暇はないのだ。

「そうだな……。一歩ずつか……」

「ええ、焦る必要はありません。上手く周りを使いながら、一つずつこなしていきましょう」

若くして国王に即位したギルベルトはまだ先王には及ばない。

しかし、この会話が彼の大きな転換期であったことは明白だった。

＊

穏やかな風が吹き、木々を揺らす。

日の光が地上を照らして、建物によって影ができる。

時間は昼時から少し外れた午後二時。

王都にある城下町の商業区域に、シオンとシルフィーネの姿があった。

「あ、陛下はあれについてなんて言ってた？」

シオンは隣を歩いているシルフィーネに尋ねる。

あれ、というのは突如覚醒した暗殺者のことだ。

王都に帰還した次の日に、シオンは直接ギルベルトに報告しに行っていた。

「まだ詳しいことは分からないみたい。だけど……何かしらの帝国の技術じゃないか、とも言っていたわ」

「なるほどね……」

通常状態の暗殺者の強さはフレイヤやノアと同等で、覚醒した状態だとシルフィーネに迫るほどの強さだった。

帝国の手によるものであることはほぼ確定しているので、その原因を突き止める必要がある。

何故なら、原因が分からないと対策が出来ないからだ。

人を大幅に強化する技術。

危険性が非常に高い。

その傍らで、シオンは学園に入学する前に出くわした誘拐事件を思い出していた。

結局、闇魔術に精通している魔術師が情報を引き出したらしい。

といっても、碌《ろく》な情報が無かったみたいだ。

唯一重要な情報が、犯人が帝国出身ということだけ。価値があるわけではないとはいえ、これで帝国の敵意が更に明らかになった。

「それより何回も謝ってきて面倒だったわ」

「ははっ。まあ仕方ないよ。シルフィーネが危険な目に遭ったんだから」

全体を見れば、シルフィーネを危険な目に晒したのはギルベルトであると言える。

だから謝罪しても自責の念が止まないのだろう。

溺愛する娘を自分のせいで危険に晒してしまった。

どれほどの後悔と反省と自責をしているのか分からない。

しかし、少なくともシルフィーネが嫌がるほど謝罪したのは確かだった。

「本当に改めて思い返すと危なかったね……」

「そうね。まさか実技試験が学園の外になったのが、私達を囮にするためだとは思わなかったわ」

シオンとシルフィーネは口々に言う。

思い返すのは、フィオナがSクラスの生徒全員に事の詳細を語ったことについてである。

貴族の裏切りに始まり、今回の囮作戦まで赤裸々に全て説明したのだ。

当然ながら、生徒達は動揺して負の感情を持つ。

国王による命令とはいえ、生徒達は危険な目に遭ったのだ。

教師達には責任はあまりないのだが、生徒達が負の感情を持つのも当然だ。

だが、フィオナは本心から謝罪をした。

なかなかできることではないし、気持ちがしっかり生徒達に伝わったのだろう。

教室を漂っていた重い空気はなくなり、いつも通りへ戻ったのだった。

「何はともあれ……もっと強くならないとね」

意識を現実に戻して、シオンはしみじみと言う。

「それは同感だわ。私なんてあなたに助けられちゃったもの」

十人の暗殺者に囲まれるという危機的状況の時、シルフィーネは死を覚悟した。

だが、間一髪のところでシオンが助けてくれた。

涙が出るほど嬉しかったが、同時に悔しくもあったのだ。

「あ、それならさ」

何か思いついたのか、シオンはシルフィーネに顔を向ける。

「フィオナ先生に戦い方を教えてもらったら？　弟子って言ったら大層かもしれないけど、先生も火魔術が得意だし。しかも戦争経験者だし」

素質だけ見ればシルフィーネの方が高い。

しかし、フィオナは数多もの実戦を経験して、更には戦争における功績によって二つ名を授与されているほどだ。

言うなればシルフィーネの完全上位互換。

シルフィーネがフィオナに師事して損は何もない。

「え、フィオナ先生に？　大丈夫かしら……」

「んー……まあ、聞くだけ聞いてみれば？」

「そうね……」

二人はそんな会話をしながら、学園から出て大通りに入った。

昼時を過ぎているからか、商業地区には比較的人が少ない。

これならば丁度いいと、シオンとシルフィーネは一つの店に入った。

「あ」

シオンは店の奥の座席にいる人を見て声を漏らす。

「どうしたの？」

「いや、あそこにクロエがいるんだよ」

シオンは奥の座席に座っているクロエを指さす。

「確かこの前の実技試験の時、シオンと同じ班だったわよね？」

「そうそう」

シオンは頷きながら、歩いていってクロエに声を掛けた。

「クロエ」

クロエは驚いたのか、肩を跳ねさせる。

そして、口の中の物を呑み込みながら顔を上げた。

「し、シオン……急に声を掛けるのはやめろ」

「ごめんごめん。……ん？　これクロエが全部食べたの？」

シオンはクロエの席のテーブルに所狭しと置かれた空の皿に目を向けて尋ねる。

「な、あ、それは……」

分かりやすく慌ててしどろもどろになるクロエに、シオンは口元を緩ませた。

「シオン、何しているの！　早く座りなさい」

「ああ、ごめん」

シルフィーネに呼ばれて、シオンはクロエの隣の席に座る。

「いやーびっくりしたよ。クロエって結構食べるんだね」

「うぐっ……」

シオンの何気ない一言にクロエは声を詰まらせる。

彼女はまさかここで同級生と顔を合わせるとは思っていなかった。

しかも、そのうちの一人は実技試験で同じ班だった人という不運。

そんなところに、誰かが声を掛ける。

「あ！　シオンとクロエじゃねーか！　しかも殿下も！」

「ちょ、声が大きいよ……」

フレイヤとノアだ。

「あ、二人とも」

シオンは二人に向かって手を振る。

フレイヤとノアは、シオン達の近くのテーブルに座って料理を注文した。

初めのころの素っ気なさはない。

暗殺者襲撃事件の一件から、シオン達四人は必然と距離が縮まっていた。

クロエもあの月夜の下で剣を交わしてから、雰囲気が柔らかくなった気がする。

その理由はシオンには分からないが、良いことだとは思っていた。

これから六年間。

彼らがどのように成長するのかまだ分からない。
しかし、徐々に暗雲が近づいているのは確かだった。

書き下ろし

二人のやり取りに過去を想う

「フィオナ先生、私を弟子にしてください！」

「………………へ？」

ある日の昼下がり、〝紅炎〟の二つ名を持っているフィオナは、我が生徒の唐突な申し出に食べていたクッキーの破片を落とした。

場所は職員室で、フィオナ以外は誰もいない。大事にとっておいたクッキーを食べていたら……この流れである。思わずフィオナは動揺してしまった。

「シルフィーネ。もう少し事情を説明しないとフィオナ先生も分からないよ」

「それもそうね」

そう、訪ね人はこの二人だ。

第二王女シルフィーネ。辺境伯家三男シオン。二人とも家柄が良く、ついでに次席と首席という優秀っぷり。そんな二人がフィオナを訪ねて来ていた。

フィオナは食べかけのクッキーを見て、少し考えてから口に放り込む。

「んんっ……」

すぐに机に置いてあるお茶を飲んで、口の中にあるクッキーを流し込んだ。

「……で、どういうことだ？」

フィオナは椅子をクルリと回転させ、二人に向き合って尋ねる。先程のシオンが言った通り、いきなり弟子にしてくれと言われても戸惑うことしかできない。状況が分からなかった。

「ええと……この前、定期試験の時に暗殺者が襲ってきたじゃないですか」

「……そうだな」

嫌な単語を聞いてフィオナは苦い顔をする。もう終わったことなのだが、責任感が強いフィオナは未だに悔いていた。そんなフィオナを他所《よそ》にシルフィーネは続ける。

「そこで自分はまだ弱いなって痛感したんです」

「別に弱くないと思うぞ？　なんなら当時の私より遥かに強い」

強さの基準をどこに置くかによるが、フィオナはシルフィーネのことを十分に強い魔術師だと思っていた。

桁違いな魔力量。精密な魔力操作。更には、まだ十二歳なのにも拘わらず、帝国の暗殺者相手にあれだけの立ち回りをしたのだ。歴代の次席より何段も強い。

だがシルフィーネはそうは思っていないようだった。

少し俯きながら口を開く。

「確かに周りを見れば強い……のかもしれません。でも私は窮地をシオンに助けられたんです。もしシオンが助けに来てくれなかったら、私は……私と班員の友人は死んでいました」

これは大袈裟でも何でもない。シオンが助けに来るのが遅かったら、シルフィーネや班員が死んでいたというのは事実だ。仮に班員が無事でも、少なくともシルフィーネは死んでいる。

とはいえ、シルフィーネが何人もの暗殺者を殺したというのも事実だ。これはそう簡単に出来ることではない。確かな実力がないと不可能だった。

つまりこのことから分かるのは、シルフィーネにとって今の実力では不十分だということ。

呆れるほどの向上心である。

「なるほどな……」

シルフィーネの心境を聞いたフィオナは納得した。

本人が不十分だと言うのならばそれが真だ。いくら担任であるフィオナとはいえ、口を挟むことは出来ない。口を挟むことが出来るのは……仲睦まじいシオンぐらいだろうとフィオナは思った。

「それで、強くなりたいから私の弟子に……ということか？」

「はい。自分より強い人に師事した方が、成長の速度は速いかと思って……」

シルフィーネは天才だ。おまけにシオンがいるので努力を怠らない。故に師がいなくても、この先成長することは間違いなかった。

しかし天才といえども道には迷う。悩んだりもする。そんな時に正解の道に導いてくれるのが、師匠と呼ばれる存在だ。

「うーむ……師匠か……」

腕を組んでフィオナは考える。

彼女は今まで一度も弟子を取ったことがない。教師になってから日も浅い。だから人にものを教えるという経験が少なかった。

弟子を取るということは多大な責任が生じる。自分の裁量によって、弟子の人生が変わってしまうのだ。そのことをフィオナは重々理解しているので、簡単に頷くことは出来なかった。

「シオンじゃ駄目なのか？」

「シオンは……教えてもらうというか……なんというか……一緒に歩くような感じなので……」

「ほう」

目を逸らして指を絡めているシルフィーネを見て、フィオナは少しだけ目を見開く。

シオンとシルフィーネが幼い頃からの幼馴染に近い友人だということは、事前情報で知っていた。

だが、今のシルフィーネを見た感じ、ただの幼馴染や友人には見えない。

もう忘れたはずの甘酸っぱい空気。

フィオナは状況を完全に理解して、心の中で苦笑した。

「そうだな……ふむ……望み通り弟子にしようじゃないか」

「本当ですか！」

「ああ。特にシルフィーネは王女で、最近は色々と不穏だからな。強くなって損はないだろう」

「やった……！」

シルフィーネは小さく拳を握ってはにかむ。

事の発端はシオンの提案によるものだが、フィオナの弟子になりたいというシルフィーネの気持ちは本物だ。決して流されたからではない。シルフィーネの本心だった。

また、フィオナは得意な属性がシルフィーネと同じであり、彼女より遥かに強い。しかも学園の教師なので信用がある。これ以上ない人選だろう。

「そんなに喜んでもらえて私としても嬉しいが……」

言い終わらぬままフィオナは立ち上がって職員室の奥へ行き、椅子を二つ持ってきた。

それを自分が座っていた椅子の近くに置く。

「……まずは互いの事を知らなければな。ほら座れ」

自分の椅子にどっかりと腰を下ろしたフィオナは、持ってきた二つの椅子を指差した。

弟子はシルフィーネ一人なのに、椅子は二つ。

これはどういうことだろうとシオンは首を傾げ、口を開いた。

「なんで二つなんですか？」

「もちろんシオン、お前の分だ」

フィオナの返答にシオンは再び首を傾げる。

この後は、弟子になったシルフィーネと師匠であるフィオナだけで話し合うと思っていた。

だからシオンは自分の役目が終わったので、この場を去ろうとしていたのだ。

しかしどうやら違うらしい。

「なぜ俺が？」

「いやなに。弟子云々《うんぬん》はどうでもいいが、どうせならお前も一緒に鍛えた方が良いと思ってな」

「ああ、そういう……」

「嫌だったら構わないぞ」

「いえ、俺としても強くなりたいのでありがたいです」

「そうか。なら座れ」

納得したシオンとシルフィーネは用意された椅子に座る。

その際、シルフィーネが妙な笑みを浮かべているのをシオンは見たが、気のせいだろうと無視を決め込んだ。

「さて、鍛錬の話の前に……二人には少し込み入った話をしようと思う」

フィオナはお茶を一口飲んで再び口を開く。

「まず……暗殺事件があったことも含めて、帝国がかなり不穏だ。戦争が起こるかもしれない、と言えば分かりやすいな」

シルフィーネは目を見開いて驚きを露わにした。対してシオンは驚いた様子は見せず、どこか納得している。そしてシオンは少し考えて、口を開いた。

「戦争というのは……確定していることですか？」

「いや、あくまで確率が高いという話だ。戦争が起きない可能性だって十分にある」

「ただ先生は確信していると」

「その通り。私と学園長……あとは陛下や宰相様もだな。時期はまだ何も分からないが、戦争は起きると確信している」

こうやって言い切るということは、何かしらの根拠があるということだ。

それが何かシオンは知らないが、特に問い質すつもりはなかった。

担任であるフィオナはもちろんのこと、国王であるギルベルトや学園長のマーリンをシオンはかなり信用している。だからシオンは、一介の生徒である自分が知る必要はないと思っていた。

「戦争にも形がいくつかあるが……想定しているのは帝国から王国への侵略戦争だ」

「侵略戦争……」

物騒で恐ろしい言葉を聞いたシルフィーネは、強張った声で呟く。

ここ百年単位で戦争は起きていないので、シルフィーネは戦争というものを経験していない。

だが歴史を勉強していたので、戦争の恐ろしさは知っていた。

「つまり命を懸けて戦う時がいつか訪れて……絶対に魔術師による武力が必要となる」

魔術が未発達だった古き時代はいざ知らず、魔術が発達している現代において魔術師というのは重要だった。強大な力を持つ魔術師の魔術は、時に戦略を凌駕するのだ。その最たる例が、アルカデア王国の賢者と呼ばれる存在だろう。

「お前たちが戦場に出るのかはまだ分からない。ただ……何においても、想定して行動するということは大切だ」

沈黙が職員室に満ちる。

弟子云々の話から、急に戦争の話になった。

暗く重い話ではあるが、それと同時に目を逸らしてはいけない話でもある。

特にシルフィーネやシオンのような、上流階級に属している人間には知らなければいけないことだった。

「と、いうことで……たとえ戦場に行っても大丈夫なように、私はお前たちを鍛える」

フィオナが手を叩き、空気が切り替わる。

心なしか、重い空気がどこかに飛んでいったような気がした。

「言っておくが……学園を卒業するまでに私より強くなってもらうぞ」

「「え」」

シオンとシルフィーネの声が揃う。

「当たり前だろう。五年もあるんだ。さっさと私より強くなってもらわなきゃ困る」

全容を把握したわけではないが、二人はフィオナの強さをよく理解していた。ゆえに超える難しさを分かっている。とはいえ学園を卒業するまで五年以上あるのは確かだ。

「私はやるわ。フィオナ先生を早く超えるのよ」

やる気が出てきたのか、シルフィーネは鼻息荒く決意を露わにする。

もちろん隣のシオンを見ながら。

「あなたはどうするのよ。ここで弱気になんてならないわよね」

少しの不安と、多大の挑発を含ませてシルフィーネはシオンに尋ねる。

「そりゃあ……俺も早く先生を超えるつもりだよ。じゃないとシルフィーネが泣いちゃうしね」

お返しと言わんばかりに、シオンはニコリと笑って答えた。

整った顔立ちの人間が零す笑みは爽やかだが、シルフィーネにとってはただの挑発の笑みである。

「な、泣くわけがないでしょ！　何を言ってんのよシオンは！」

「え、だって不安そうだったじゃん」

「はぁ!?　どこが不安そうだったのよ！　目が腐ってるんじゃないかしら！」

ギャンギャンとシルフィーネは吠え、シオンはニコニコと笑う。

実際、シルフィーネは少し不安だった。常に共に歩いてくれていたシオンが、いなくなってしまうのではないか。別々の道を歩いていってしまうのではないか。このような不安が胸中に少し湧いていた。

しかしその不安は空振りに終わる。

当然の如く、シオンはシルフィーネと同じ道を選択したのだ。

その際、からかうことも忘れずに。

シルフィーネは素直だが不器用である。

だからシオンが一緒にいてくれる嬉しさと、からかわれて認めたくないという反抗心が共存した結果、いつもの応酬となったのだ。

「本当……お前たちは仲が良いなぁ……」

その光景を見ていたフィオナはポツリと呟いた。

絵面こそ喧嘩のようだが、実はただのじゃれ合いである。しかもただのじゃれ合いではない。互いに想っているからこそ出来る、甘酸っぱくて尊いじゃれ合いなのだ。

「う……むぅ……」

フィオナがいることを思い出したのか、シルフィーネは急に大人しくなる。少し頬を染めて俯く姿は実に可愛らしい。不器用でツンデレな部分もあるが、それがある故に可愛さを引き立てていた。

そして隣ではシオンがニコニコしている。いつもの彼は無表情気味だが、シルフィーネとやり合っている時に限っては、表情が豊かだった。

(私が守らないとな……)

微笑ましくて心が温かくなる光景に、フィオナは固く誓う。

かつて自分が失った関係と似ている二人のことは、絶対に自分が守るのだと。

あとがき

このたびは『白銀の魔術師～転生したから魔術を極める～』の第一巻を手に取っていただき、誠にありがとうございます。

カクヨムから知っていただいたのでしょうか。それとも書店で見かけたのでしょうか。はたまたＴＯブックスさんのサイトから知っていただいたのでしょうか。

いずれにせよ、楽しんでいただけたら嬉しいです。

さて、あとがきに何を書こうか悩みますが、この作品を書くに至った経緯などについて少しばかり語らせていただきます。

まず、僕がラノベやＷＥＢ小説を知ったのは、ある漫画を最新刊まで読み終え、続きが気になり、調べてみたらどうやら原作というものがあるらしい、と知ったのが切っ掛けでした。その後、沼のようにＷＥＢ小説に沈んでいき、気が付いたら毎日のように『小説家になろう』というサイトで読みふけっていました。

因みにこれは比喩ではありません。文字通り毎日ずっと読んでいました。

まあそのせいで学業に支障をきたしたのですが……それは置いときます。

そして読み始めてから一年と半年が経過した頃、ついに読みたいものが無くなってしまいました。ちょうど高校三年生の夏ですね。まさに大学受験の山場です。

で、何をとち狂ったか僕は書き始めたんです。小説を。読みたいものが無いなら自分で書けばいいじゃないという精神で。

よく考えれば馬鹿なことですが、別に後悔していませんし、今あの時に戻っても同じことをしたと思います。

この時に書いたのが『白銀の魔術師』です。

特にプロットなど何も考えず、ただ指の赴くままに書き始めました。もうお分かりの通り、いわゆるテンプレの要素が盛りだくさんだったと思います。ただ、僕はステータスやスキル、チートやハーレムなどが嫌いなため、その辺りは省きました。徹底的に。

その調子で十話ぐらいまで書き溜めた頃、いよいよ投稿ボタンを押しました。この時はランキングなんてあまり頭になかったです。ですが、あれよあれよという間にランキングが上昇し、気が付いたら総合十位以内に入っていました。

嬉しかったです。しかし僕は一度、筆をおきました。なぜなら大学受験があったからです。勉強せねばならなかったのです。

十一月に筆をおき、大学受験が終わり、二月後半に再び筆をとりました。

既に僕は小説の魔力に憑りつかれ、好きだったゲームもやらなくなり、ただひたすら小説を書き始めました。この時は『白銀の魔術師』が書籍化するとは全く思わず、別の作品での書籍化を目指していました。

そして五月。思いもよらず、TOブックスさんから声を掛けていただき、こうして書籍化することができました。

僕が言いたいことは一つ。『白銀の魔術師』は面白いです。声を大にして言えます。

そして、実際にこんな世界があったらいいなぁ……と、思ってもらいたいものですね。

次巻予告
奇獣兵《雑魚》どもは
2巻 2024年春発売！

ヴィルスト帝国の侵攻、
前線で孤立する2人——
そして刺客の狙いは、
相棒の少女《シルフィーネ》……!?
すっこんでてくれるかな……?
文月紲
ill. にじまあるく
SILVER SORCERER
白銀の魔術師 2
～転生したから魔術を極める～

白銀の魔術師～転生したから魔術を極める～

2024年1月1日　第1刷発行

著　者　文月紲

発行者　本田武市

発行所　TOブックス
〒150-0002
東京都渋谷区渋谷三丁目1番1号　PMO渋谷Ⅱ　11階
TEL 0120-933-772(営業フリーダイヤル)
FAX 050-3156-0508

印刷・製本　中央精版印刷株式会社

ISBN978-4-86794-033-4